《玛纳斯》汉译学术工作组

翻译校注组

组　　长　朱玛克·卡德尔

副 组 长　阿地里·居玛吐尔地　依斯哈别克·别先别克

加工整理组

组　　长　贺继宏

审 定 组

组　　长　马雄福　朱玛克·卡德尔

副 组 长　贺继宏

《玛纳斯》第六部《阿斯勒巴恰与别克巴恰》汉译工作人员

翻　　译　巴赫特·阿曼别克

汉柯对照　朱玛克·卡德尔　阿曼吐尔·阿不都热苏勒
扎衣尔·居马西　玛依努尔·马依巴西
买买提艾沙·艾山　吾斯曼江·阿克木阿洪
阿依娜·买买提居玛　张宏超　艾斯卡尔·库尔班
布瓦加尔·阿布力米提

加工整理　贺继宏　李瑞周　朱玛克·卡德尔　张宏超
李　健　牛广全

审　　定　朱玛克·卡德尔　马雄福　贺继宏　胡振华
阿地里·居玛吐尔地　吴占柱　罗迎福　张宏超
依斯哈别克·别先别克　郭民杰　李瑞周　王　燕

中国柯尔克孜族英雄史诗

国家出版基金项目
NATIONAL PUBLICATION FOUNDATION

ماناس

玛纳斯

第六部

阿斯勒巴恰与别克巴恰

第一卷

居素普·玛玛依
演唱
《玛纳斯》汉译工作委员会
编译

新疆人民出版总社
新疆人民出版社

图书在版编目（C I P）数据

中国柯尔克孜族英雄史诗．玛纳斯．第六部，阿斯勒巴恰与别克巴恰：1—3卷 / 居素普・玛玛依演唱；《玛纳斯》汉译工作委员会编译．—乌鲁木齐：新疆人民出版社，2021.5
ISBN 978-7-228-20706-0

Ⅰ．①中… Ⅱ．①居… ②玛… Ⅲ．①柯尔克孜族—英雄史诗—中国 Ⅳ．① I222.7

中国版本图书馆 CIP 数据核字（2021）第 093265 号

本书根据新疆人民出版社 2004 年柯尔克孜文版《玛纳斯》居素普・玛玛依演唱记录校勘本翻译出版

中国柯尔克孜族英雄史诗
玛 纳 斯
ZHONGGUO KEERKEZIZU YINGXIONG SHISHI・MANASI

第六部
阿斯勒巴恰与别克巴恰
（1—3）
ASILEBAQIA YU BIEKEBAQIA

居素普・玛玛依
演 唱
《玛纳斯》汉译工作委员会
编 译
*
责任编辑
第一卷 第二卷 第三卷
孙祁娟 陶小红 刘 巾
书籍设计
刘堪海

出版发行
新疆人民出版总社
新疆人民出版社
地 址
乌鲁木齐市解放南路 348 号
邮 编
830001
电 话
（0991）2837939
*
制 版
乌鲁木齐形加意图文设计有限公司
印 刷
北京雅昌艺术印刷有限公司
开 本
787mm × 1092mm 1/16
印 张
80
版 次
2021 年 6 月第 1 版
印 次
2021 年 6 月第 1 次印刷
定 价
225.00 元（全三卷）

新创造活力，进一步坚定文化自信，推动社会主义文化繁荣兴盛；有利于开展对外文化交流和深化文明交流互鉴，提升中华文化影响力，夯实共建人类命运共同体的人文基础。

“等闲识得东风面，万紫千红总是春。”我们相信，像史诗《玛纳斯》一样的中国各民族非物质文化遗产，必将在提高国家文化软实力上创造中华文化新辉煌，在推进社会主义文化强国建设、实现中华民族伟大复兴的中国梦道路上绽放出更加璀璨的光彩！

始了有计划地采集、记录、整理《玛纳斯》的工作。20世纪60年代起至90年代，研究者记录、整理、出版了著名的《玛纳斯》传承人居素普·玛玛依演唱的八部《玛纳斯》柯尔克孜文本。2006年国务院批准史诗《玛纳斯》列入首批国家级非物质文化遗产名录。2009年我国成功申报史诗《玛纳斯》入选联合国教科文组织“人类非物质文化遗产代表作名录”。

党的十八大以来，以习近平同志为核心的党中央高度关注《玛纳斯》等中国少数民族三大著名史诗的保护传承。习近平总书记在中央民族工作会议、文艺工作座谈会、第十三届全国人大一次会议等重要会议上，在出访吉尔吉斯斯坦时发表的署名文章中，多次提及并高度评价了《玛纳斯》等三大史诗的历史地位和传承发展价值。他指出，《玛纳斯》等三大史诗不仅为中华民族提供了丰富滋养，而且为世界文明贡献了华彩篇章，是震撼人心的伟大史诗，为《玛纳斯》的传承保护指明了方向。

新疆维吾尔自治区克孜勒苏柯尔克孜自治州（简称克州）是全国唯一的柯尔克孜族自治州。作为《玛纳斯》史诗文化传承地和世界非物质文化遗产项目申报地，克州在《玛纳斯》搜集、调查、记录、翻译、整理、出版、研究以及弘扬振兴方面做了大量卓有成效的工作。2004年，克州人民政府与新疆维吾尔自治区文联联合成立《玛纳斯》汉译工作领导小组（后改为《玛纳斯》汉译工作委员会），以居素普·玛玛依演唱的2004年新疆人民出版社再版柯尔克孜文版《玛纳斯》为蓝本，启动了《玛纳斯》柯尔克孜文翻译汉文工作。

历经17年的不懈努力和辛勤劳动，《玛纳斯》八部18卷23万行、2000余万字的汉译任务终于完成了。这次全译本出版时，对新疆人民出版社2009年至2016年以来出版的《玛纳斯》第一至四部共11卷汉译版进行了必要的修订，对还未出版的第五至八部共7卷汉译版进行了认真细致的编审加工。特别注意八部译文风格的一致，做到汉译稿既忠实于史诗民间文化内容，又保持民间艺人即兴演唱的风格，既兼具译文的美学价值，又能适应广大读者的阅读习惯。

《玛纳斯》汉文全译本的出版，是史诗《玛纳斯》从口耳相传到文字传播的历史性飞跃的又一个重要成果，有利于各族读者从中华优秀传统文化中汲取营养，共享中华民族共同精神财富，铸牢中华民族共同体意识；有利于促进中国《玛纳斯》学的成立和发展，激发全民族文化创

前　言

在举国上下隆重庆祝伟大的中国共产党成立100周年的重要时刻，中国柯尔克孜族英雄史诗《玛纳斯》汉文全译本首次出版，与各族读者见面了。这是向伟大的中国共产党百年华诞的献礼；是完整准确贯彻新时代党的治疆方略，实施文化润疆的重要成果；是保护传承少数民族优秀传统文化，推动中华各民族文化交流融合的重大举措；是不断满足各族群众精神文化需求，建设各民族共有精神家园的生动实践。

《玛纳斯》被誉为中国少数民族三部最著名的史诗之一，也是人类非物质文化遗产代表作。这部产生于9世纪至10世纪的英雄史诗，经过柯尔克孜歌手世代传唱与加工，成为享誉中外的文学巨著。史诗篇幅浩瀚、规模宏大、变体繁多，记述了主人公玛纳斯和他的子子孙孙共八代家族的传奇故事，热情讴歌了这个英雄群体维护民众利益，保卫家乡故土，追求幸福生活，建设美好家园的奋斗精神和英雄气概，彰显了爱国、勇敢、智慧、团结、包容的主题。史诗八部结构完整、故事曲折，内容丰富、融会贯通，各部既独立成篇，又互相衔接，既有独立性又不失完整性。史诗节奏优美，扣人心弦，以诗歌的语言，和谐的韵律，娓娓动听的故事，将听众与读者引入柯尔克孜先民的生活画卷，充分展示出独具匠心的文学表现力和审美情趣。在千年的口耳相传过程中，史诗《玛纳斯》作为中华文化的一部分，始终扎根中华文明沃土，与中华文化血脉相连、息息相通、交流交融，秉承中华文化崇仁爱、重民本、守诚信、讲辩证、尚和合、求大同的思想，体现了多元一体的中华文化特征。

党和国家历来高度重视和关心少数民族文化保护与传承。就史诗《玛纳斯》来说，新中国刚刚成立后的五六十年代，从中央到地方就开

居素普·玛玛依

（1918—2014）

居素普·玛玛依，1918年生于中国新疆阿合奇县，柯尔克孜族，曾任新疆维吾尔自治区文联名誉主席、研究员，自治区政协常委，2014年去世。著名《玛纳斯》演唱大师，我国国家级非物质文化遗产传承人，被国内外史诗界誉为“当代荷马”，被国家领导人誉为“国宝”，是国内外公认的世界上唯一能演唱8部23.5万多行英雄史诗《玛纳斯》的传承、演唱和研究大师。他为《玛纳斯》史诗的传承、保护和发展做出了卓越贡献，曾多次荣获国家和自治区的表彰和奖励。

目　录

第一卷

1 阿斯勒巴恰与别克巴恰的入摇篮仪式

凯耐尼木为两孙儿举行入摇篮仪式　3

百鸟众兽争为凯耐尼木报告敌情　17

33 阿斯勒巴恰初露锋芒

阿斯勒巴恰跨马出征　35

阿斯勒巴恰初战告捷　48

75 六汗王与阿斯勒巴恰会战

阿斯勒巴恰大战伊斯番三部敌兵　77

五英雄横尸沙场　111

131 阿斯勒巴恰单骑拒千军

三部败兵与阔克波热汗王会合　133

阔克波热战败逃脱　144

171 塔拉斯军民同心应战

巴克特拜、阿克库巴克争相参战　173

凯耐尼木披挂上阵　阔克波热怯战而逃　192

2

207 阿斯勒巴恰与卡勒德克首次交战
萨拉玛特之子卡勒德克出战不利 209
六汗王战败商议歇兵之计 235

253 阿斯勒巴恰登上汗位
六汗王偷袭塔拉斯 255
阿斯勒巴恰登上汗位　祖孙三人同掌政权 272

283 卡勒德克入侵塔拉斯
喀拉阔孜游说女妖克孜勒克孜参战 285
阿斯勒巴恰力拒众敌 297
阿斯勒巴恰大战卡勒玛克联军 313

331 克孜勒克孜滥施魔法造成灾难
阿斯勒巴恰与克孜勒克孜魔女斗法 333
阿斯勒巴恰斧劈卡勒玛克汗王萨然加 359
克孜勒克孜狼狈逃窜 371

383 巴克特拜与阔克波热殊死搏杀
阔克波热偷袭阿特巴什 385
巴克特拜单骑迎敌 396

409 阿斯勒巴恰离开人世
阿斯勒巴恰枪挑阔克波热 411
遭误射阿斯勒巴恰身亡 428

6 1205 别克巴恰含恨离世
别克巴恰粉碎乌斯逊和芒格特的进攻 1207
别克巴恰告别众乡亲出征康阿依 1218
别克巴恰贤妻阿克芒达依惊做噩梦
黑心恶婆毒害夫君 1227
别克巴恰中毒含恨离世 1239

1249 后　记

卡尔德噶奇激战卡勒德克 935
三英雄联手追击卡勒德克 943

947 别克巴恰与仙女努尔法努成婚
别克巴恰与仙女努尔法努相遇 949
克孜勒克孜乔装打扮解救努尔法努父亲 970
玛纳斯英魂显灵相助　别克巴恰消灭朵之魁首 980
仙女努尔法努与别克巴恰短暂的美好姻缘 1000

1017 卡勒德克卷土重来
卡勒德克投靠康阿依部并进犯羌白山柯尔克孜 1019
卡勒德克入侵罗布泊四英雄奋起抗击 1028
克孜勒克孜探明战况送信塔拉斯 1040
别克巴恰出征罗布泊　卡勒德克围困塔拉斯 1048
别克巴恰率众勇士击溃卡勒德克大军 1055

1067 别克巴恰生擒卡勒德克
卡勒德克逃回康阿依招兵买马准备决战 1069
别克巴恰与卡勒德克在阔克吐卡特决战 1078
别克巴恰被逼娶佳依勒玛为妻 1096
别克巴恰生擒卡勒德克 1106

1119 别克巴恰为玛纳斯等英灵举行盛大祭典
柯尔克孜社会安定　民众生活蒸蒸日上 1121
别克巴恰安排阿拉什筹备祭典 1132
缅怀祖先的丰功伟绩 1150
别克巴恰与卡勒玛克人的较量 1161
柯尔克孜人夺得全部比赛之冠 1181
康阿依等部首领密谋抢劫 1200

别克巴恰大战博东 731

737 喀拉阔孜潜逃引发混战

喀拉阔孜黑夜逃逸 739

戈壁荒野的一场大混战 753

765 别克巴恰率领众英雄鏖战强敌

别克巴恰率众英雄奋勇杀敌被困入罗网 767

仙女阿依曲莱克救众英雄出罗网 785

797 巴克特拜再显神威

卡勒德克战败再征兵马 799

巴克特拜大战卡勒德克联军 806

839 别克巴恰大战卡勒德克

别克巴恰与卡勒德克正面交锋 841

卡勒德克诡计破灭狼狈溃逃 851

第 三 卷

865 卡勒德克侵袭帕米尔柯尔克孜
别克巴恰追踪卡勒德克

卡勒德克逃窜途中四处求援 867

凯特尔开率兵马阻截卡勒德克 876

别克巴恰追踪卡勒德克并与凯特尔开会师 881

899 柯尔克孜英雄击溃卡勒德克大军

恰克玛克塔什大显身手 901

加噶勒玛依连胜卡勒德克三员大将 914

第 二 卷

451 别克巴恰初战克孜勒克孜与卡勒德克
别克巴恰大战来犯之敌 453
妖女克孜勒克孜施展魔法 470
克孜勒克孜的阴谋化为泡影 485

497 别克巴恰为罗布泊人复仇出征唐格特
唐格特人突袭罗布泊 499
别克巴恰大战唐格特勇士阔昆 510
别克巴恰击败十万唐格特入侵者 538
追回唐格特人劫掠的牲畜和财物 556

589 九部汗王联合进犯柯尔克孜
德尔坎拜夜袭喀拉阔孜大营 591
别特尔克率五部兵马进攻巴克特拜 609

633 柯尔克孜为抗击侵略者广聚兵马
别克巴恰对奥润拜安排留守事宜 635
巴克特拜战败群敌与别克巴恰相会 643

655 双方勇士对垒较量
卡勒德克欲杀喀拉阔孜结下仇怨 657
柯尔克孜重兵集结迎敌 双方勇士拼杀对垒 665

705 卡勒德克怯战败逃
卡勒德克软硬兼施笼络人心 707
跃巴勒挑战巴克特拜 721

阿斯勒巴恰
与别克巴恰的
入摇篮仪式

凯耐尼木为两孙儿举行入摇篮仪式

在那顽皮的童年，
我耳闻前辈们口传的箴言。
阿依阔勒玛纳斯的传说，
在民间一代又一代相传，
在柯尔克孜人中流传了上千年。

这里唱的是玛纳斯的第六代传人，
阿斯勒巴恰与别克巴恰，
双胞胎兄弟俩的故事在民间盛传。

阿依阔勒玛纳斯汗王之后，
其子是赛麦台依，
赛麦台依之后是赛依铁克，
赛依铁克之后是兄弟俩，
阿勒木萨日克与凯耐尼木。
阿勒木萨日克未娶妻生子，
年轻时便离开人间，
我在此不再把他叙谈。

凯耐尼木从小被称作笨孩，
已满六岁的孩子，
还不会走路全身瘫软。
稍大之后虽力大无穷，
却毫无志向只知上山打柴和放羊。

他在九岁那年受老奶奶萨依卡丽的指点，
跨上战马奔赴前线。
他战胜了七个巨妖，
将他们斩尽杀绝。

4

恶人总爱仗势欺人，
凯耐尼木之子赛依特，
从小就知道惩恶扬善。
他深谋远虑视野宽，
瞻前顾后掌控全盘。
他在二十二岁那年，
却遗憾地离开人间。

赛依特贤惠的妻子，
是苏莱玛特之女克勒吉凯，
她生下双胞胎两个儿男后，
也撒手人寰回到丈夫身边。

出入的是一道门槛，
先生的婴儿，
取名为阿斯勒巴恰，
后生的婴儿，
起名为别克巴恰。
人们平时唤着他们的乳名，
便演变成了他们的大名：
阿斯勒巴恰与别克巴恰。

父亲赛依特已故，
母亲克勒吉凯已亡，
巴恰们从此沦为孤儿无爹无娘。

爷爷凯耐尼木，
不仅是孩子们的依靠，
也是百姓的靠山。

双鬓皆白的老祖母绮妮凯，
双乳却神奇地积满奶水，
用乳汁抚养一对孙儿，
直到他们长到三岁。

快满三岁的两个儿男，
还未举行入摇篮仪式。
爷爷奶奶一筹莫展，
儿子赛依特和儿媳克勒吉凯双双离世，
使他们的家庭和汗国乱成一团。
早已辞去汗王的凯耐尼木，
又要重新执掌汗王大权；
年过花甲的绮妮凯，
抚养两个孙儿十分艰难。

两位巴恰满三岁那年，
孩子的爷爷凯耐尼木，
在塔拉斯举行了盛大的集会，
为两个孙子举行入摇篮仪式。

被邀请的人们不分远近，
耳闻者皆来赴会。
在阿勒玛图、卡帕勒的众多哈萨克，
不分老少都来聚。

玉曲卡尔克拉、伊塞克湖人，
伊犁、阿尔泰人也已到来。
巩乃斯、特克斯和别什巴勒克人，
巴里坤、土尔番人也来赴会。
罗布泊、阿斯克和库木达依拉人，
他们也一个不落都来相会。

阿热勒和加浪苏，
吐孜阔勒的民众也来了，
还有恰特尔阔勒的民众，
全都涌到了塔拉斯。

和阗、叶尔羌和广袤的喀什噶尔，
阿巴勒汗、铁木尔和加纳迪勒，

率领自己的庶民也涌向塔拉斯。
从前的名字叫阿拉尼克，
后来改名叫安集延，
还有塔什干与撒马尔罕，
当地的百姓全都赶来了。

巴达克山、巴勒克和布哈拉，
从喀拉卡勒帕克到吐库曼，
从塔吉克、喀勒恰、朱达，
涌往坎阔勒的队伍连绵不断。

从阿富汗的柯尔克孜人，
从拉木山口的克依玛，
从支毡房的克依巴，
到玉曲阿热勒和玉尔凯尼奇河岸，
从阿昆汗的领地到坎阔勒的大路两边，
那簇拥而来的队伍不断，
家中未留下一名儿男。

节提苏的节迪盖尔，
呼罗珊的父老乡亲在途中，
又卷入了不少一道而来的人群。
从乌茹姆的乌斯逊部，
又来了不少人。
诺奥依的部落未留下一个人，
铁凯托茹人也都来了。

富饶的坎阔勒塔拉斯，
乌鲁克恰提和阔克峡勒，
所有的柯尔克孜人，
均将此视为盛大的节日。
作为东道主的柯尔克孜人，
支起座座毡房，
坚信被邀的人们定会如数到来。
广阔的坎阔勒塔拉斯，

远道而来的人们纷纷赶到这里。

悠闲自得的柯尔克孜人，
热情地接待客人。
他们彬彬有礼地问候客人，
扶下客人拴起骏马喂起了饲料。
英俊少年们跨上马背，
手中拿着库姆孜琴[1]，
弹起赛过百灵啁啾的曲儿。
少妇姑娘吹弹着奥孜库姆孜琴[2]，
歌手们放声高歌。
侍卫们维持着秩序，
安排民众们接待远方的来宾。

给产驹三百匹的大户，
仅分配接待五拨住宿的客人；
拥有一百五十匹母马者，
只分配接待三拨住宿的来客；
仅有五十匹马驹之户，
只让他们去伺候来宾。
年过半百的凯耐尼木，
为了表达自己喜悦的心情，
让宾客们住了九天，
让他们尽享肉和油的美味。

萨莫尔[3]在沸腾，
宽大的餐布上，
堆满了各种美味佳酿。
从餐布铺开的那天起，
自始至终未曾收起过。

历史上曾有过无数汗王，
也未曾像凯耐尼木这般，
对参赛的前一百五十匹快马，
都要给予丰厚的奖赏，

[1] 库姆孜琴：柯尔克孜族传统的三弦弹拨乐器，在民间流传甚广。

[2] 奥孜库姆孜琴：柯尔克孜族女子放在口中吹奏和用手指弹拨的铁制乐器，一般有柳树叶大小。

[3] 萨莫尔：即茶炊，用铜、铁等制的烧水的器具，有两层壁，在中间烧火，四周装水，供沏茶用。

头奖竟高达一千五百匹马。

“只要你的马匹胜出就赶走它吧！
若是远方来的客人，
无法将马匹赶回家，
你的马匹如果获胜，
你会获得黄金万两。

“就是给落后的骏马，
也把一百匹马奉送。
如果你不便赶回家乡，
每匹马可折算为黄金带回。

“来了七十五位汗王，
请各自推荐一名勇士，
骑上快马，
前往阿勒玛图城下。
吊起马头解除疲劳，
那里是赛马的起点。
翌日清晨从起点出发，
在卡拉布拉的峡口上，
竖起红旗迎接参赛的快马。

“这是侍卫官的公告，
请你们牢记心上。
一千三百匹纯种良马，
清点后列队出发。”

七十二位裁判员中，
三十六位随着参赛的马队，
仔细将违规的参赛者稽查。
漫山遍野挤满了观众，
人们聚在高坡观望叽叽喳喳。

歌手们放歌磨着利舌，

柯雅克琴[1]奏出悠扬的乐曲。
有位叫俄尔阿巴的歌手，
他这样来歌唱：
“以阿勒玛图和撒马尔罕的中间为界，
请大家分成东方和西方，
作为摔跤比赛的双方。

“各位汗王带来的大力士，
请派出摔跤手来较量。
若淌着汗摔倒对方，
请听好要获得的奖赏。

“连鞍带垫拿去百峰单峰驼，
这是给获胜者的奖赏，
若被摔倒就只有两手空空离开赛场。”

人们听罢歌手的宣布，
立即围成一个大大的圆圈，
等待着裁判和摔跤手进场。

东方派出的大力士，
名字叫作奇纳尔；
西方派出的大力士，
名字叫作努攘。
他们俩都穿着摔跤服上场，
互相抱着腰肩贴着肩来对抗。
在一起较量了整整六天，
谁也未能摔倒对方。
裁判让他俩分开，
他们紧抱在一起不肯收场。

人们一打听奇纳尔的经历，
据说他曾让十一位壮士丧命；
再一探听努攘的本领，
据说他摔死过六十位壮汉。

[1] 柯雅克琴：类似胡琴的民族乐器。

看来不分出个高低输赢，
他俩死也不会瞑目，
面对裁判叫停的喊声，
他们充耳不闻。

“快去把他们分开吧！”
裁判派去阿勒普博佐依，
他是汗王阔绍依的外甥。
阿勒普博佐依让他们分开，
他们还是不愿听从。
奇纳尔与努攘，
牙齿咬得咯咯作响，
门牙咬破舌头，
还是绞在一起不肯松手。

阿勒普博佐依跨步上前，
伸出他刚劲有力的猿臂，
左手抓住奇纳尔的腰带，
右手抓住努攘的腰带，
将他们高高地举起。
他张开粗壮的臂膀，
将两位大力士在空中来回旋转，
然后，将他们像蛤蟆一样，
轻轻地甩向东西方汗王的面前。

同时摔倒两位大力士，
勇士博佐依获得了头奖。

就在这刹那间，
人们涌向射元宝的现场。
凯耐尼木本人未临现场，
远方来的嘉宾和汗王们，
率领着神枪手和弓箭手，
一个个争相登场。

技艺超群威名远扬的射手，
一个也没有留下，
全部轮番上了场。

那悬挂元宝的高杆，
高有三百八十一庹[1]。
射手们从肩上取下硬弓，
每人口中衔着一支羽箭。

第一队人开始列队前往，
六百人一个接一个开弓射箭，
没有一人射中悬挂元宝的细线。

迫不及待的第二队人接着上前，
举枪射击，张弓放箭，
射出许多子弹和羽箭，
他们也空手而返。

塔合尔曼和巴达克山人，
他们也聚众上前，
结果是无功而返。

和阗、叶尔羌和喀什噶尔人，
罗布泊、阿斯克和阿热勒人，
巴里坤、卡木布勒和土尔番人，
也未有一人成功。

整个别什巴勒克人，
皆是库吐比名下的成员。
塔孜巴依玛特的麻依布拉克城，
玛纳斯城不知去过多少儿男，
也未有一人射断悬挂元宝的线。

从特克斯、巩乃斯、伊犁，
还有从阿尔泰来的，

[1] 庹：成人两臂左右平伸时两手之间的距离，约合5尺。

那些精选出来的射手勇将，
也无人能把悬挂元宝的线射断。

来自玉曲卡热克拉和伊塞克湖畔的人，
还有且奇多别、纳仁和安集延，
也有纳曼干、塔什干和撒马尔罕的众多射手，
面对高杆上悬挂的元宝，
也无一人将它射落地面。

宾客们来自四面八方，
除柯尔克孜以外来了七十五位汗王。
有人统计人数宣告，
总共有九个列克[1]人到场。
心胸开阔的柯尔克孜人，
礼让为先不争不抢，
让远方来的七十五位汗王中的射手们，
一个个率先登场。

看着他们一个个都空手而归，
最后阔绍依的孙子巴克特拜开了腔：
“我要亲自射下那元宝，
我知道射中元宝应得的奖赏，
共有赤金四万两。
我将用四十峰单峰驼，
将这些黄金驮载还乡。

“我爷爷的祝福曾给部众带来富裕，
他的名言在民众中传扬。
威严神圣的阿依阔勒雄狮玛纳斯，
当年远征别依京的时候，
我爷爷来迟了一天。
阿依阔勒玛纳斯曾亲率十四位汗王，
在路边迎接我爷爷阔绍依汗。
愿我爷爷神圣的灵魂，
始终与我相伴。

[1] 列克：柯尔克孜古数词，一个列克为十万。

“为了阿依阔勒雄狮玛纳斯的亡灵，
为了圣人阔绍依的亡灵，
为了在世的巴卡依老人，
我祈求英雄阿勒曼别特在天之灵，
赐给我神射手的本领！

“我祈求豹子般的英雄楚瓦克，
赐给我超群的臂力；
我祈求锋芒逼人的色尔哈克君王，
亲自将我护佑扶持。”

巴克特拜如此这般地自言自语着，
跨着纽扣耳深棕色骏马纵缰而驰。
他所执的神枪，
是先辈加勒格再克留下的阿克巴攘。
举起阿克巴攘瞄准绳子，
将枪捻子用火石来点燃，
对准那高杆的尖端，
阿克巴攘喷出火焰射出了子弹。

将一百四十一根线拧成的绳子，
从当中来射穿。
未让元宝落在地上，
巴克特拜跃身在空中接到了手中。

他高呼着：“荣辱与共的阿拉什，
我们要相互携手辅佐，
这四万两黄金，
阿拉什人共同平分。”

到场的七十五位汗王，
四十六位是阿拉什人，
二十九位来自其他地方。
“为什么不把我们当人看。”

一些汗王愤愤不平地埋怨。

卡勒玛克人吵吵嚷嚷，
当即带头挑起争端：
“柯尔克孜邀我们来赴宴，
让我们瞧瞧事情的结果如何演变。
自己的头奖让自己人拿上，
真觉得自己时来运转？

“让我们先来关注那赛马的状况，
如若我们的马匹胜出，
我们的人也来共分享。
不给柯尔克孜人留下任何礼物，
让我们拿走全部奖踏上归途。

“如果赛马不能入围，
我们也不能就此罢休，
我们要在赛马中找点碴儿和他们闹一闹。
到时候看他们怎么办，
可恶的柯尔克孜人。”

来自各方的人在旁皆听见，
乌斯逊人的汗王，
站出来出谋献策：
“我来给你们提出建议，
我们在此给柯尔克孜人制造麻烦，
却无力与他们抗衡，
必将在混战中伤亡惨重。

“自从玛纳斯出世以来，
未曾有人战胜过柯尔克孜。
我们也曾像烈焰般燃烧过，
也曾在两个印干中间，
自由自在骁勇逍遥。
当闲暇时跃马而出，

把契丹洗劫一空，
经常踏平他们的家园。

“柯尔克孜把我们来驱赶，
将我们逼到了那遥远的西方。
把我们的民众驱逐着，
让我们迁徙到了那偏远的乌茹姆。

“我们还是晚一点离开这里，
朝着各个方向分散而行。
让坐骑好好歇上一夜，
分别住在不同的地方。
趁阿拉什人不备偷袭他们的马群，
慢慢驱赶着逃向四方。

“让凯耐尼木与巴克特拜措手不及，
顷刻间让他们乱成一团，
看他们有多大能耐来收拾残局，
那时候他们会变得惶惶不安。”

听完乌斯逊汗王的坏点子，
康阿依人称这是个好计谋，
他们便开始观望那赛马场。

听说赛马正奔驰而来，
他们纷纷探听赛况。
他们不准备跟随鼓动赛马，
想以此来把快马考验。
如果二十六匹马不能胜出，
他们就准备给柯尔克孜人添乱。

三十六个人驱赶着参赛的快马，
催促着赛马向前飞奔，
落在后面的黑影已经不见。
从半路相迎的三十六人，

把赛马的消息传递。

在靠近塔拉斯的那边，
有一位卡勒玛克人，
他向众人传递着消息：
“去参赛的尽是纯种良马，
我看到两匹快马，
已经冲在马群的前面，
可能它俩曾经一起成长，
一匹相依着另一匹互相借力。

“我看见前面的两匹好像都是深棕色，
不知我是不是看走眼了，
它们被汗水浸透无法辨认。
那两匹马眼看就要独领风骚，
我们却被阻止跟随鼓劲。”

“你的马匹是什么毛色？”
人们互相打听着。
尘土飞扬汗流浃背，
无法辨认自己的马匹。
平民被丢在了身后，
汗王们纷纷向前猛冲。

17 百鸟众兽争为凯耐尼木报告敌情

骑乘坎库拉的凯耐尼木，
独自来到了人群的一边。
活动在塔拉斯的鸟兽们，
纷纷议论着这些滋事者的密谋暗算。

喜鹊们在枝头叽叽喳喳叫，
山莺们发出优美的声音。
拍着双翅溅起水花，
野鸭在一起嘎嘎叫。

苍鹰与猎隼，
好像听到了什么消息，
抢着话题唠唠叨叨。
野鸭沿着崖边急速飞翔，
急切地要去向汗王禀报。

领头的骆驼们着急地呜呜乱叫，
它们似乎发现了什么危机，
吆喝着驼群：
“快去向汗王禀报！”
骆驼们抖动着驼峰，
争先恐后地向前奔跑，
驼峰在颠簸中忽忽闪闪。

成群飞翔的山鸦们，
在空中盘旋嘎嘎谈论；
天鹅一边飞一边咕咕鸣叫着，
似乎也有什么事情，
要向凯耐尼木汗王报告。

公牛们摇摇晃晃哞哞叫，
好像发现了什么密谋，
说道：“我们也要去禀报！”
河水汹涌波涛哗哗作响，
似乎是在大声疾呼：
“我们听到了这伙强盗的阴谋，
我们也要去向汗王道个明白。”

獾儿们也在奔跑，
公马们嘶鸣着吼叫着，
母马们不安地低声相告。
羊儿们咩咩一片喧叫，
猎犬们狂吠着向前奔跑。

一切飞禽走兽不分蜘蛛蝎子，
只要是鲜活的生命，
一个不落地全部倾巢出动了。
它们要向汗王凯耐尼木，
将康阿依人抢掠的阴谋报告。

一切有生命者的各种语言，
汗王凯耐尼木都能听懂，
就是无生命者发出的各种声响，
凯耐尼木都能将其中的奥秘解读。

我们在前就已经讲述过，
英雄凯耐尼木，
杀死活了几千岁的魔头居仁朵，
吞下其舌头的故事，
他能够听懂所有生物的对话。

有预谋的汗王们的不轨行径，
从百鸟众兽的禀报之中，
凯耐尼木已经了解得一清二楚。
他不动声色地做出了严密的防范，

让我们还是看一看赛马的情形。

从参赛的所有纯种良马中，
让我给你讲一讲那些快马吧！
貌似一模一样的深棕色马，
让我来谈谈那两匹良驹：
杰特勒拜的克勒捷尔得马[1]，
是凯尔克特出产的良种快马，
当年赠送给克勒吉凯乘骑。
还有赛依特的铁勒库荣马[2]，
胜出的是这两匹骏马。
它俩撒开长尾，长鬃飘着，
不顾生死也要为主人争光：
“我们的赛依特与克勒吉凯，
身后便是那双胞胎兄弟，
阿斯勒巴恰与别克巴恰。

“为了这对双胞胎兄弟，
我们即便丢掉性命也无所谓。
白毡帽的柯尔克孜人是海洋，
我们要维护他们的尊严和荣光。

“玛纳斯的阿克库拉骏马，
阿勒曼别特的克勒节然神骏，
楚瓦克的阔克铁克马，
色尔哈克的铁勒克孜勒马，
圣人阔绍依大山般的塔依托茹枣骝马。
还有男子汉阔克确的雪青花马，
穆孜布尔恰克的白良种马，
阿吉巴依的老库荣马，
它们都是故去的前辈，
我们就要去服侍它们。”
它俩就这样商议着，
冲向赛马的终点线。

1 克勒捷尔得马：意为全身棕色的骏马。

2 铁勒库荣马：意为深棕色骏马。

争得了第一的铁勒库荣和克勒捷尔得，
鼻孔中淌着鲜血，
倒在了地上。
两个可爱的生灵就这样，
为柯尔克孜争来了荣誉，
双双悲壮地献出了生命。

凯耐尼木目睹了这一切，
为了赛依特与克勒吉凯，
为了曾经的先辈英雄，
将载誉而归的牲灵祭献。
让人们庄严地抬着它俩的尸身，
到玛纳斯的陵墓前敬献。

两匹库然骏马，
将生命献给了柯尔克孜人。
让它们的躯体和灵魂，
都融入柯尔克孜人之中。

其他的赛马还没有消息，
天色已经渐暗，
卡勒玛克和契丹人，
还有众多康阿依人，
他们深感不安和不快，
这些人彻底感到心寒。

当晚宾客被给予了丰盛的款待，
第二天中午其他参赛的马匹才陆续到来，
到达终点的马没有几匹，
康阿依抵达终点的马只有两匹。

此刻汗王凯耐尼木当众宣布：
“入摇篮仪式的竞技活动已经结束，
远方的客人们请回吧！
拜托你们常来常往，

得到上苍的恩赐造福于民。
乌茹姆人也要返回家园，
巨人博佐依请快送他们上路，
陪伴这些远方的客人回老家。”

为护送康阿依人和卡勒玛克人、契丹人，
从柯尔克孜中精选百名好汉，
由巴克特拜率领将他们护送。

“前方便是浩瀚的沙漠和无穷无边的戈壁，
还有连绵的群山和艾拉曼的湖泊。
送他们过了沃尔浑的红色河水后，
你们再返回来吧。”
凯耐尼木这样来吩咐。

康阿依人的阴谋诡计，
未曾实现全部落了空。

谁知巴克特拜并未深刻领会凯耐尼木的意图，
未将客人送过沃尔浑河，
到达阿尔泰便策马返回。
混杂在哈萨克和柯尔克孜当中，
留下了许多康阿依人，
为阿拉什人留下了不少后患。

喜庆的宴席已散，
人们继续安居乐业。
英雄的儿子凯耐尼木，
让阿拉什的百姓们幸福生活。

长者们谈古论今，
年轻人玩着扔羊拐游戏，
萨莫尔茶壶沸腾着，
人们吃着炒肉和油脂，
互相招呼尽享着奶茶和马奶酒。

盆里盛着蜂蜜来享用，
吃着奶油烤馕，
嚼着马肉，削着马肠。
冬天用来装马奶酒的皮囊，
盛着发酵的加尔玛[1]。

男人们分成两帮，
摆开阵势来打羊拐，
一边喝着用马奶酿造的酒，
品尝着它的醇香。

姑娘媳妇们分成两伙，
踢着毽子荡着秋千。
琴手们弹着库姆孜，
歌手们施展着歌喉。

老大娘们慈祥古朴，
像白羚羊般憨态可掬，
喘着粗气颔首跨入门来，
仰头背靠着被褥。

那些中年妇女们，
像松柏般挺着身板，
坐姿行走十分秀丽动人。
四十层的叶列切克头饰中，
银制的发链闪闪发光，
首饰如此得体般配，
珠光宝气的头饰光彩夺目。

从柯尔克孜女人容光焕发的笑脸上，
可见柯尔克孜人美好生活的一斑。
她们腰肢如柳般左右摇摆，
长长的围裙垂在地上，
迈着雪豹般轻盈的脚步，

[1] 加尔玛：用大麦酿成的传统饮料。

容颜秀美姿态从容。
鹰隼般的眉目动人心弦，
含情脉脉秋波暗传。

纯金的大耳环，
垂在肩头上闪着金光。
少妇的笑声十分动人，
如同悦耳的库姆孜琴声。

那青春少女如花似玉，
让人情不自禁；
不知有多少人为之神魂颠倒，
惊讶得呆若木鸡。

孔雀般的体态，
那剑鞘般纤细的腰身，
艳丽的长裙配着彩色腰带。
条条发辫排成整齐的一排，
银制的八层发饰，
在发辫上左右摇摆。

你瞧那婀娜的腰身，
与其容颜多么般配。
你看那乌黑细细的秀眉，
挺直的颈，直溜溜的肩；
你瞧那红扑扑的脸蛋，
像苹果般的圆润。

手腕上套着精致的镯儿，
为如玉的手腕增添了光彩。
一般的外乡人，
不知柯尔克孜姑娘有多么高贵，
不敢轻易开口对话直视。

珍珠项链与耳环相配，

就像大自然的神奇造化。
镶着宝石的精美戒指，
在手指上闪烁着流光溢彩。
天庭像灯儿般明亮，
面颊红润细嫩，
明月般美丽的姑娘让人惊叹。

好似落在架上的猎隼，
站姿优雅精神焕发。
有许多美丽的姑娘，
迷人的笑脸高贵的气质，
不知让多少情之所钟的青春少年倾倒。

身影在眼前一亮，
雪豹皮衣，貂皮圆帽，
妆饰窈窕身材苗条，
灵巧的身姿如同火红的狐狸一般。

发辫与身材如此般配，
就像那发出嫩芽的柳枝。
摇摇摆摆发辫垂地，
头上戴着绣花小帽，
顶上洁白的羽毛像仙女一样美丽。

你若问话她也搭腔，
慢言低语含情脉脉。
她的口中如同含着蜜一样，
那甜言蜜语不知使多少小伙子着迷。
活泼可爱，热情奔放，
柯尔克孜姑娘就是这般美丽动人。

柯尔克孜的长辈们，
整日用圣水漱着口。
脸庞如童颜一般通红，
好像油炒的麦粒一样。

银白的长须飘在胸前，
衣袖和衣摆在风中飘动。

公众敬仰的前辈，
他们是涉世极深的阿克沙卡勒[1]。
身披着狼皮大衣，
茶里泡着糖和蜜，
又加进金黄色的酥油，
挺着肚皮从不离开上席。
他们端起面前的茶碗，
偶尔也会品尝奶酪和肉食，
还有包尔萨克[2]等美味，
尽情享受着晚年的幸福。

为了宰杀牲畜，
小辈们自然来求他们祝福。
父老乡亲常会前来，
向他们求教后领命离去。

老大娘与老大爷相伴着，
谈天说地嘻嘻哈哈。
有些杰出的大伯们，
儿女成群子孙满堂，
其乐融融地围坐在美观大方的花毡上。

儿媳们不露声色，
相貌端庄手脚麻利勤快，
性格温柔似棉纱，
又像鞣熟的羊羔皮一样柔软。

当同龄伙伴们一到，
她们笑逐颜开，轻声细语，
互相拥抱着祝福问好，
就像年轻人一般热烈，
却从不超越规矩和习俗。

[1] 阿克沙卡勒：白胡须老者。

[2] 包尔萨克：油炸馃子。

她们问这问那又说又笑，
不时谈论族谱，拉起家常，
各抒心怀，解着心中的疙瘩。
有时互相逗乐，开着玩笑，
偶尔打打闹闹，拉拉扯扯，
也会相互推推搡搡，
相互戏谑道：“哎，你这个该死的家伙！”

在婚礼、庆宴、节日里，
老人们会领着可爱的小孙子，
让孩子骑上童鞍，
将脚放进马镫里。
她们扬眉吐气地向别人这样展示，
自己家庭幸福人丁兴旺。

家庭主妇们月月清理闲置服装，
并送给那些穷苦人家。
这已是柯尔克孜家庭的传统美德，
一代一代传承不断。

这里的老人们，
不声不响地帮助身边人，
向年轻一代言传身教。
对自己的儿女更为严格，
寓言、谚语和俗语，
绕来绕去总不离口：
“我的壁栅儿我对你言讲”，
想的是让儿媳来听；
“我的支杆儿我向你述说”，
想的是让儿子来听。
心想，只要聪慧便会明白，
这样的家教无须明白直说。

自己有儿子的人家，

切莫议论别人的儿子；
自己有儿媳的人家，
切莫谈论别人的儿媳；
自己有闺女的人家，
切莫道别人的姑娘差。
自己管教好自家的子女，
切莫对他人评头论足，
此类的教诲在民间甚多。

可贵的柯尔克孜人，
尊老爱幼邻里和睦。
他们特别尊重老者，
他们更加爱护姑娘。

柯尔克孜的大爷们，
受到儿子媳妇、姑娘女婿，
这些晚辈们的尊敬孝顺。
女儿和媳妇，
为他们缝制枕头，
里面填满雪鸡的羽绒。

柯尔克孜的大爷们，
有不少人瞧在眼里，
有不少人羡慕在心里。
代代相传不曾忘记，
他们的教诲铭记在心里。

柯尔克孜的首领，
首先保护的是自己的人民，
财产与牲畜，百姓与土地，
首先来保卫家园和利益。

决不让敌人涉足自己的领地，
誓死捍卫柯尔克孜的整体。
不让自己人流落异地他乡，

坚决维护柯尔克孜的尊严和秘密。

人民遭受的灾难，
是汗王们的无能和悲剧。
若有人受到强敌凌辱，
便有人拔刀相助伸张正义。
谁若给百姓带来灾难和不幸，
就让他走向末路销声匿迹。

人民的首领，
要为百姓带来福祉。
对那些作恶多端的劲敌，
要让他血流成河鬼哭狼嚎。
安居乐业的黎民百姓，
过着如此快乐的生活。

当冬季来临之际，
酿造加尔玛畅饮孢孜酒，
大家宰杀母马，
玩着攻王宫的游戏。
同龄人轮流请客，
男女围坐一起共饮同喜。

当夏季来临之际，
宰着空胎母马，
食着马肉和马肠；
宰着羯羊吃着羊尾油，
锅里煮着羊羔肉，
发出咕嘟咕嘟的响声。
手脚麻利的家庭主妇，
翻着锅里热腾腾的鲜肉。

姑娘媳妇也前后奔忙。
轻盈的身影在房中飘动，
欢声笑语弥漫在毡房里。

❶ 别克别凯：即守圈歌。

❷ 萨克萨海：即守夜歌。

姑娘媳妇夜里出来守羊圈，
唱着“别克别凯”[1]，歌声激昂，
唱着“萨克萨海”[2]，激情高亢。

若望见那狼的身影，
警惕的山羊们打着喷嚏骚动不安，
牧羊犬们汪汪狂叫，
牧羊人高喊着将狼群驱赶。
牧马人跨上烈性种马，
好像受惊似的狂奔乱叫。
若听到群狼在嚎叫，
枪声便会砰砰不断。

在那些富裕人家的门前，
系拴的坐骑排列得像禽翅一般。
巴依们的儿孙好风光，
腰间扎着银腰带，
穿着獾皮大衣，头戴河狸皮帽，
尽情享受着人间的快乐。

喝完茶后伸展四肢，
懒洋洋地拖拉着腰上的腰带。
少男少女并肩同行，
来到缆绳边帮着挤马奶。

赶着凶猛的猎犬，
在山丘中追猎羚羊；
高举着手中的猎鹰，
在湖泊沼泽里追猎水鸭。
狩猎打围是年轻人的爱好，
作为乐趣喧嚷着。

组织三岁马驹来比赛，
聚集成团热热闹闹，

刁羊比赛人欢马叫红红火火。

为要夺冠的骏马，
披上华美的马衣。
从马群中挑选走马，
从布料中挑选布鲁姆[1]，
从姑娘中挑选美女，
从妇女中精选贤良，
为盛大的庆典做好充分的准备。

搬迁和转场，
是牧民最重大的牧事活动。
要提前制作那精美驼垫，
要提前准备好遮阳大伞。

为了老人、妇女和儿童，
在搬迁途中不被日晒和雨淋，
在领队的骆驼背上，
搭起精美的凉棚架。
为了路途上的安全，
将骆驼的肚带拉了又拉，紧了又紧。

当冬宰的时节一到，
一次就要宰四五十匹母马，
又不知要宰多少只羊，
羊皮堆积成小山一样。

把牲畜集中在一起，
赶往野外轮流牧放。
在种羊的脖颈上，
拴上精致的双铜铃。
让雄驼狂吼乱叫，
耷拉着它的绒毛。

开春便着手种田，

[1] 布鲁姆：珍贵的布料。

秋季里收获满仓。
羊儿都产下双羔，
在每只母羊的身旁，
拴着成双成对的羔儿。

人们都三三两两散居各处，
其中富有的人家，
拴起十来匹母马，
早起晚睡地挤奶。

正是柯尔克孜人狂欢的季节，
人们尽情享受丰收的喜悦；
正是柯尔克孜人忙碌的季节，
人们为过冬准备充分的食物。

时节将去不停留，
就像射出的子弹飞快。
太阳追赶着月亮，
月亮赶着太阳，
天黑了又明，阴了又晴。
日复一日，年复一年，
阿斯勒巴恰与别克巴恰，
都已经长到了十五岁。

失去父母的一双孤儿，
在爷爷和众乡亲的呵护下，
无忧无虑健康成长。
他们纵马围猎拉弓射箭，
他们抡枪舞剑习文练武，
英俊少年阿斯勒巴恰和别克巴恰，
已经成长为顶天立地的英雄好汉。

人们开始迁往夏季牧场，
正是阳光明媚的好季节，
柯尔克孜人突然遭遇，

一场不幸的灾难。

暂且不提这些话题，
让我们看一看少年阿斯勒巴恰，
是怎样独自提辔策马出征。

阿斯勒巴恰

初露锋芒

阿斯勒巴恰跨马出征

英雄凯耐尼木猛虎，
早早起床深感不安，
好似塔拉斯要遭劫难，
不祥的预感在心中缠绕，
他便操起了千里眼走出宫门。

在宫门外不远处，
有个叫博孜朵别的地方，
青鬃狼徒步来到这里，
过往的人们常在此歇脚。

在汗王玛纳斯时代，
就在此安放着石条凳，
他坐在上面歇息，
用千里眼向四方眺望。
在铁木尔山脚的外围，
在塔拉夏的山梁，
发现有人影在晃动。

夏季里无人会去那里，
冬季也无人涉足那里。
只有当秋季庄稼即将成熟的季节，
大牲畜才会被集中到那里去牧放。
他心中疑惑不解：
“这到底是些什么人？
我得跨马去看个究竟。”

凯耐尼木举着手中的千里眼，
仔细一瞅，

不由得吓了一跳，
在塔拉夏的山坡上，
一杆杆战旗迎风招展，
黑压压的人头在攒动。

“谁竟如此大胆，
敢将我们的塔拉斯侵犯？
我得亲自去那里探明，
到底是谁在那里。”
他闷闷不乐地回到宫中，
牵出坎库拉骏马打算去看分明。

他的阿斯勒巴恰小猛虎走出家门，
一眼瞧见坎库拉骏马的身影。
“自从我长到十五岁，
还未曾见过这匹马鞴过如此好的鞍具。”
小猛虎心中这样想，
“爷爷要去什么地方？”
心中好奇的青鬃狼，
决定上前去打探。

他来到了英雄的身旁，
注意观察爷爷的表情，
那威严的神情令人心慌。
他大着胆子上前问候，
金色的刘海，
在额头上忽闪忽闪地晃动。

阿斯勒巴恰顽皮鬼，
英姿勃发红光满面：
“我亲爱的爷爷，
您担心我被有翅膀的扇着，
您害怕我被有嘴巴的咬着，
时时刻刻将我小心呵护。

“装备如此齐全的坎库拉骏马，
我还从未见过。
您的坎库拉骏马，
今日为何打扮得这般漂亮？”

当孙儿好奇地来打探消息时，
凯耐尼木向孩子开口言道：
“好了，我的小马驹，切莫打探，
我不是出门到远方。
我想在百姓中探巡，
要了解各路的情况。
铁木尔山的塔拉夏，
历来是塔拉斯的要塞，
我要去那里观察一番。”

阿斯勒巴恰又开了腔：
“我亲爱的爷爷呀，
这样的事情就让我去吧！
我已年满十五岁，
到了保护百姓的年龄。

“马儿们闲着会太肥壮，
男子汉待在家里会生病。
‘我九岁时就跨马出征，
南征北战纵横千里。’
您曾这样对我们讲。
如今我已到十五岁年华，
却依然在家中玩耍。
如今还是没出息的孤儿娃，
这样您还抚养我干什么呀？

“您那独子赛依特，
他也是十四岁跨马出征。
他去神秘的陵墓，
和坎凯尔克特在克孜勒沙漠展开激战，

他的鲜血染红疆场。
他将七个巨人的后代，
一个个砍下头颅。
他消灭了吃人的恶魔喀拉朵巨人，
作恶多端的苏莱玛特，
也未逃脱死亡的下场。

“他深入节迪盖尔的领地，
去寻找那脑后披散着长发的吸血鬼，
将他们全部押了回来。
他降服了吃人的女妖，
将她变成了凡人，
赏赐给加曼巴依。

“让战马的汗水白白流淌，
爷爷您不会这样无缘无故地跨马出门，
切莫隐瞒您心中的秘密，
请告诉我这孤儿吧！
如果上天有什么意愿，
您的孤儿也会为您分忧解愁。”

凯耐尼木听到这些话后说道：
“噢，我顽皮的小马驹，
让我现在将所见所闻，
毫无保留地告诉你吧！
我早起洗漱之后，
在博孜朵别的高冈上，
操起千里眼来瞭望。

“我望见在塔拉夏的山梁上，
一伙人影在晃荡。
是否有不怀好意的汗王？
是否有心怀恶意的豺狼？
所以我想去看一趟。

“孩子，你且在家中玩耍，
不要为爷爷担惊受怕。
两天之内我就回来，
你数着日子等着吧。”

听到爷爷的这番话，
血气方刚的少年，
兴奋得无法自已。
他有些语无伦次：
“这样的话，爷爷呀，
上天赐予了我机会和期望，
我出征的时机已经到了。

“当我闲暇无聊的时候，
如果是敌人来侵扰，
就让我消遣一下吧！
在山梁上如果出现人影或红色的战旗，
假若能清楚地分辨是百姓的灾星的话，
让我来好好教训他们！

“当您还健在的时候，
阿斯勒巴恰和别克巴恰，
两个孙儿就在您身旁。

“您拥有白毡帽的柯尔克孜人民，
您拥有驰名天下的塔拉斯宝地，
您拥有色尔城耸立在坎阔勒平原，
还有先王阿依阔勒玛纳斯的陵墓，
屹立在恰特卡勒，
您还有哪一点比别人差？”

阿斯勒巴恰趁机又提出要求：
“快为我祈福吧，爷爷！
为了白毡帽的阿拉什，
让我出征一帆风顺马到成功。

“若是前来制造事端的无赖，
或是前来挑战的劲敌，
对我来说不是磨难，
而正是对我最好的历练。
我要骑上骏马，
前去阻挡入侵者，
不让他们翻过山梁。
老天赐予我难得的机会，
是他们自己找上门来制造麻烦。

“阿依汗之子阔克波茹，
专为阔勇阿勒普调养了玛依托茹。
后来奉送给爷爷您，
作为珍贵的礼物。

“玛依托茹正好六个阿斯依[1]牙口，
在四条腿的马匹当中，
不会再有像它一样的牲畜。

“它个头同赛麦台依汗王的塔依布茹勒相当，
它的臀架就同先祖玛纳斯的坎库拉一般，
步姿就同父亲赛依特的铁勒库荣一样。
它的速度十分快捷，
同杰特勒拜的克勒捷尔得马一样，
耐力如同阿吉巴依的骏马卡尔特库荣。
头形和额毛十分喜人，
与古里巧绕的苏尔阔勇马相差无几。
四条腿儿似钉桩，
有着铁勒克孜勒的美姿。
鬃毛与尾巴酷似巴卡依汗王的雪青走马，
面门有白色流星痕迹，
就像卡妮凯的喀拉哈西卡骏马。
它那坚硬的四只铁蹄，
就似倒扣的大木盆。

[1] 阿斯依：马匹五岁为一个阿斯依，以后每增加一岁就是增加一个阿斯依。六个阿斯依等于十岁。

“我把父亲赛依特留下的金鞍鞴上，
莫让他的盾牌再锈迹斑斑，
我要把它挂在肩背上。
戴上他的护心镜，
再扛上他的铁锤，
穿上他的整个铠甲。
将猛虎色尔哈克勇士，
常用的色尔巴攮[1]握在手。

[1] 色尔巴攮：指的是一种神枪。

“我父亲常用的色尔矛枪，
还有门扇般宽的月牙斧，
我要把它们全部带在身上。
将父亲的头盔，
扣在我的头上。

“在那山梁的若是敌人，
让我前去施展神威。
用父亲留下的兵器，
让前来交锋的群寇血流成河。
如果是前来结仇的汗王，
我去拦截，与他较量。

“我已年满十五岁，
怎能容外敌来入侵。
我若不亲自去上阵，
就会落下个坏名声。

“年迈的爷爷啊，
请站在您的百姓中间！
我祖辈的英灵会来相助，
我自己的尊严和声望，
决不会丢在他人手上！”

孙儿情真意切的一席话，

让凯耐尼木感触很大。
特别是听到“我父亲赛依特”这句话，
他再也无法开口阻止他。
“孩子，想去就去吧！”
凯耐尼木终于答应了他。

凯耐尼木的双眼，
喷射着愤怒的火焰。
他命令将玛依托茹骏马，
立刻从槽边牵到了面前。
老人家一丝不苟地鞴好了鞍，
并将赛依特留下的武器和装备，
全部拿到了孙儿面前。

“你已踏上了你父亲的足迹，
快穿上他的金甲，
接过他精良的武器。”

十五岁的冒失鬼，
父亲的衣甲穿在他身上，
不长不短正合身，
就像专门为他而裁剪。

耳闻英雄少年的壮举，
白毡帽的柯尔克孜百姓没留下一人，
不管是老的少的都赶了过来，
姑娘小伙子更加踊跃。
柯尔克孜人倾巢而出，
顷刻间人山人海将少年围在中间。

宫中总管奥润拜，
他亲自赶来禀报：
“六天以来，
我一直无法合眼入睡，
我心烦意乱无法忍耐。

通往坎阔勒的七条岔路，
我几日来特别察看了一遍。

“我招来所有寻踪高手，
派他们去寻迹探踪；
请来巫师和算卦的，
让他们来占卜凶吉。

“巫师与占卜师，
都说敌人已经入境。
探寻踪迹者已返回，
他们把实情已查明白。
寻探踪迹高手阔库木也前去，
却被敌人发现后捉走，
押到他们的头目面前。

“敌首见到阔库木，
向他这样开口道：
‘请听清楚我的大名，
快去禀报你的汗王。
我本是塔吉克人，
我父亲名叫铁米尔别克，
乃是塔吉克的首领。
他被诬陷与卡勒玛克人有瓜葛，
竟被凯耐尼木杀害。

“‘我的名字叫阔克波热，
人们称我是吸血恶魔，
如今我已长大成人，
怎能不报杀父之仇。

“‘我为向柯尔克孜讨还血债，
率领数万大军专程来到了这里。
我已向康阿依人送去了信，
约他们同来报仇雪恨。

“‘我派人斩杀了节迪盖尔的汗王，
把喀拉阔孜封为新汗王。
喀拉阔孜汗王掌控在我手上，
他的前哨兵在等待我的到来。

“‘呼罗珊的新汗王，
我已差人捆了他的手脚，
将他藏在了无人知晓的地方。
我嫌呼罗珊势力太弱小，
我又降服了伊斯番人。

“‘康阿依、塔吉克和节迪盖尔，
还有呼罗珊、伊斯番等五个部落，
联合向柯尔克孜进军，
柯尔克孜人现在已面临灭亡。

“‘自从玛纳斯时代以来，
你们凌虐了芒格特人民，
杀死了他们的首领和大将，
使他们的地盘日渐缩小。
萨拉玛特的后代卡勒德克，
我也给他送去了信。

“‘你们已无人敢与我面对面较量，
你们已没有与我对阵的英雄。
六个汗王的庶民若聚结而来，
塔拉斯将被踏为平地。’
他们的头目阔克波热，
所讲的就是这些。”

听到奥润拜之言，
聚集的柯尔克孜民众，
个个义愤填膺愤怒不已。

阿斯勒巴恰大声疾呼：
“让人忍无可忍的六位汗王，
我要让你们知道我的厉害！”
他转身又向众乡亲慷慨陈词：
“白毡帽的父老乡亲，
凯耐尼木爷爷还健在，
连麦糠也不会让给老鼠，
你们还有什么可担心的事？

“如今我已满十五岁，
你们的孩儿阿斯勒巴恰，
我要独骑前往，
祝你们全都平平安安。

“喂我洁白乳汁的奶奶，
切莫担心我会发生什么。
我是战无不胜的英雄，
又有前辈英灵的护佑，
请你们劝慰她不要牵挂。

“塔吉克的阔克波热，
他想来为我们制造灾难。
我看不起他，没必要像他那样，
带着众多兵马出兵打仗。
自从我祖辈以来，
单枪匹马是我们的传统。”

他快步踏上马镫，
跨上玛依托茹马，
向右掉转马头，
面朝着先祖玛纳斯的陵墓，
向祖父凯耐尼木，
向所有民众请求祈祷祝福。

当他勒马转身时，

他的前方冒着浓烟，
身后的风呼呼作响，
一团燃烧的熊熊烈火，
朝着天空直蹿。

在雄狮的双肩上，
落着两只猛禽。
在他的身后，
立着一位如花似玉的姑娘，
“仙女坎阔勒”因此而得名。

十五岁的冒失鬼，
一人就顶八十个壮士。
所有看到他的人都被吓倒，
不敢出来与他针锋相对。

若从对面来正视，
他的威严就似那凶猛的猎鹰；
若从背面看去，
他的身姿酷似发怒的雄狮；
若从侧面来观察，
他貌似腾云驾雾的巨龙；
若从他的头顶俯瞰，
他酷似暴雨前的滚滚乌云。

威猛英俊的少年英雄，
胯下的玛依托茹战马，
浑身油光发亮。
二六一十二只公盘羊，
在两侧相伴风驰电掣。
玛依托茹的蹄声，
就像十五匹马一样轰轰隆隆，
铁蹄掀起的尘土满天飞扬。

为他送行的柯尔克孜人群情激昂：

"只要阿斯勒巴恰跨马出征，
白毡帽的柯尔克孜百姓就平安。
只要阿斯勒巴恰奔向战场，
即刻就能将塔吉克入侵者歼灭光，
定将战利品全部带回家乡。"
人们的欢呼声惊天动地，
呼唤着阿依阔勒的英灵来保佑，
众人齐声祈祷，许愿祝福。

英俊少年阿斯勒巴恰，
快马加鞭独自向前。
胯下的玛依托茹战马，
闪电般奔向前方。

年轻的猛狮阿斯勒巴恰，
酷似要袭击羊群的恶狼。
他环顾道路两侧，
用舌尖舔着嘴唇。
他像展翅腾飞的金雕一般，
朝着山梁飞奔而去，
转眼间就接近塔拉夏的峡口。

当年杰出的英雄赛麦台依，
从喀拉汗那里返回塔拉斯时，
圣人巴卡依就在此处相迎。
翻越这个峡口，
就到了侵略军驻扎的兵营。
催促胯下的玛依托茹战马，
英雄少年挺枪冲向战场。

48

阿斯勒巴恰初战告捷

塔吉克大军的前哨，
气喘吁吁跑回军营报告：
“在塔拉夏的高冈上，
有一位挺枪纵马的英雄少年，
正如同离弦之箭向这里冲来。

“他身穿灰色的铠甲，
外罩银白色的战袍。
男子汉身材伟岸气宇轩昂，
相貌惊人天下无双。

“他骑的是白鼻梁的玛依托茹快马，
体态匀称与凡马不同。
他单枪匹马面对前方，
他的气势千人难挡。
他看似刚满十五岁的模样，
是一位血气方刚的英俊少年。

“当叙述起凯耐尼木的情况时，
你讲过他骑的是坎库拉骏马，
你说过他穿的是灰铠甲。
前来的那人和马，
辨不清到底是谁呀！
我们前来向您禀报，
尊贵的汗王陛下。”

暴君阔克波热，
听说有一人敢单骑前来迎战，
他怒气冲天吹胡子瞪眼，

他环顾着四周大声吼叫：
“你们十六位大力士，
谁敢前去会一会他？
你们要捉活的回来。
柯尔克孜都是亡命之徒，
弄清来者是何人，
摸清他是谁的后代，
切莫鲁莽地杀了他。

“将其带至我的帐前，
弄清他的身份，
再杀了他也不迟。”

在塔吉克军中，
有一位卡勒玛克人，
他的名字叫安塔拉，
他可是十六位大力士之一。
他挺身而出慷慨请战：
“只要我一人跨马前去，
就能把他像小鸡一样捉来。
如果不是凯耐尼木，
还能是谁胆敢单枪匹马？”

此刻塔吉克的塔特别克抢上前：
“安塔拉不用你前去，
眼下的机会属于我。
我作为塔吉克理应当先，
如果唯一的卡勒玛克前去，
将有损我们的形象和尊严。
我塔吉克的勇士塔特别克，
还有什么脸面活在人间？

“第一个出战的非我莫属，
你若蛮横纠缠着要前往，
我非在半道收拾你不可。

别说是别的柯尔克孜人，
就是凯耐尼木本人，
我也不会畏惧胆怯。

“自从有了塔吉克的名称，
自从我名叫塔特别克以来，
还没有敢与我对阵的对手，
也没有不畏惧我的人。

“如果凯耐尼木已赶来，
这回跟他一对一较量，
有我塔特别克在场，
还能轮到你安塔拉吗？”

听了塔特别克的话，
安塔拉十分恼怒。
他不顾塔特别克的阻拦，
走出营帐跨上战马，
率领三百名部下出发。

此时愤怒的塔特别克毫不退让：
“你这个该死的安塔拉，
竟敢无视我的警告。
我塔特别克的话一掷千金，
我定要将你杀死在半道上。
不把你斩于马下，
我塔特别克誓不为人。”

塔特别克带领着五百人马，
也浩浩荡荡地出发。
气愤难耐的塔特别克，
自言自语地说，
一定要把安塔拉拉下马。

走在前面的安塔拉，

是位大力士，名声在外；
后面紧追的大力士塔特别克，
也是塔吉克的一员猛将，
与阔克波热不分上下。

塔特别克、安塔拉二虎相争，
阔克波热坐在帐中谁也不劝，
心想："今天好像要出点事情，
塔特别克与安塔拉，
说不定会有个人要丧生。"

想到这阔克波热也急忙跨马出发，
心想："我要跟在他们后面，
劝阻他俩莫互相残杀，
尽快把他们带回家。
这种人在众人面前，
还会说出不少怪话。"

抢头功心切的安塔拉，
挥鞭催动胯下的骏马。
跟随的人马赶不上他，
只能远远跟在他身后。

塔吉克的塔特别克，
顷刻间追上了这群人马。
他在人群中没找到安塔拉，
心想："看来是他害怕我已经逃跑。"
塔特别克心中乐开了花，
他更加狂妄自大，
心想定要追上安塔拉。

塔特别克竭尽全力，
用鞭抽打着战马，
汗水溅洒在胯下，
很快就追上了安塔拉。

当传来马蹄的嗒嗒声，
心神不宁的安塔拉，
也纵绳放开了快马，
提防着塔特别克的袭击。

看到安塔拉急催着骏马，
塔特别克更加精神焕发。
当他纵横驰骋疯疯癫癫，
从一侧擦肩而过时，
安塔拉道出这番话：
“喂，塔特别克，
快讲实话吧！
我当着汗王的面出发，
你为何在我身后气势汹汹，
你这个塔吉克为何要跟踪我？”

此刻塔特别克说：
“我讲的不是戏言是实话，
这次的机会属于我，
不会让给你安塔拉。
你若不肯把头点，
将命丧于我手下！

“你切莫要说那些废话，
你切莫胡思乱想，
别想我将这次出征的机会让给你。
有我在场的时候，
安塔拉你何时成为人物？
你乖乖听我的话，
快快退回营帐吧！”

此刻愤怒的安塔拉说了话：
“要退回去的人是我吗？
追来要报仇的是你吗？

“如果没有康阿依的援助，
塔吉克什么时候，
敢接近柯尔克孜人的身边？
平常你待在家中瞻前顾后，
今日你却口出狂言。
塔特别克，快拉住你的马，
切莫抱有半点儿妄想，
我安塔拉不会放走你。”

“安塔拉你若厉害，
为何要混迹在塔吉克人当中？
你为何要寄人篱下？
今日，当塔吉克的兵马出征时，
你却要冒充好汉，
敢与塔吉克英雄比高低，
不知天高地厚说着大话。

“安塔拉，你别不服气！
我要在途中杀了你，
这是我在汗王面前发过的誓，
这可是真话不掺半点假。
我说让你滚，你就得快滚！”
塔特别克口气更加强硬。

塔特别克的恶语，
伤了安塔拉的自尊。
这个卡勒玛克，
顿时暴露出他吸血鬼的本性。
他催马向塔特别克冲杀而去，
挥舞着长矛怒吼着。

塔特别克并未在安塔拉面前畏缩，
他挥舞着锋利的长枪，
也迎面驰马而上。

两人都不退缩展开拼杀，
不顾死活越战越勇。

当他俩奋力搏杀时，
猛狮阿斯勒巴恰，
突然闪现在两人面前。

阿斯勒巴恰心想：
“两个巨人横冲直撞，
从远方来到这里互相厮杀。
他们究竟是什么人，
为什么在这里厮杀？
我要上前问个明白。”

他未去问双方的兵卒，
直接奔向交锋的两位大力士，
开口问道：“你们到底是什么人，
为何在这里动起干戈？”

杀红眼的两个巨人，
根本就没工夫搭理他。
这使血气方刚的阿斯勒巴恰，
顿时大发雷霆：
“千里迢迢跑到塔拉斯，
目无伟大的英灵玛纳斯，
竟然将此地当作战场。
该入地的家伙，
英雄玛纳斯的后代，
岂能让你们在此大胆妄为！”

年轻的雄狮怒吼着，
拍马直冲而上，
将手中的鸭掌式长柄矛枪轻轻一挥，
从两个巨人中间冲杀而过。

年轻气盛的英俊少年，
你瞧他是何等威猛。
就像皮帽落地，
两个巨人同时跌落马下。

安塔拉翻身站起来吼道：
“你从哪里来，年轻娃娃？
你这冒失的浑小子，
为何动手向我们冲杀？”

阿斯勒巴恰雄狮说：
“我一眼认出你是个卡勒玛克人，
你站在这里不过是个活鬼，
别咋咋呼呼快讲实话，
你们想到哪里挑衅？”

他又瞅了一眼塔特别克：
“喂，你这丑陋的家伙又是何人？
看你的装扮像是塔吉克，
快讲清你的由来！”

安塔拉吞吞吐吐地言道：
“他是塔吉克，我是卡勒玛克，
我们的目标是柯尔克孜，
我们准备联手将柯尔克孜攻击！”

“你们如果联手攻打柯尔克孜，
这可是难得的一场厮杀。
我就是柯尔克孜的儿男，
是赛依特的后嗣。
本人名叫阿斯勒巴恰，
我今日才跨上战马，
柯尔克孜已经兴旺强大。

“我的先祖是英雄玛纳斯，

自从玛纳斯至今，
无人能战胜柯尔克孜。
有所耳闻的人都在传说，
塔吉克的阔克波热，
要来侵犯柯尔克孜。
为此我阿斯勒巴恰，
前来接受他们的挑战，
要将入侵者驱逐出境。

“你们一个是塔吉克，
一个是卡勒玛克，
是否都是阔克波热的手下？
我总算不费力气，
找到了所要寻找的敌人。

“我来打落你们的利牙，
钉在你们的头顶上。
我来割下你们的首级，
让你们知道如何死在我的手下。”

塔吉克的塔特别克，
当即因惊恐而昏厥。
卡勒玛克的安塔拉，
呆望着阿斯勒的雄姿，
已经变成傻瓜。

阿斯勒巴恰这时又开口说话：
“我爷爷是凯耐尼木汗王，
我奉命来将边境巡察。
我不想让你俩就这样送命，
我放你们一条生路，
切莫以为我心慈手软不敢杀你们。
一旦我开了杀戒，
成千上万的侵略者，
我会将他们的罪恶一一清算，

一个也不会留下。

“别只派奴仆，让你们的汗王来吧！
让你们的英雄巨人大力士，
还有你们的六位汗王，
带着千军万马一起来吧！

“托阿依阔勒玛纳斯的神灵佑助，
我才是你们唯一的对手。
你们为何要互相厮杀？
究竟是为了什么，
是不是无聊时在一起玩耍？
快将其中的缘由向我道来！”

惊慌失措的安塔拉，
低声下气地把话答：
“柯尔克孜少年阿斯勒雄狮，
我把实情来告诉你吧。
一听到前哨报来的消息，
听说来了一个单枪匹马的人，
我是想抢个头功捉住他。

“塔特别克却出来百般阻挠，
他要我把出征的机会让给他，
我是卡勒玛克英雄，
哪里会听他的话。
我跃马挺枪冲出营外，
塔特别克怒气冲冲赶来将我追杀，
为此我俩就在野外拼杀。

“少年英雄你若说的是实话，
就饶了我们放我们回去吧！”

双目喷射着怒焰，
小伙子扫了他两眼。

塔特别克与安塔拉，
语无伦次浑身颤抖。
作为玛纳斯的后代，
把敌人看得不如自己的裤脚。
年轻的烈豹眉头一皱，
示意他俩快滚吧。

安塔拉与塔特别克，
被少年英雄的威猛所慑服，
灰溜溜地往回撤。

突然迎面撞上了阔克波热，
安塔拉将事情的经过，
垂头丧气地告诉了他：
“那往这儿来的人，
我们见了他的面。
他骑的是玛依托茹骏马，
他的威猛不同凡响。
乳臭未干，羽翼未丰，
年龄只有十五六岁，
当他完全成熟时，
绝对是一位英明勇敢的汗王。

“他浑身的力气没人能比，
交手的人定会被吓傻；
他全身的力气大无边，
交手的人定会被捏碎。

“他说他的名字叫阿斯勒，
要看看你们有多大能耐。
他说你们六位汗王齐聚集，
从西方到东方，从北方到南方，
是被死神驱赶着来到了这里。

“他看见我们两人在厮杀，

矛枪一挥将我们二人都打下马。
他说他是柯尔克孜人，
是玛纳斯的后代。
他说与我们交手的就是他，
何必在这里自相残杀。
他说他今日才跨上战马，
不忍将我俩全砍杀，
为此把我俩放回家。
柯尔克孜的阿斯勒少年，
在我们眼中就似条巨龙。

“我们敬佩又信服，
如果再逞强去厮杀，
那鲜血定将流成河呀！”

阔克波热生气地打断了他的话：
“塔特别克与安塔拉，
你们说的是什么话！
我还以为你们俩，
是为我撑腰的大力士。
让狗去听你们的废话吧！

“切莫胡说八道，立刻出发。
你们无端地把他夸，
那柯尔克孜的娃娃，
我根本不把他当人看，
他还不如我的裤脚。

“我是天下无敌的大英雄，
怎能怕他这个无名的小娃娃。
可能已经老态龙钟，
凯耐尼木将我惧怕。
他留在了家里不敢出门，
才派来这个打探消息的小娃娃。

“我是鼎鼎大名的阔克波热，
我要将凯耐尼木与阿斯勒巴恰，
这一老一少爷孙俩，
双双生吞活剥了才解恨。

“安塔拉你来自卡勒玛克，
你身边还有不少人。
在塔吉克人中间，
又有塔特别克、努斯凯和阿库勒，
个个都是顶天立地的英雄好汉，
一个就能抵挡千军万马。
呼罗珊、伊斯番和节迪盖尔，
他们还有不少英雄。

“芒格特人的部落里，
还有萨拉玛特汗王的后代卡勒德克汗，
他们都想将整个世界和大地，
统统据为己有！

“不可逗留即刻出发，
我要直取塔拉斯，
谁还要在这旷野中游荡！
我无心与那年轻少年较量，
我要直取塔拉斯，
谁愿意在此争斗纠缠！”

阔克波热心急如火，
下令熄灭灶火收起帐篷。
带领那浩浩荡荡的人马，
轰轰烈烈地向前推进。

看着潮水般涌来的军队，
阿斯勒巴恰毫不畏惧，
竖立战旗迎风招展。
阔克波热无视高扬的战旗，

只是一个劲儿地催动兵马，
朝着塔拉斯方向奔去。

狂妄自傲的阔克波热，
没把阿斯勒放在眼里，
觉得自己兵强马壮，
就轰轰烈烈地踏上征途。

“阔克波热算什么汗王，
我竖战旗他不予理睬，
世上哪有如此不懂规矩的蠢货！”
阿依阔勒的后嗣阿斯勒巴恰，
顿时虎性发作，
不顾如潮涌而来的兵马，
高喊着玛纳斯的威名，
矛头直指对方执旗的家伙。

原来那举旗而来的勇士，
是叫波勒特的家伙，
在同行者当中，
自称是独一无二天下无敌的英雄。

不理睬对方的战旗，
不懂规矩而来的塔吉克，
对雄狮阿斯勒巴恰而言，
破阵而入理所当然。

见到阿斯勒的威仪，
目睹少年的勇猛，
执旗英雄十分生气：
“我乃驰名儿男波勒特，
哪能在小儿面前后退畏缩。”
他顾不得军队的尊严，
将战旗往地上一抛，
呼叫着“塔吉克”的口号，

纵马挥矛直刺面前的少年英雄。

英雄少年阿斯勒巴恰，
面对那傲贼波勒特的长矛，
用手中色尔矛枪只轻轻地一拨，
波勒特的长矛不知飞向何方。

阿斯勒的玛依托茹战马向前冲去，
身后扬起满天尘土。
少年又拨转马头巧妙地回转，
面对惊慌失措的波勒特，
阿斯勒的长枪猛地一刺，
毡房般巨大的波勒特大力士，
连同他座下的大花马，
一道翻身躺在了地上。
被阿斯勒的矛枪刺中哪有生路，
波勒特当即毙命再未站起。

身后的三个卡勒玛克齐上阵，
为波勒特之死而怨愤。
玛纳斯的子孙后代，
何时畏惧过强敌，
阿斯勒巴恰不慌不忙从容应对。

奔驰而来的卡勒玛克们，
一个手执长矛，
一个提着巨斧，
还有一个窝着满肚的怒火，
手举着大锤。
三个卡勒玛克英雄，
将雄狮阿斯勒巴恰，
团团围在了中间。

阿依阔勒的后代阿斯勒男子汉，
他不是凡夫俗子，

他懂得所有战术和战法。
三十二种马上战术，
雄狮阿斯勒皆熟知；
七十二种拼杀战术，
男子汉阿斯勒皆娴熟；
只要人知的所有战术，
勇士阿斯勒样样都精通。

如果同仇敌展开搏斗，
他有着男子汉的气魄和力量；
如若和强敌展开舌战，
英雄具备雄辩的本领。
同强寇厮杀从不后退，
英雄有着雄狮之威猛。

刺杀时如同猛虎，
擒拿时神似猎豹。
面对卡勒玛克强敌，
他挥动利矛快如风，
打得他们各个措手不及，
三个卡勒玛克顷刻离开人间。

自从阔克波热驰骋沙场以来，
还未曾目睹过这般场面。
他召唤大力士们，
喝令他们快马加鞭。

“塔吉克的五员大将，
你们五人同时上阵，
一定要将柯尔克孜的阿斯勒，
即刻擒拿捆绑到我面前！

“他一人将三个卡勒玛克，
霎时斩杀于马下。
你们五人要拧成一股绳，

迅速将他活捉来，
在他的脚板上钉上木楔。
若不把他捆绑来，
我要砍下你们的头！”

出自塔吉克的佼佼者，
是纵马驰骋的猛将。
在战场上从不知退缩，
一人能顶千人的勇将，
在人们中名声不凡。
这般英勇无敌的五员大将，
一拥而上向阿斯勒巴恰扑来。

猛虎般神勇的阿斯勒巴恰，
从不知饥渴和疲倦，
无论是五人还是五百人，
他根本就没放在眼里。

像跃跃欲试的雄鹰，
在节提苏捕猎野牲，
他高呼着玛纳斯的威名，
迎着五员大将拍马而上。
睁大双眼眨都不眨一下，
闪电般同五员大将厮杀成一团。
三人被刺死跌落马下，
还有两个半死不活奄奄一息。
狂妄自大的五个家伙，
就这样结束了他们的生命。

塔吉克与卡勒玛克，
顷刻折损了八员大将。
目睹这一切的阔克波热，
重新发布了战斗的命令：
“塔吉克和卡勒玛克，
所有三十名大力士，

如果你们有能耐，
请将挺立在那里的阿斯勒，
给我生擒活捉。
如果不能生擒活捉，
也要想办法趁机杀了他。

“我即刻就会想出，
智取那少年的计策。
凯耐尼木畏惧未敢来战场，
我要提着他孙子的头颅去见他。
我要为从前死去的亡灵，
亲自报仇雪恨算清账！

“我所有的大力士们，
切莫鲁莽行事，
切莫妄送性命，
想个办法征服他！”

三十名大力士怒吼着，
像狂风般猛烈咆哮，
执起的矛枪如一片密林。
簇拥的人头晃晃悠悠，
隐隐约约展现在眼前。

手执矛枪的勇士们，
心想，这回不知是什么结果，
惊恐之中心儿慌慌。
鲁莽的在马上疯疯癫癫，
胆怯的在马上颠颠蹿蹿。

肥壮的兵丁，
屁股坐不到鞍中，
不时地在马上左右摇摆。
骑着走马的头目们，
好似乘船般平平稳稳。

智勇超群的少年英雄，
雄狮阿斯勒面无惧色，
竖起那漆染的色尔矛枪。
垂着长穗带的矛枪，
在风中挥舞着。

怒吼着玛纳斯的威名，
骑乘着玛依托茹战马，
好似杀入无人之境，
就像金雕般袭来，
从群敌中冲杀而过。

塔吉克的阔克波热，
此刻这样怒吼道：
“一个不留全给我冲啊，
不要在这里与他纠缠。
只要突破他的防线，
就直取那广阔的塔拉斯！”

听到阔克波热的命令，
那铺满旷野的众兵，
倾巢而出汹涌冲锋。
其中有无数无敌的勇士，
就像醉驼般狂吼。
卡勒玛克喧嚷着密密匝匝，
塔吉克叫嚣着熙熙攘攘。

突然间西风骤起，
狂风刮得呼啦啦响。
阿斯勒骑的玛依托茹，
像猛禽一般飞驰着。
阿斯勒高呼着“玛纳斯”，
迎面从前横扫而去。

将那领头的将领，
和那涌来的兵卒，
成群结队地扫荡，
就像割草一样一个个放倒在地。

他冲向那密集之处，
从中杀出一条血路。
他端起巴攘神枪，
瞄准敢于反抗的兵丁，
隆隆的枪声震耳欲聋。
就像袭入羊群的恶狼，
他一人在众敌中横冲直撞。

无法抵挡他的敌兵，
其中的两队人马开始溃散。
无法抗衡英雄阿斯勒的冲击，
六员大将乱作一团。
无法保持自己的阵势，
敌军且停且战一片混乱。
潮水般涌动着的数千大军，
胆战心惊的将官们，
不知道如何来迎战，
束手无策四处溃散。

阿斯勒握着阿其阿勒巴尔斯宝刀，
在敌群中左右砍杀。
他催动战马左冲右突，
扬起尘土弥漫了天空。
一簇簇地斩杀而过，
杀得敌人七零八落。

奔腾驰骋的玛依托茹，
踩得地面坑坑洼洼。
大军无法正面相抵，
正向旷野四散逃去。

阔克波热的精锐之师，
由三十名大力士统领，
此时他们不顾一切一拥而上，
挡住了阿斯勒巴恰的去路。

英雄阿斯勒巴恰毫不犹豫，
催马冲入了敌阵之中。
各种兵器交替使用，
刀、枪、锤和月牙斧，
皆流淌着鲜血。

少年英雄阿斯勒巴恰，
向着三十名大力士率领的队伍冲去，
杀入他们当中。
未战几个回合，
阿斯勒知道了他们的能耐。
他手握矛枪肆无忌惮，
就像那暴雨前的乌云，
以摧枯拉朽之势，
向敌人横扫而去。

血气方刚的阿斯勒，
双目怒射着火焰，
面色铁青，
无人敢正视。

三十名大力士，
全身披挂的都是铁甲。
他们抵不住猛烈的冲击，
便各自散开。

三十位英雄摇摇晃晃，
又将阿斯勒团团围在了中央。
十个大力士挥着矛枪，
十个大力士扯着大网，

十个大力士提着大刀。
他们面色像那洪峰般灰暗，
手中的各式武器，
像崩塌的山石般凶猛，
从各方来发起攻击。

阿依阔勒的后代阿斯勒，
顿时怒火冲天挺枪来迎战。
十名执枪的大力士，
刚一交手就被他全部杀光。
那提刀的英雄好汉，
没等喘气就被他杀了个精光。
可惜年轻的英雄真遗憾，
被缠在了十个大力士的铁网中。

英雄被困在铁网中，
人和马被牢牢缠绕难以脱身。
但十个大力士费了不少力气，
还是没能挪动他半步。

危难之中的雄狮阿斯勒，
口中念着“玛纳斯”，
心中想起了阿拉什。
阿依阔勒的后代男子汉，
显示出自己的英雄本色，
鼓足浑身力气挣扎起来。

英雄的玛纳斯护佑的后代，
铁网怎能将他锁住？
他伸手用力撕扯着，
那铁网神奇地变成腐朽的麻绳。

英雄阿斯勒巴恰从网中冲击，
那拉网的十个大力士，
没有一个躲过他双钳般的大手，

一个个都被抓住，
顿时丢了性命。

眼睁睁地看着这些，
阔克波热怒气顿生。
心想，任你如此张狂，
看你如何躲过我。
他驱赶着成千上万的塔吉克兵勇，
疯狂地向英雄阿斯勒扑来。

怒吼着的塔吉克蜂拥而来，
阿斯勒巴恰又拨转马头。
历来与强敌交手，
从不失手的玛纳斯后代，
这可是他们的传统和优势。

他面色像炒过的麦粒一样，
眼珠发绿像火石一样溅着火花。
他浑身的肌肉十分健壮，
袖中似乎盛不下臂膀。
宽阔的胸脯，
强有力的心脏，
两条腿像石柱一样。

从不知畏惧的阿斯勒青鬃狼，
他力量超群独一无二，
将阔克波热刺来的枪，
挥手挡了回去，
顺手向对手刺出试探的一枪。

互相交手矛枪你刺我挡，
双方催马战过一个回合，
又掉过头来再战。
当矛枪无法再施展，
又挥起战斧互相劈砍。

当斧背被砍裂时，
又抽出战刀来相互劈杀，
吼声、厮杀声震天动地。

双方丢下了武器，
又互相扯起腰带，
在马背上拉扯角力。
像蛟龙般纠缠，
互相喷溅着毒液；
像恶狼般厮打，
越战越激烈。

双方的铠甲均已被撕裂，
卷起衣袖，
抓住对方的衣摆，
压在马镫下使劲拉扯。

两位武艺超群的大力士，
正是英雄狭路相逢。
坐骑挣扎着蹄下打滑，
无法将他们拉开。

一日接着一日昼夜不停，
见到这场景的人，
个个面色苍白焦黄，
人人心惊胆战。

双方已经连战三天两夜，
马上角力、徒手肉搏，
都没有任何的结果，
又重新挥舞着矛枪，
开始你追我杀。

当阿斯勒的长矛就要击中时，
恶棍阔克波热，

差一点儿人仰马翻。
他心中暗想："如果回头再战，
肯定会受到重创，
这样会使我力量锐减，
甚至会让我入土把命丧。"

想到这些阔克波热黑心肠，
不知羞耻地要起无赖。
他不再继续坚持战斗，
不再挺枪出来搏杀。

他将马鞭举过头顶猛地一挥，
大军便潮水般一拥而上，
他趁机踉踉跄跄逃跑，
钻进了众多的塔吉克兵马里。

顾不上收拾着装，
可怜的家伙已危在旦夕。
他手忙脚乱地颠荡着，
比秃鹫还狼狈，
见到的人儿会发笑。

雄狮阿斯勒从身后，
催动着跳跃的玛依托茹骏马杀入了阵里，
与阻拦的兵士纠缠在一起。
把猖狂的兵丁打倒在地，
将巨龙般的勇士们，
将那狂傲自大的恶棍们，
一个个打翻在地，
填满了那坑坑洼洼的大地。
打得群敌屁滚尿流，
让那成群的塔吉克，
像冬宰的绵羊一样倒下一片。

阿斯勒骑乘着玛依托茹骏马，

在敌群中穿梭。
只要挨着枪的家伙，
像小鸡似的被挑起。
他疾风暴雨般的矛枪，
让追杀者溅血，
让围攻者丧命。

阿斯勒巴恰越战越勇，不知疲倦。
刀尖上滴着鲜血，
刀刃上闪着寒光。
玛依托茹骏马飞奔，
英雄阿斯勒巴恰，
很快就逼近了敌首阔克波热的帅旗。

阔克波热非常惊恐，
赶快召唤他的部下，
向暴徒们下达命令：
立刻敲响停战的铜锣，
即刻放倒战旗。
为保住自己的性命，
阔克波热寻得逃脱的妙计。

当战旗铺在地上，
当铜锣声响起，
这表示对方提出了休战。
玛纳斯的后代青鬃狼，
严守战场上的规矩，
便向后拨转马头离去。

暂且让我们放下此段，
从阿斯勒巴恰，
如何斩杀萨克恰克英雄，
率领的五位强汉开始吧！

六汗王与阿斯勒巴恰会战

阿斯勒巴恰大战伊斯番三部敌兵

败兵阔克波热宣告休战，
阿斯勒巴恰离开了战场。
绕过铁木尔山，
英雄阿斯勒已经登上高冈。

“卡勒玛克和塔吉克人，
前来进犯柯尔克孜人，
我在此单枪匹马，
遭遇了他们众多的兵丁。
他们是否还有一路人马，
去扰乱百姓生活的安宁？
我要看一看坎阔勒方向，
是否像往常一样平静。”

阿斯勒巴恰如此琢磨着，
下鞍放开马缰绳，
让玛依托茹去吃草，
解开马嚼子，
让玛依托茹去饮水。

他盘腿坐在一块平整的石头上，
拿起千里眼眺望，
看到塔拉斯平静祥和。

他抬眼再往前瞭望，
看到举着黄旗的敌军，
击着战鼓，吹着号角，
齐头并进向这边挺进，
扬起漫天的尘土。

年轻的英雄阿斯勒巴恰，
无法识别对方的意图。
他想敌人若朝塔拉斯方向挺进，
他必定前去在半路阻挡，
如果是去其他地方，
他也要前去探明他们的意图。

呼罗珊和节迪盖尔，
是相伴的邻邦。
凯耐尼木亲自推举那里的汗王，
在呼罗珊立了江额汗，
在节迪盖尔立的汗王是加安拜。

节迪盖尔的克亚孜，
他的外甥中有一个后代，
名叫喀拉阔孜。
他思维敏捷，口才出众，
他野心勃勃，诡计多端，
时刻想篡夺节迪盖尔的汗位。
他的罪恶阴谋，
得到了阔克波热的支持。

塔吉克的阔克波热，
心肠恶毒不要脸面。
他暗地里差遣信使，
歪解青阔交、托勒托依和克亚孜的历史，
拉拢他们的后代，
挑拨他们与塔拉斯柯尔克孜人的关系。
对节迪盖尔实施离间计，
制造纠纷进行分裂，
让他们分成了两个派系。

喀拉阔孜骗取了不少人的信任，
加安拜一方缺少了支持。

喀拉阔孜派人封锁道路，
不让任何人进入塔拉斯。
他们四处布阵设卡封锁，
趁机杀死了加安拜，
喀拉阔孜登上宝座成了汗王。
成为汗王后的喀拉阔孜，
向塔吉克人大献殷勤，
与阔克波热勾结在一起。

夺取节迪盖尔的汗位之后，
喀拉阔孜又趁机去拜访呼罗珊。
他自称是从凯耐尼木身边来，
给江额汗献殷勤，
以此讨好江额汗。

在那里住了许久，
向怨者打听各种流言蜚语，
窃取了许多有价值的情报。

黑心肠的喀拉阔孜，
将江额汗骗到山野里，
杀害了江额汗，
割下首级悬挂示众。
将江额汗的位置，
又让给了达比塔依的叔叔，
他便成为呼罗珊的头目。

这该死的家伙开始着手准备，
说要为达比塔依讨还血债，
便披起战袍挎上战刀，
要发兵攻打塔拉斯。
喀拉阔孜又派人与伊斯番人取得了联系，
伊斯番人也愿一同前往。

阿斯勒巴恰所看到的，

正是这三方联合的侵略军。
呼罗珊、节迪盖尔和伊斯番，
招兵买马集结众军，
正向这里赶来与阔克波热会合。

在三个部落的大军中，
有壮士名将七十位。
驱赶而来的军队，
吹嘘是九万六千余人。

那从前发生过的事情，
无人能说得清楚。
大力士浑身披着战甲，
沉重得让人望而却步。

阿斯勒巴恰坐在山冈上眺望，
这队人马并未向塔拉斯行进。
他们隐瞒了真正的目的地，
催马向山下奔去。

狂妄阴险的喀拉阔孜，
率领节迪盖尔的三万二千人马，
呼罗珊的三万二千人马，
还有伊斯番的三万二千人马，
踩踏得大地轰鸣满天扬尘。

按照喀拉阔孜的命令，
他们举着黄色的战旗。
要让柯尔克孜像旗色一样，
让他们彻底枯黄。

喀拉阔孜派出五人先行侦察，
给他们这样吩咐：
“路上若遇到什么人，
向你们询问打探，

就聊一些无聊的话掩饰。
不要像智士一般唠唠叨叨，
切莫暴露自己的身份和意图。

“当到了塔吉克人之中，
见到阔克波热时，
代我向他施礼问候，
向他问安后便返回。

“就说呼罗珊、伊斯番和节迪盖尔，
一个不留全来参战，
就说我亲自拜访呼罗珊与伊斯番，
已经把他们的人马带过来。

“就说我们是汗王喀拉阔孜所差遣的人，
前来向您报到。
我们已经成为同盟好友，
军队有九万六千人马。
我们是汗王的部下，
让我们一半的人马进攻塔拉斯吧，
只请您许可下达命令。

“就说有的是大力士，有的是英雄，
有呼罗珊和伊斯番汗王，
还有汗王喀拉阔孜，
是他差我们前来找汗王您，
就说我明天率军就会到达。
目前大军特别精良强大，
只等您发一句进攻柯尔克孜的话。”
五人听罢便跃马出发。

站在山冈上的英雄阿斯勒巴恰，
正等在途中无人发现他。
原来阔克波热平铺战旗提出休战，
就是在将这三个部落的联军等待。

这五个人刚翻过山梁，
阿斯勒巴恰骑在玛依托茹的背上，
已站在他们面前。
这五位壮士一见到少年英雄，
就被他的非凡气质所吓倒。

“这位衣装乘骑如此般配，
威仪十分惊人的英雄少年是谁？
千万别是柯尔克孜呀，
哎哟，我的爹娘呀！”

“是柯尔克孜又怎么样？
我们是五人他却单枪匹马，
我们把他捆绑带走，
让他聊天为我们解乏。
将他带到阔克波热面前，
捆绑着他的手脚为我们表功。
然后再去柯尔克孜人中，
无所顾忌地侦察军情。”

当他们口吐狂言之时，
少年猛虎怒吼了一声：
“站住，你们是何人！”

五人被他的吼声惊呆，
心脏就要崩裂，
惊慌失措喘着粗气，
他们差一点儿就毙命。
他们额头上冒着冷汗，
即刻停下来呆望着。

阿斯勒巴恰将他们盘问：
“调驯马匹，挑选战衣，
看来你们是远道而来的。

你们到底来自何方，
你们到塔拉斯有何贵干？

“不要吞吞吐吐，
快说你们的真实目的。
如果躲躲闪闪编造谎言，
你们将死路一条别无出路！

“你们的九十六面战旗，
我已经全部清点过。
我的先祖是玛纳斯，
我本人叫阿斯勒巴恰，
快说话，让我来听听！”

虽然汗王喀拉阔孜有言在先，
不能暴露身份和意图。
但面对声色俱厉的阿斯勒，
他们七嘴八舌地都开了腔。
这时阿斯勒英雄喝道：
“别哇啦哇啦，蠢货们，
一个一个地慢慢讲来！”

不敢有一点儿隐瞒，
节迪盖尔人阔依托龙，
将阔克波热如何差人离间节迪盖尔人，
喀拉阔孜如何杀害加安拜篡位成王的前后，
从头到尾的所有经过，
滔滔不绝地讲了出来。

又将封锁塔拉斯不让外人进入，
在各路口设卡阻拦的事儿，
以及其他所有的事情，
一股脑儿吐了出来。

还有杀死呼罗珊江额汗，

并推举达比塔依的叔叔做了汗王的经过，
以及又向伊斯番派人，
从那里得到援军的事情，
哗啦哗啦地全倒了出来。

最后讲到他们此行的目的：
“呼罗珊、伊斯番和节迪盖尔，
浩浩荡荡地聚集军队，
正在与卡勒玛克和塔吉克联盟，
共同向塔拉斯进军。
我们要去阔克波热那里，
请他发布进军令，
我们就要向塔拉斯发起进攻。
我们为此正在赶往那里，
要去同阔克波热会面，
带回他进军的指令。”

听完他们的交代，
英雄阿斯勒知道了，
这些人前来的原因，
是给呼罗珊、伊斯番和节迪盖尔打头阵；
英雄阿斯勒知道了，
塔吉克和卡勒玛克军情；
英雄阿斯勒知道了，
远方的芒格特也加入了他们的阵营。
雄狮阿斯勒明白了一切，
看清了谁是朋友谁是敌人。

这时阿斯勒勇士开了口，
阿依阔勒玛纳斯的后代，
毫不客气地讲道：
“你们来自呼罗珊、伊斯番和节迪盖尔三个部落，
阔克波热是你们所有人的首领。
你们快到阔克波热那里去，
按照喀拉阔孜的嘱咐，

从他那里得到指令。

“你们把我的话也带给阔克波热，
就说遇到一位男子汉，
在塔拉夏的山梁将他等待。

“本人名叫阿斯勒，
我已掌握了你们的一切。
所有呼罗珊、伊斯番和节迪盖尔人，
还有塔吉克和卡勒玛克人，
请你们快一点儿聚集到一处，
然后到我这里来送死。

“你们这五个无辜的可怜虫，
要杀你们的人不是我，
你们再纠集上一些来，
别说是这五个部落和你们，
就是再来更多的人，
我也会将你们全部歼灭，
让你们这些亡命之徒有来无回。

“自从我的祖先以来，
我们就是不惧怕敌人的部族。
你们最多不过五个部落，
并没有聚在别依京的英雄勇士那么多。
阔克波热比不了当年的空吾尔巴依，
穆拉迪勒勇士也比他强得多。
竟然敢与柯尔克孜人作对，
看来你们真是不知天高地厚。

“你们五个切莫站着，快回去，
将所有的见闻，
全部去告诉阔克波热。

“我立在高冈侦察守卫领地，

如果有人敢来侵犯，
不论是什么人，
无论是有多少人马，
我将冲进你们的营中，
让你们抱头逃窜喊爹叫娘。

“你们五个部落的能耐，
我已掂量得清清楚楚了。
为了入侵劫掠塔拉斯，
你们既然已簇拥着来了，
我也让你们心中明白，
白毡帽柯尔克孜阿拉什人，
今日他们的天窗还亮着。

“我们祖辈留下了光荣的传统，
英勇的赛麦台依君王，
给我们留下了可贵的族风。
阿拉什有无数的柯尔克孜，
需要的话将会全部跨马出征。

“但让民众安居乐业，
由勇士出征是我们的规矩。
听说有交锋的强敌，
柯尔克孜从来不会客气。
阔克波热是你们的头目，
你们前去给他通报消息。”

听罢阿斯勒的一席话，
五人便扬鞭策马而去。

“我们快一点儿逃跑吧，
那少年先令我们离开，
他很快就会来截杀我们。
他会把我们中的四人杀害，
只留下一人去报信。

这个足智多谋的少年挺厉害，
谁知道他的真实意图。”
可怜的家伙们惶惑地估摸着，
疯狂地奔驰着离去。
两脚踢着马的两侧肋，
拼命抽打着坐骑，
好像阿斯勒会出现在面前。

下坡时连滚带爬，
上坡时秃鹫般伸长脖子，
望着前方马不停蹄地疾驰。
终于踏上阔克波热的领地，
他们才放了心松了一口气。

总算摆脱了阿斯勒，
他们一个望着一个满心欢喜。
马镫互相撞击着，
五人来到阔克波热的营地。

当来到跑马赛程的距离时，
哨兵们挡在了道中，
高声地吼叫着：
“停下！站住！”
令他们滚下坐骑，
让他们每人磕了九个头。
让他们待在一个跑马赛程以外，
追问他们的来历，
询问来龙去脉。

听完他们所说的情况，
搞清他们都是什么人，
哨兵跑去向阔克波热禀报：
“远道来了五个人，
衣着、坐骑与众不同。
令他们停在路上，

已问清了他们是什么人。

“为了您的尊严，阔克波热汗王，
让他们各磕了九个响头。
他们是呼罗珊、伊斯番和节迪盖尔，
这三个部落派出的信使。
率领他们的头目是，
汗王喀拉阔孜别克。

“他们已聚集九万六千人马，
马不停蹄来到这里，
喀拉阔孜指派他们的目的，
据说是来见汗王您。

“说是要亲自出征塔拉斯，
只要阔克波热汗王您准许，
大家将会合一同出击，
所以他们来到了这里。”

阔克波热心想：
“要将凯耐尼木与阿斯勒巴恰，
并排斩杀于马下。
为给从前死去的男子汉们报仇，
我已成为他们的讨命者。

“我原来是浅潭现已成湖泊，
我原来是谷地现已成高原，
我原来势单力薄现已人多势众，
我原来是火苗现已成烈火，
我已是波涛汹涌的大海和洪峰。

“我今天同大山一样宏伟，
我已没有任何缺陷和不足，
我已能与他人平起平坐，
我要显示一下我的神威。”

阔克波热大声说道：
“不让他们的脚着地，
即刻令他们爬着进来见我。”

汗王下令信使们前来朝见，
侍卫们催着他们快速向前，
让他们爬着进营房，
让他们恭恭敬敬地朝拜汗王，
弯腰曲背趴在地上磕头。

他们来到阔克波热的帐下。
双膝跪地胆战心惊，
眼里盈满了泪水。

节迪盖尔人阔依托龙开始说明来历：
“遵照您的命令，
呼罗珊、伊斯番和节迪盖尔，
集结大军已经到来。
我们从远方赶来，
特来将您拜见。
节迪盖尔的喀拉阔孜，
差我们前来见您，
请求您下指令，
共同向塔拉斯发兵。

“像您这样威猛的伟人，
在此之前我从未见过。
出自柯尔克孜的雄鹰，
我们在途中已经相遇，
没说好，也未道坏，
随便问了几句就放了行。
强盛的柯尔克孜，
早已是火熄灰已凉。

“喀拉阔孜让我告诉你，
我们即刻就率兵出征，
我们要对塔拉斯的柯尔克孜，
进行洗劫和扫荡。

“‘我要倒洒了他们皮囊中的马奶酒，
再给他们灌上凉水；
把男子汉当作奴隶，
把妇女当作侍女；
让老头和老太婆，
挨饿受冻生不如死。

“‘我要刺翻凯耐尼木，
只要自称是阿拉什的人，
驱赶着示众发落到天边，
要不择手段地折磨他们。
只要斜眼相视的家伙，
我要全部砍下他们的头。
干完我要干的一切后，
我才会罢休！’

“喀拉阔孜所讲的话，
就是这些。
请您明确来答复，
请您明确来引路。
我将去喀拉阔孜那里，
将您的旨意全部向他传递，
把所见所闻都告诉他。

“您若让他去，他定去，
您若说不去，
喀拉阔孜就去不了塔拉斯。
您还是把各路人集中起来为好吧，
那站在道上的少年，
我为他的威严所惊叹。”

阔依托龙的话音刚落，
阔克波热明白了他的意思。
他假装愣了片刻，
木然地一语不发。

良久阔克波热才发了话：
“你名叫阔依托龙吗？
你即刻飞马返回，
告诉你那喀拉阔孜汗王，
切莫再提要去塔拉斯，
切莫以为凯耐尼木已衰老，
想趁机去把柯尔克孜骚扰。

“凯耐尼木不是独自一人，
他身边还有一个儿男，
名叫阿斯勒巴恰，
他可是一条蛟龙，
如果他真的愤怒的话，
会像蛇蝎一样恶毒。

“与阿斯勒巴恰遭遇的人，
就会陷入困境。
与他对阵的人，
很快去见死神。

“他遭遇大军不慌张，
他不会临阵脱逃仓皇逃命。
如若激起青鬃狼的蛮横，
不知多少人就会丧命。
他遭遇众兵不发愁，
面对弱敌不会得意忘形。
他若冲入敌军，
死神也会向他低头。

“他说话斩钉截铁透着霸气，
有着舍生忘死的本性。
他有着如炽焰般的双眼，
正是血气方刚的少年。
哪怕是熊熊烈火冲天，
他从不低头躲闪。
哪怕鲜血流成河，
他从不回头，勇往直前。

“我们若独自行动与他交战，
没有人能与他对抗。
我们如果不相互救援而被各个击破，
阿斯勒巴恰和凯耐尼木，
会像恶狼一样来舔血。

“我们曾下过决心立过誓言，
若生就在一座山头，
我们将恪守诺言，
若死同在一个坑中。

“我们这样发过的誓言，
在当时所讲的话儿，
如今又怎么能反悔?

“就说是阔克波热所言，
去告诉喀拉阔孜汗王，
让他立刻动身出发！”
阔克波热发出这样的指令。

当听到汗王的这番话，
阔依托龙也未闲待着。
他拨转了马头，
用皮鞭雨点般抽打着骊驹，
拼命地催马飞驰而去，
心想我要立刻到喀拉阔孜面前。

阿斯勒巴恰雄狮，
从远处望见了他的身影，
厉声让他停下马。
当听到雷鸣般的吼声，
阔依托龙的心脏差一点儿崩裂蹦出心窝，
臂膀折断于袖中，
身体就如同被砍倒的大树，
“轰隆”一声翻下马。

他即刻翻身站起，
双手紧贴着胸口，
面色发黄，魂不附体，
尿淅淅沥沥淌在裤裆里，
双腿无法挪步。
他睁着眼睛一动不动，
就像寒冬冻死的黄牛。

看到他这副狼狈相，
男子汉阿斯勒巴恰，
便开口说了话：
“你已经走了一天一夜，
你们本是一伙五人，
怎么只有你独自折返？
你又为何如此奔命？”

阔依托龙缓过神来，
低头向阿斯勒巴恰禀报：
“我已将喀拉阔孜的原话，
转告给了阔克波热。

“阔克波热令我立刻返回，
让我速到喀拉阔孜那里，
把他立刻带回身边。
‘要生就同在一座山冈，

要死就同在一处深穴，
我们要同生共死。’
他说的话就是这些。”

“不要空手去你汗王那里，
带去我的祝福和问候，
为了加安拜汗王的性命，
我要让千人来偿还血债。

“让喀拉阔孜把自己的脑袋，
拴在鞍带上迅速送来。
就说我英雄阿斯勒巴恰，
正等在他来的路上。
让喀拉阔孜毫无遗憾，
同阔克波热一起躺在同一个深穴，
免得他一个人感到孤独寂寞！”

阔依托龙听完这些话，
呆站在那里等待发落。
雄狮的后代均是仁义之师，
在战场上信守传统的规矩，
他不想作难往来传话的使者，
挥手让他早点离去。

阔依托龙打马飞奔而去，
在他深深的眼窝里，
填满尘埃和霜露。
他好似刚从墓穴中被挖出来，
环顾着四周东张西望。

阔依托龙摇晃着矮小的身子，
进到了汗王喀拉阔孜的帐里。
他神色慌张，张口无语，
伸着长长的脖子，
用沙哑的声音，

向汗王施礼问安：
“喀拉阔孜汗王，
您贵体是否安康？
我已根据您的指令，
与阔克波热见面，
他心肠恶毒，面相凶残。
他令我们磕了九个响头，
令我们跪着前行，
还行无数次的跪拜礼。

“我将您所说的一切，
全部都告诉了他。
他听了后吩咐道：
‘你快快返回。
凯耐尼木并非独自一人，
而是双双无敌的勇士，
那阿斯勒巴恰十分厉害。’

“他说您不能去塔拉斯，
要速去他那里。
他信誓旦旦地说：
‘无论我们是生是死，
都要在一处会合。’

“在我们前去的途中，
在塔拉夏的山梁上，
一个少年彪形大汉立在道中。
我们见到他独自一人，
便想将他生擒活捉。
他迎面而来，
那身架、体态和站姿，
世间无人可比。
我们还在心中谋划着，
心脏差一点儿蹦出心窝。

“仪表堂堂的男子汉，
也就是十五六岁的模样。
那少年身材十分魁梧，
胯下的枣红马壮如大山。
在能站立者当中，
从没有见过这样神奇的人。

“没有污语恶言，
却以良言来警告。
就照您所说的话，
我们齐声来瞎聊。
他厉声呵斥了一顿，
我们无法再隐瞒，
便道出了所有的实情。
呼罗珊、伊斯番和节迪盖尔，
我们的大军九万六千人马，
我们竖起的九十六杆旗，
他用千里眼瞭望过，
早已经全部清点过。
如果我们不遇见他，
他差一点儿就要将我们讨伐。

“‘快去阔克波热那里吧，
你们已集合了五个部族，
再加芒格特刚好六个部落！
快去告诉阔克波热吧，
就说在高冈上见到了我阿斯勒巴恰，
让他带上六个部落的人马，
一起到我这里送死吧！

“‘若你的砍刀锋利就来砍杀，
若你的斧子锋利就来劈砍。
肯定让你的砍刀裂口不能再砍，
肯定让你的斧子锩刃不能再劈。

“‘你要知道我的先祖是玛纳斯，
你的死期降临无处可逃。
六个部落成群来到这里，
同样会遭到覆没的下场。

“‘你的军队无论多么厉害，
也赶不上契丹人别依京的众军强大。
狂妄自大的阔克波热，
别说是与空吾尔巴依相比，
就连穆拉迪勒也比不上。

“‘自从诞生在这个世界上，
就获得了黄脸死神的称谓，
我的凯耐尼木爷爷还健在。
我是自由自在成长的少年，
赛依特汗是我的亲生父亲。

“‘我要把你们像石鸡般驱散，
别让我一只只到处去寻找，
你们尽快都集中到一处吧，
让我像猎隼般来袭击你们！’
阿斯勒这样对我们说。

“那位阔克波热也夸他，
他们好像曾经交过手。
当我照原路返回时，
他依然伫立在那山冈上。
他说快去告诉你的汗王，
让他好好掂量自己的力量，
他把我们压根未放在眼中。
面对世界上所有的强敌，
好像他根本就不会低头！

“喀拉阔孜汗王，
我从阔克波热那里，

已得知不准你去塔拉斯的指令。
在那巍巍的山梁上，
我曾两次相遇男子汉阿斯勒。
我越来越觉得我们与他对抗，
只能是自找苦吃死路一条。
我只能给您讲这些自己的感受，
其他的事由您自己来决定。

“在生与死之间，
我感到死亡已向我们逼近。
死神是否已经抓住了我们的衣领，
是否是鬼使神差要我们的命？”
讲到这里阔依托龙一声长叹，
当场断了气。

在呼罗珊与伊斯番人中间，
来来往往的人们都在传说：
“阔依托龙只叫了一声‘阿斯勒巴恰’，
就当场倒在地上毙了命。”
这个消息传遍了各地。

见过阿斯勒巴恰的五位壮士，
都这样全部死去。

呼罗珊、伊斯番和节迪盖尔，
要员大人们皆聚在一起，
一大早就互相催促着出发了，
说是要尽快赶到阔克波热那里。

尘土飞扬，天昏地暗，
山崩地裂，大地震动。
人们七嘴八舌议论纷纷：
“阿斯勒就站在那座山梁上，
我们一个人也休想翻越。
他已通知了整个柯尔克孜，

各条道路都已被封锁。
凯耐尼木英雄做好了充分准备，
我们难以到达阔克波热的营地。”

有些高官大人们商量着：
“等候在高冈上的少年，
我们不如主动向他出击。”

磨着月牙斧和大刀，
互相催促着快些走呀。
善刺长枪的能手，
善抡大斧的强手，
善挥巨锤的好手；
杀气腾腾披挂的青年，
挥舞刀枪的精英，
在喀拉阔孜汗王的指挥下，
被精选编作各个分队。

打着先锋领着队，
汗王喀拉阔孜显神威。
善射火枪的狙击手，
善射箭弩的神射手，
抡铁棍的打手，
腰圆腿粗的摔跤手，
将汗王喀拉阔孜与其他两位汗王，
夹在中间并肩而行。

“让我们将柯尔克孜的娃娃，
生擒活捉毫不留情。
凭我们联合的力量，
也凭借我们的运气。

“让我们听天由命吧，
若死期降临就丧命。
如果活捉了阿斯勒，

凯耐尼木便会孤立无援。

“然后我们杀进柯尔克孜人当中，
把他们驱往四面八方。
让他们的鲜血溅洒塔拉斯，
让鲜血来替代那里的河流。”

喧嚣不息地簇拥着，
庞杂的兵马皆已进发。
阿斯勒站在山梁上，
把这些人们来眺望。
那卡勒玛克与塔吉克，
到底有多少人马难以估量。

“如果这群人不来进犯，
我就静待着不动他们。
当几路人马会合时，
再瞧他们有多大能耐。
如果他们狂妄来挑战，
我就杀出来与他们交交手。”
勇士阿斯勒巴恰心中这样想着，
拉紧了玛依托茹马的肚带，
又放松了后鞧皮带。

披上沉重的铁铠甲，
戴上明亮的护心镜，
雀眼的铁制巴达纳战袍，
穿在身上有五层。
手中紧握鸭掌式蓝缨矛枪，
马刀在腰间斜挎，
月牙斧挂在身边锃锃闪光。
身边挂着红色的战鼓，
清风一吹就咚咚响。

猛狮目不转睛地在观察，

像巍峨的高峰般耸立着。
就在这瞬间，
只见远处那三位汗王的兵卒挥旗举标，
像甲虫一般密密麻麻，
踩踏得大地迸裂。

庞大的军队簇拥着前进，
不停地变换着队形。
在塔拉夏的边缘，
在塔勒都河的岸边，
涌动的大军停了下来。
他们兵分三路，
竖起了各自的战旗，
拉开了宣战的阵势。

望着这些的阿斯勒勇士，
他可不是畏惧的懦夫。
阿依阔勒玛纳斯的后代，
与强敌交锋越战越勇。
面对九万六千名敌兵，
阿斯勒巴恰从容面对，
他将挥舞长矛横扫千军。

阿斯勒的神勇，
好像色尔哈克一样；
猛虎般的胆量，磐石般的臂膀，
像君王阿勒曼别特一样；
高亢的呼声，冲杀的气势，
像阿克巴勒塔的楚瓦克汗一般。

十五岁的雄狮，
像奥波勒山一样高大。
他骑着玛依托茹战马，
单枪匹马飞驰向前。

他不停挥鞭催马，
像燃烧的火焰，像狂卷的风暴，
他风驰电掣般向前猛冲。
他穿着防弹的布鲁姆战裤，
裤脚迎风哗哗作响。

他猎隼般俯视山下，
只见一个自命不凡的大力士，
手持毡房般大的铁锤，
吼声如雷，震天动地地走来。
快睁眼瞧一瞧这家伙，
他骑着单峰驼，
面前的一块块巨石，
他用铁锤一一击碎。

这位名叫扎曼德的大力士，
是节迪盖尔的喀拉阔孜，
特意差人找来的勇士。
他成长在塔勒德朵的领地，
那里从来无外人涉足。
这是为了对付凯耐尼木，
特别从那里招来的大力士。

扎曼德骤风般冲杀而来，
所骑的单峰驼，
下嘴唇忽闪着，
发疯一样向前猛冲。

胆大无比的阿斯勒巴恰，
不因对手的高大凶猛而胆怯，
他迎着扎曼德而上。
扎曼德野心勃勃，
一心想生擒阿斯勒少年争得头功。

当他俩将要接近时，

扎曼德怒目圆睁，
催动着单峰驼，
大锤呼啸着猛一击。
世间难寻的男子汉阿斯勒巴恰，
将扎曼德抡来的大锤，
轻轻地拨向一边。

扎曼德顿时恼羞成怒，
重新抡起大锤呼呼作响，
朝着少年阿斯勒的头顶砸来。
眼明手快的阿斯勒巴恰，
挥起手中的色尔矛枪，
朝扎曼德的肩胛刺去。

当雄狮的长枪一击出，
自称英雄的扎曼德，
从单峰驼上，
应声翻身坠地。

未等他撑地而起，
猎隼般的少年英雄，
朝着对手的咽喉又刺一矛，
被色尔矛枪刺中的人怎能逃生？

看到扎曼德被刺死，
在节迪盖尔的部落里，
有一位名叫卓麻尔特的英雄，
催马上前与阿斯勒巴恰交锋。

他可是群狼之首，
在加安拜的时代，
他只是偶尔抛抛头露露面。
自从喀拉阔孜登上王位，
他却成为汗王身边的英雄，
被冠上了大力士之名。

这家伙抢先一闪而出，
高呼着“节迪盖尔”的口号，
高喊着克亚孜的名字，
骑着库恰布达尔马[1]，
举着矛枪向阿斯勒巴恰刺去。
这匹库恰布达尔马的确是匹良马，
双耳向后抿着，
四蹄飞踏如同旋风。

两位勇士挥矛交锋，
互相拼刺着矛枪。
厮杀一阵，各自退回，
待鼓足气力精神焕发，
双方又展开厮杀。

枪尖已经折断，
战斧已钝没了刃，
盾牌已裂成碎片，
马刀已断成几截，
丢弃的武器满地哗哗响。
头盔已经开裂，
铠甲已经不存。

“卓麻尔特真是英雄好汉！”
节迪盖尔人在一边呐喊助威。
其实卓麻尔特已被挫伤锐气，
他的双手已经僵硬。

此刻雄狮阿斯勒心想：
“不杀死卓麻尔特，
我还如何做人！
若败在卓麻尔特手下，
我将落下‘无能’的坏名声。
我的祖先是玛纳斯，

[1] 库恰布达尔马：意为白鬃白尾棕色马。

我又怎么能不奋勇杀敌？”

祖先留下来的色尔矛枪，
他紧紧地握在手中。
他好好地把握住机会，
朝着狂傲的卓麻尔特，
对准他的软肋骨猛用力刺去。
英雄刺出的这一枪，
将卓麻尔特撂倒在地上。

用力刺出的长枪，
从卓麻尔特另一侧腋下，
露出了一截枪尖。
狂妄逞强的贼奴，
拥抱着大地而卧。

击溃了交锋的对手，
让强敌大力士头枕了大地，
又闪出捣蛋鬼布依吐那。
这位全身铁甲的儿男，
他本是呼罗珊人。
在现存的勇士当中，
他自称独一无二，
从不把别人放在眼里。

如果相遇四万兵丁，
他也不会因此而退缩。
与别人挺枪拼杀，
还从未无功而返。

布依吐那力大无穷，
大山也会被他击垮，
顽石也能被他击碎。
能战胜一切的布依吐那，
满腔怒火跨步一跃而出，

他要为扎曼德和卓麻尔特报仇。
扬起的尘土遮天蔽日，
满天尘埃如同滚滚乌云。
四周挺立的树木，
也无法抗拒而颤抖摇摆。

神色忽然如蛟龙，
面色顷刻如饿狼。
从脸上喷射的热浪，
好似夏日的烈焰，
烤得人全身流油。

口中吐出的气流，
好似暴风掠过，
一排树木和茂密的野草，
被吹得东倒西歪。
从鼻孔喷出的气浪，
好似两头出气的风箱。

那髭须四散高翘，
乌鸦和花喜鹊，
在髭须间飞来飞去。
肤色像乌黑的煤炭，
牙齿像玉石般洁白，
乌黑的嘴唇足有四指厚。

他的脖颈上滴流着血脓，
肮脏的头发蓬乱不堪，
浓密的汗毛根根奓起，
狰狞的面目令人不寒而栗。
他张着大嘴打着哈欠，
咬得牙齿咯咯作响。

头上扣着的头盔，
像一口大铁锅；

身上穿着铠甲，
像一块门板大的黑铁盾牌。
他那庞大的躯体，
不亚于黑山的巨峰；
宽厚的胸膛，坚实的肩胛，
具有大力士的体魄。

他不顾什么死活，
是个人面兽心的家伙。
脖子像公牛一样隆起，
横着看去就似一堵墙。
两颊突起的横肉，
像一岁的公牛一般滚圆，
十只巨犬也吃得饱。

他耷拉着的双乳，
就像空腹乳牛的肚子，
两条胳膊上的肌肉，
就同躺着六岁的孩童般粗大。

我的天呀，
上苍的造化，
创造了各种人物。
这位凶神恶煞般的莽汉，
好像要吞噬整个世界。

他向上挽起衣摆，
向两只掌心吐口唾沫。
双目喷着烈火，
头上的毛发蓬乱着，
那从未用过剃刀的脸，
充满令人发怵的杀气。

他双颊上长满的杂毛，
足能擀六双毡袜。

就像黄昏里的铁匠，
满脸的横肉泛着红光。

这个不知骑马的蠢货，
只有徒步奔上战场。
他将短刀别在腰间，
铁锤担在肩上。
口吐白沫四处乱溅，
让人感到恶心反胃。

他将两头牛的两张皮，
制成鞋裹着双脚。
他把铁锤执在手中，
想要砸碎阿斯勒。
他气势汹汹向阿斯勒走来，
双目死盯着对手。

面对凶猛的野兽布依吐那，
少年阿斯勒巴恰毫不畏惧，
他早已做好了迎战的准备。
蓝缨赤杆长枪，
紧紧地握在手上，
等待着这头野兽的进攻。

这头野兽抡起了铁锤，
朝着少年英雄狠狠地砸了下来。
阿斯勒回头飞矛轻轻一拨，
砸下来的铁锤已落在地上。

未等布依吐那回过神来，
少年英雄迅速刺出了一枪。
那野兽胸前牛犊般的横肉，
被戳得破破烂烂，
矛尖朝着那肺部的动脉，
已经深深地扎了进去。

布依吐那直直地躺在地上，
鲜血顺着臂膀直淌。

未等布依吐那爬起来，
捡起那被击落的铁锤，
少年英雄骁勇矫捷，
举起门板大的月牙战斧，
狠狠地砍了下去。
野兽的头皮被撕裂，
额头被砍了长长的一条口子，
鲜血哗哗流淌着。

遭到重创的布依吐那并未立即丧命，
他挪动着身体哇哇大叫。
他像疯魔似的暴跳如雷，
将身边的铁锤抛在一边，
站起身来挥舞着长矛，
恶狠狠地向少年英雄刺去。

玛依托茹巧妙地躲闪着，
躲过布依吐那刺来的要命矛枪。
勇士阿斯勒趁机击飞了对方的矛枪，
就像蹬踢山鸦的猎鹰，
又转过身来重新与对手交战。

少年英雄阿斯勒雄狮，
不让遍体鳞伤的布依吐那喘息，
眨眼的瞬间刺出了十五枪。
第十六次对准咽喉，
迅猛地刺出了要命的一枪。

布依吐那像崩塌的山峰，
踉踉跄跄倒地身亡。

面对少年英雄阿斯勒，

无人敢出来应战。
虽然汗王督促部下快出阵，
大力士们谁也不肯出马。

刚才还耀武扬威的三位勇士，
顷刻之间都变成战场死鬼。
目睹了这一场景的众位勇士，
都失去了交战的勇气。

刚刚竖起的战旗，
三个部落都赶快撤了下来。
兵勇们灰溜溜地朝着阔克波热的营地，
像洪流一般奔涌而去。

三位勇士在对阵中战死，
他们的顶梁柱已崩塌。
疯疯癫癫地挡道挑战，
却损兵折将又丢尽了脸面。

五英雄横尸沙场

勇士阿斯勒心中盘算：
“那已溃散的敌兵，
我是从后面穷追猛打，
让他们血流成河呢，
还是放他们一条生路，
让他们死里逃生？”

当他要挥枪催马上前时，
转念又想：
“这些可怜的兵卒，
或许是在他人的强迫下，
被驱赶而来的无辜百姓。
我怎忍心让他们枉送性命？
先让他们都去会合吧，
然后我再看战事将如何发展。

“我可是单枪匹马孑然一身，
如果大军齐上阵敌众我寡，
他们的首领如再狂妄自大，
我再让他们血流成河吧！

“如果对方的首领心灰意冷，
已经逃窜而去，
就像叼起羊就奔跑，
衣摆在风中飘动，
无法控制和平衡身体，
手忙脚乱魂不附体；
就似被猎犬追击的猎物，
鼻翼翕动喘着粗气。

“就让他们簇拥着去集合，
踉踉跄跄地到阔克波热那里。
我要凭借自己的实力，
斩了那些来挑衅的疯狗。
我非杀他个天翻地覆，
否则我将改写，
‘阿斯勒巴恰’这个名字。”

阿斯勒巴恰理智非凡不鲁莽又不冲动，
这都是凯耐尼木训练的结果。
杰出的男儿这样思索着，
便勒缰让战马停在原地。
无论何时，玛纳斯的后代，
总是牵挂着百姓的利益。

汗王喀拉阔孜，
真该遭老天爷的惩罚。
面对败局他还不认输，
还想转败为胜逆天而行：
“见到独自挑战的英雄，
他单枪匹马就来冲杀。
扎曼德、卓麻尔特和布依吐那，
未能实现心愿就丢了性命。

“见到众多的人马就胆怯，
立在一边，保存力量不敢上阵。

“我们如此撤退不妙也不妥，
你们一个不留全给我上。
他不过是独身一个，
像蝙蝠似的毛孩子，
让我们将他生擒活捉，
缚到阔克波热汗王面前去报功！”

听罢喀拉阔孜的这番话，
节迪盖尔的大队人马，
顿时波涛汹涌地冲杀而去。
阿斯勒雄狮也奔驰而上，
用鞭抽打着玛依托茹战马，
高呼着玛纳斯的威名。

在雄狮阿斯勒的两侧，
两头猛虎咆哮着，
身后飓风狂吼，
顿时山崩地裂轰隆隆。
前面一条蛟龙腾飞着，
形似卷起的芨芨草帘。

那杜巴纳[1]大红孩，
长着大拇指般的一颗红痣，
牵引着玛依托茹战马。
玛依托茹马的身后，
腾起乌云般的尘埃。

[1] 杜巴纳：意为乞丐。

目睹少年出征的这般奇景，
人们都呆若木鸡。
这少年才十五岁，
却似奥波勒山一样顶天立地。

铺天盖地而来的节迪盖尔人，
无法鼓起勇气立住阵脚。
声势浩荡的众多兵马，
顿时掉头溃散而去。

你若观察男子汉阿斯勒，
顿显先祖的容颜与神威。
他将蓝缨赤杆长枪，
在手中疾速挥舞。

怒吼的男子汉，
横冲直撞来拼杀。
冲入人群稠密的地方，
杀出了一条峡谷般的通道。

少年英雄心想：
“对于这些兵丁，
我不想让他们枉送性命；
对于放下武器者，
我将给予宽容；
对于敢于负隅顽抗者，
我将毫不留情。”

为了避免造成致命伤，
他将手中的武器换成了鸭掌式长矛。
他冲下山坡刺翻了两个，
转过身趁机戳倒了七个，
迎面又打倒了五个。
无数敌兵在他枪下东倒西歪，
他显示了自己的神勇。
不知有多少顽抗者，
被挑在了枪尖上，
冲杀的敌人溃不成军四处逃窜。

沸腾的节迪盖尔、呼罗珊和伊斯番人，
汗王、别克和士卒们，
胆战心惊，魂飞魄散。

英雄像猛虎般腾跃，
与敌兵面对面展开搏杀。
敌人三三两两向四处抱头鼠窜，
无法勒转马头，
摔死的不计其数，
慌乱中不知往哪儿躲藏。

汗王们商议之后，
做出这样的决定：
“由于放任了阿斯勒，
使我们落得如此狼狈不堪，
还不如以我们的勇气，
与他决一死战。”
为了表明战斗到底的决心，
喀拉阔孜下令敲响战鼓。

自从先祖阿依阔勒玛纳斯起，
就有一些传承的传统：
当听到战鼓声时，
便会拨转马头重新开战。
阿斯勒便掉转马头，
等待着前来厮杀的敌人。

呼罗珊的首领，
振臂怒吼一声，
又重新召回自己的大军：
“你们瞧见那阿斯勒没有，
他听到战鼓声后，
着急地要尽快离开这里，
这正是他恐慌的时刻。

“他与节迪盖尔的三万两千多人交战，
穿行在众军当中，
信心受到挫伤锐气大减，
挥枪又是抡斧，
他的臂膀也许已僵硬麻木。

“自六天以来，
他口中没进一口食，
也没让坐骑歇息吃草。
男子汉的胳膊已困乏，
他所骑的战马也已疲惫。

“没有不困顿的男儿，
没有不疲乏的马儿。
拼杀两日，
休整十日，
如果这样哪能成事？

“让敌人的马休息并饱食，
让敌人睡够并喝足。
等对手休整好了再来交手，
如果干这样的傻事，
绝不会被留下一个活口。

“柯尔克孜的确神奇，
我已完全明白了他们的秘密：
前面有蛟龙，
口中喷着烈火；
后面有猛虎，
吼叫着追随他冲锋。

“长着一颗拇指大的赤痣，
是那红孩杜巴纳，
他竟然为阿斯勒牵马坠镫。
你们都在场亲眼看见，
这怎么可能是真事，
只能是阿斯勒施展的魔法！

“如果没有魔法的话，
怎会有蛟龙在前替他开路？
怎会有猛虎紧随其后咆哮着？
怎会有飓风呼啸着，
地裂山崩，电闪雷鸣，
尘土飞扬，遮天蔽日？

“如果没有魔法，

绝不会发生这样的事！
莫要惧怕，我的众将，
那魔法只是骗人的把戏。
你们每千人一个方队，
封堵在他的四周，
将他团团围住。”

呼罗珊兵马分作四路，
向阿斯勒猛扑而去。
他们呼喊着“呼罗珊”的口号，
举着黄色的战旗，
战旗上绣着十二种图案。

以吼声震天的气势，
以踏破大地的阵势，
每路一千人共八千，
已排成八个方阵。

将呼啸的矛枪挥舞着，
轰隆隆地一拥而上。

手执着长刀、铁锤和矛枪，
扛着大铁板盾牌，
抡着明晃晃的大斧，
他们一拥而上齐声嘶吼，
向少年英雄发起猛攻，
像熊熊燃烧的烈火。

先祖玛纳斯的后代，
从父辈那里继承的传统：
目睹众敌从不退缩，
理智地相机行事，
将敌人片甲不留尽数杀光。

玛纳斯的这种传统，

让男子汉阿斯勒从容不迫。
面对来势汹汹的恶敌，
他紧拉玛依托茹的缰绳，
高呼阿依阔勒玛纳斯英雄的威名，
吼声震耳欲聋让人头骨崩裂，
喊声击穿岩石冲破天宇。

听到英雄的怒吼，
群敌皆被吓得惊呆昏厥。
少年英雄阿斯勒巴恰，
眼中喷射着红色烈焰，
来势好似飓风暴雨。
他面色好似油炸的赤色麦粒，
手执色尔长矛，
瞬间闯入了敌群。

刺向板斧手的头，
刺向披甲者的肩，
一条长矛如银龙飞舞，
杀得敌人东倒西歪。

提刀者被成片砍倒，
举枪者鬼哭狼嚎。
少年英雄仅用枪杆轻轻一扫，
让执器者哇哇哭叫着，
一队队摔倒。

首领们早已昏死，
舌头僵硬说不出话。
敌军只顾向四面八方奔逃，
给阿斯勒敞开通道。

束手无策的呼罗珊人，
让兵丁们即刻分开，
成排成行形成战阵。

手举着火药枪齐射，
弓弩齐发箭如雨点，
射出的子弹嗖嗖飞翔，
飞箭在空中呼啸划过。
钢枪齐射弹如冰雹，
士兵高呼着口号，
齐声呐喊震耳欲聋。

苍天与大地之间，
火星飞溅烈火燃烧，
天地一片通红。
回响声惊天动地，
野兽们眼花耳聋，
不敢觅食，
惊慌地聚集成群，
无法待在群山间。

目睹这般场景的生灵，
对生命完全失去期望。
飞燕乱飞，
蜥蜴乱跳，
找不到巢穴而奔忙；
长蛇缠作一团，
乌龟紧缩进龟壳。

泥土已成为粉尘，
石头已成为细沙。
小丘小冈，
已经被踩踏成平川。

在这样的情形之下，
夜里无法合眼入睡，
白天连着黑夜不息。
呼罗珊的军队，
像圈里的羊一样静卧。

多半马匹已无主人，
辔带绊着前腿，
拖着长长的缰绳。

已过去一夜两昼，
呼罗珊的兵马，
忽然轰隆隆地掉头就逃。

“节迪盖尔与呼罗珊，
你们已经双双被撂倒。
无法坐稳坐骑，
你们已经滚落马下，
你们的荣誉到哪里去了？！”
伊斯番的汗王怒吼着，
命令快去集结队伍。

在整个伊斯番人当中，
有一个叫俄列宾的家伙，
能顶事做主的只有他。
伊斯番的汗王萨克恰克，
高声向俄列宾喊道：
“除了你，俄列宾呀，
我再没有其他得力助手！
当你俄列宾在场时，
我萨克恰克才感到踏实。

“所劈的刀，所开的弓，
众兵所射的子弹，
对付阿斯勒，
他竟然毫发无损。

“节迪盖尔与呼罗珊，
都属于有勇无谋之人。
大军冲锋搏杀，
血流成河死伤惨重。

“阿斯勒已经疲惫，
那匹骏马已经疲乏。
我们不能怯战而停下，
你先上阵去交手吧！
你若实在无力抵挡，
在你身旁还有我。

“那蝙蝠般的小孩，
他有多少能耐无须害怕！
你也不要轻视了他，
切莫像扎曼德、卓麻尔特，
别和他们一样把命丧，
别和他们一样来回拼杀纠缠，
也不要吝啬你所有的本领。”

听罢萨克恰克的夸奖，
俄列宾便匆忙上阵。
俄列宾振奋精神，
来势凶猛动作神速。

他是一位威仪的男子汉，
他是一位强者中的强者。
“世上再没有我这样的人。”
他心中时常这样狂想。

他一旦愤怒，
可击退四万人马。
俄列宾的神威，
名扬四海，威震天下。

他长着毡房般大的脑袋，
有着犬尾似的浓眉。
他长着一张比煤还黑的脸，
上面闪烁着一双小眼。

他额头隆起鼓鼓的，
鼻子塌下扁扁的。
他上嘴唇有些短，
露出一排獠牙。

他魁梧的身架似高塔，
一条膀子就似一棵梧桐。
他站着好似粗壮的树墩桩，
他的威猛使大地震撼。

口中溅着白沫，
切着齿，磨着牙，
凶狠的俄列宾已上阵。
他皱着眉头，
敲击着战鼓，
像恶狼般号叫着，
咆哮着举起矛枪。
历来一枪夺命的家伙，
用此招不知夺走多少生命。

他晃动着巨大的身躯，
那黑色的铁盾牌，
甩耷在大腿外。
他向阿斯勒猛扑过来，
衣摆呼呼啦啦地甩着。

他虽然骑在大象背上，
却像骑着毛驴一样，
耷拉着两条长腿。
好似被猎犬追击的岩羊，
翕动着鼻翼呼哧呼哧；
像秋天发情的公牛，
横着身子癫癫狂狂。

当敌人冲到身前时，
玛纳斯的后代青鬃狼，
哪能畏惧他？
少年高呼玛纳斯的威名，
向前猛冲举枪相迎。

胯下的玛依托茹，
向后抿着双耳张着大口，
身后扬起的尘埃，
乌云般滚滚。
英雄阿斯勒奔腾而上，
径直逼向那俄列宾。

一见到阿斯勒的威严，
大山般的俄列宾，
忽然感到手忙脚乱。

互相隔挡着矛枪，
搏完一个回合，
又重新往来交锋，
把一切寄予自己的命运。

在交战中俄列宾发现，
阿斯勒浑身充满了力量，
说话吐气蕴含着力量，
举手投足隐藏着力量，
就连目光和眼神都迸发出力量。

他力能移山，
他力能填海。
他一挥手，
蓝天也会摇晃；
他一跺足，
大地也会震动。
他是顶天立地的大力士，

他简直就是力量的化身。

天下无人能用武力战胜他，
除非神仙和亡灵，
无人敢接近他。
就是雄狮、猛虎和大象，
面对他也会望而生畏。

俄列宾想再试探一下他的力气，
但顿时失去信心。
面对身手非凡的阿斯勒，
他感到死亡已经临近自己。

面对阿斯勒，
作为勇士也只有投入战斗。
他将命运置于上天给他奇迹，
算计着如何以奇招致对手于死地。
俄列宾将那唯一的生机，
拴在一丝毫发上。

对俄列宾刺来的长枪，
勇士阿斯勒一枪挡去。
在刹那之间，
在混乱之际，
非凡的英雄青鬃狼，
不给俄列宾还手之机。

他挥舞着手中的色尔矛枪，
迅速勇猛连击了六十下。
训练有素的玛依托茹神驹，
与英雄配合默契，
像猎隼般回旋腾跃着。

当雷鸣般的攻击袭来时，
狂傲自大的俄列宾，

魂飞魄散地发呆，
头晕目眩地发愣，
傻着眼呆若木鸡。

没有一丝动弹的力气，
好似只剩下一口气。
睁开双眼环顾着，
用舌尖舔着上嘴唇。

受了重伤狂怒的俄列宾，
重新举起手中的长矛，
催促着拱背的大象，
高呼着“伊斯番”的口号。

他挥枪怒吼，
玛纳斯的后代青鬃狼，
顿时倔劲大发，
他挥手趁势击落了俄列宾刺来的矛枪。

先祖留下的色尔神枪，
刺石尖儿不会弯，
刺木可将木穿透，
透过护心镜可刺过脊梁，
透过铁盾牌可刺穿胸膛。

少年将祖先留下的神枪，
用尽全力猛刺了过去，
呼啸声震耳欲聋。
他心想头盔的边沿，
正是命门之处，
便冲到侧面向恶敌的额角猛捅了一枪。

枪尖猛一刺，
从另一侧耳根，
露出了枪尖。

俄列宾臀部滑出了鞍，
脚儿滑出了镫。

俄列宾从大象背上，
“轰隆”一声坠到了地上，
一头扎进泥土里。
逞强的俄列宾，
最终见到了死神。

马不能载，只好乘大象，
这样的巨人俄列宾也被宰。
“你见过阿斯勒男子汉吗？”
伊斯番的兵将一个个，
双腿颤抖发软，
瞠目结舌惊慌不安。

猛狮阿斯勒又拨转马头，
对着俄列宾所乘的大象，
狠狠地劈了一刀。
挨了一刀的赤色大象，
没有哼一声就断了气。
连叫都没来得及，
连腿都没蹬一下，
从那粗壮的脖根，
轰隆隆倒塌成了两半。

俄列宾乘的大象被劈死，
这一幕令所有的人都感到震惊。
呼罗珊、伊斯番和节迪盖尔人，
站在一旁目睹了这一切。

来自伊斯番的兵丁，
共计三万二千余人，
由萨克恰克统率，
挺枪跃马直冲上来。

少年猛虎英雄，
哪能怯懦回避？

萨克恰克疾驰而来，
他的枪尖上闪烁着火焰。
他抽打着枣骝色套布尔恰克，
像飓风般席卷而来横冲直撞。

玛依托茹骏马横在道上，
猛狮阿斯勒举枪怒视着。
神勇无比的少年，
足智多谋的智士，
他是玛纳斯的后裔，
无论如何夸都不过分。

两位勇士照了面，
噼噼啪啪叮叮当当，
枪击声顿起。
无法驾控的枣骝色套布尔恰克，
从一侧疾驰而过。

逞强的萨克恰克，
已落入英雄的有利角度。
未等萨克恰克喘口气，
世间难寻的少年阿斯勒，
心想在盾牌的边沿，
正是月形肩胛骨的位置。
玛依托茹疾速调整了姿势，
英雄顺势朝那里猛击了一枪。

阿斯勒刺出的枪能轻吗？
挨枪的人还能活命吗？
萨克恰克从枣骝色套布尔恰克的背上，
滚落在地应声断了气。
护心镜噼噼啪啪，

不堪一击已粉碎。
大山般的萨克恰克，
鲜血溅了满地。

比猎隼还灵敏，
非凡的男子汉阿斯勒，
高举着特制的月牙战斧，
越战越勇。

真正是玛纳斯的后代，
越是绝境越是勇猛，
无人能将他挫败。
精明强干的玛纳斯的后嗣，
越是危险越是凶猛。
与他们作对的人，
不知死去了多少。

死去了许许多多，
能举梧桐的巨人。
俄列宾与萨克恰克，
像他们这样的男子汉不知死去多少。

在交战搏杀之中，
死去无数兵丁和汗王。
狂傲自大，肩扛矛枪，
像巨峰般威猛，
这样的逞强者死去不少。

纵横世界几千年，
魔中之首居仁朵，
也死在玛纳斯子孙后代的手中。
巨妖们来袭也没胜过他们，
在两条腿的人中，
难道还有人能征服他们吗？
披甲戴胄的男子汉，

在与他们交战中不知死去多少人。

扎曼德、卓麻尔特和布依吐那，
俄列宾与萨克恰克，
他们还能如何？
死神揪住了他们的衣领，
不死还能活命？

伊斯番人的汗王已死，
他信赖的俄列宾，
也先他送了命。
伊斯番部落的兵丁，
头都未回四处逃散。

让我暂且放下这段，
看看英雄阿斯勒巴恰，
如何为保卫家乡塔拉斯而战！

阿斯勒巴恰

单骑拒千军

三部败兵与阔克波热汗王会合

节迪盖尔的喀拉阔孜，
呼罗珊的萨拉，
紧张地在商议，
不让伊斯番人离开。
他们向伊斯番的民众，
差遣了说客和使者：
“你们的汗王萨克恰克已死，
你们尽快推举一位汗王。”

“如果众兵已溃散，
阿斯勒还能安于旁观？
照他的本性若冲闯而来，
难道你们不被像羊一般屠宰？
你们那为数不多的民众，
难道不被杀个天翻地覆？
谁能保证他不横行霸道？
谁能保证阿斯勒不尾追而来？”

“我们只有继续结成同盟，
才能阻止阿斯勒的疯狂屠杀。
你们要明白，
我们三个部落只有拧成一股绳，
才是求生的唯一出路，
否则我们将血流成河。”

“汗王喀拉阔孜和萨拉，
让我们出面坦言相告，
不论谁当伊斯番的汗王，
让他彻底兼顾整个民众。”

“三个汗王同心携手，
再去与阔克波热联合，
让我们永远共同生活。
你们愿意推举谁，
那是伊斯番人民的意愿，
他将成为永远的汗王。”

伊斯番的民众聚集在一起，
听取了使者的建议，
议论着喀拉阔孜与萨拉：
“看来他们的智谋可不浅，
怎么可能将我们放过？
呼罗珊与节迪盖尔的人马，
多半已经死伤，
鲜血流成了河，
都悲壮地去见了阎王。
自己的大军已被歼灭，
汗王喀拉阔孜和萨拉，
已是愁眉不展悲痛欲绝。”

“待在此处的我们将要赴死，
在伊斯番的民众也将遭殃，
我们本来就人数不多，
怎经得起这样的死亡摧残。”

“切莫让我们绝迹死光呀，
从我们当中选一人，
把他推举为汗王吧！”

有一位名叫铁铁的好汉，
曾经不把俄列宾瞧在眼里。
众人聚在一处议论着，
终于推举他登上了汗王宝座。

当上汗王的铁铁欣喜若狂，
无法抑制惊喜癫癫狂狂。
他带领伊斯番人，
浩浩荡荡前去同节迪盖尔与呼罗珊人会合。

节迪盖尔人的喀拉阔孜，
呼罗珊人的萨拉，
又加上伊斯番的铁铁，
与阿斯勒又要展开大会战。

扎曼德、卓麻尔特和布依吐那，
俄列宾与汗王萨克恰克，
五位英雄都已横尸于战场。
前来与阔克波热会师的三位汗王，
成为罪人耷拉着脑袋委屈又萎靡。

阔克波热正呆坐着，
青着脸愁容满面怒气冲天。
他紧皱着眉头，
面容好似要下雪的阴天乌云密布。

此刻身处困境的喀拉阔孜难受地开言：
“自从您阔克波热出名以来，
发生了许多事情，
我们唯您的命令是从。
呼罗珊、伊斯番和节迪盖尔，
还有卡勒玛克和芒格特，
没有人敢违背您的命令。

“我们约好要出征柯尔克孜，
先到此处来会合。
在途中我们遇见了灾星，
柯尔克孜的十五岁少年，
横刀立马将我们阻拦。
我们企图突破他的拦截，

可无人能与他抗衡，
多半勇士已丢了性命。

“阿斯勒巴恰百般将我们捉弄，
他根本没把我们放在眼里。
被一个小孩瞧不起，
我们顿时头皮发了麻。
我们不甘屈辱，
当即竖起了战旗。
我们都被激怒了，
我们这么多久经沙场的英雄，
怎么就征服不了一个乳毛未脱的少年。

“如果我们联起手来，
挺胸昂首与他交战，
我们有几万大军无数英雄，
怎么会败在一个毛孩的手下！

“我们三个部落一道，
摆开阵势往前冲，鲁莽地轮番上阵。
身上的战甲已扯裂，
枪尖已折断，
斧背已砍裂，
刀刃已缺豁，
我们依然勒紧马肚带，
无情地展开肉搏。

“扎曼德、卓麻尔特和布依吐那，
他们各个出阵来厮杀。
这些孤傲自大的勇士们，
被柯尔克孜的阿斯勒少年，
一个接一个地刺翻落马，
他们都拥抱了大地。
大力士俄列宾与汗王萨克恰克，
也在阿斯勒枪下丧命。

“无论是谁上阵与他交手，
哪怕是大山也会被他击垮。
他的色尔矛枪一挥，
就像钐镰割草一样，
千军万马就会一排排倒地，
成群结队的士兵也被他轻松地宰杀。

“面对他的无情杀戮，
我们越发仇恨便齐上了阵，
但还是无法将他战胜。
我们损伤不少，死得很多，
差一点儿全军覆没。

“俄列宾与萨克恰克，
他俩先后阵亡。
伊斯番的人马乱了阵脚，
顿时潮水般溃散。

“失去汗王的士兵们，
我们专门派人去集合，
并推举铁铁为新汗王，
然后我们才来到您面前，
无人走失或离群，
全都在此。

“听说我们来以前，
您也丧失了几位勇士。
阿斯勒这样勇猛的人，
我们之前谁见过？
与他对抗的敌人皆被斩尽杀绝。
被称为黄脸死神的凯耐尼木，
如今已经年迈力衰。
阿斯勒是他儿子的儿子，
是他顶替了爷爷的位置。

“赛依特十四岁时，
出征到广袤的凯尔克特，
杀死了吃活人的喀拉朵巨人，
将他的妖婆及四个儿子全部铲除。
将所有的财富牲畜分发给了庶民，
使凯尔克特百姓欢天喜地。

“将大量金币送给了苏莱玛特汗王，
迎娶了他的女儿克勒吉凯。
苏莱玛特让喀拉朵的小儿子，
联络了七个巨人的儿子，
在无人穿越的红色沙漠，
堵截谋杀赛依特，
却被赛依特与克勒吉凯全部杀死。
赛依特一怒之下杀死了苏莱玛特，
将巴勒克奇推举为汗王。

“七头女妖诡计多端，
千方百计与赛依特斗法，
妄想置英雄于死地，
最终还是像丧家犬一样，
被赛依特彻底征服。

“眼下的英雄少年阿斯勒，
就是赛依特的儿子，
他的一切行为你已目睹，
对付他您还有什么高招？”

当喀拉阔孜说到这里，
阔克波热发出“哼”的一声，
抬起头来询问：
“铁铁、萨拉，
我们共坐一帐之下，
我们面对着面，

你们为什么不说话?
依我看来,
你们如果向柯尔克孜报仇,
正是下手的好时候呀!

“当年,玛纳斯称雄之时,
集结了柯尔克孜和哈萨克各部落,
自称是同族同宗同属的阿拉什。
玛纳斯的儿子赛麦台依,
高喊着“玛纳斯”的口号,
就认白毡帽的柯尔克孜,
不提同宗同根的阿拉什。
为争抢阿依曲莱克,
将青阔交和托勒托依杀害,
摧毁了节迪盖尔部落。

“赛麦台依称霸以来,
扶持月即别与哈萨克人。
节迪盖尔、塔吉克和吐库曼人,
从没被他当成人看。

“赛麦台依的儿子赛依铁克,
又杀死了托勒托依的儿子克亚孜,
将自己奴仆的儿子,
封为节迪盖尔的汗王,
给你们带来了黑夜般的灾难。

“赛依铁克的儿子凯耐尼木,
更是一个心狠手辣的黄脸死神,
他对我们的统治更是令人发指。
呼罗珊、伊斯番和节迪盖尔,
芒格特和塔吉克,
我们受尽了他的欺凌。
说我们勾结了卡勒玛克,
凯耐尼木不让我们抬起头,

使我们比别人还低下。

“呼罗珊的达比塔依，
伊斯番的阿恰汗，
塔吉克的铁米尔别克；
毫无动静的三个卡勒玛克，
大耳朵的乔云阿勒普，
铜肚脐的克克玛特，
铁大衣夏勒克玛特，
他们都是无敌的大力士。
诬陷他们侵犯了柯尔克孜，
那黄脸凯耐尼木，
让他们都溅洒了鲜血。

“我约你们共同起兵，
向柯尔克孜人发起进攻，
不只是要为我们父辈报仇，
主要还是对他们的霸道实在看不惯。

“我们六个部落联手前去，
凯耐尼木会指责我们为何将他们进犯。
不与我们平起平坐平等相待，
却把那捣蛋的孙子阿斯勒，
鼓动着来对付我们。

“与其做别人的马桩，
与其做他人的枕头，
还不如让我们浴血奋战，
力争同柯尔克孜平起平坐。

“我父亲铁米尔别克去世时，
我还年幼不懂事，
不知我们如何落到这般境地！
凯耐尼木蛮横无理，
不论在哪里强占一座城池，

都让一个穷奴来当首领。

“穷奴成汗来统治百姓，
这怎能保留贵族的地位和尊严呢？
当厥特威逼巴格达特时，
凯耐尼木借机到了那里，
给民不聊生的厥特百姓，
带去了无穷无尽的苦难，
让他们赔偿无数钱财。

“把一个四岁的孩子推向汗王的宝座，
而后他甩手返回。
乳臭未干的娃娃被称为了汗王，
他却实现了自己的夙愿。

“我们大家既然已经跨上战马，
我要毫不回避地说实话：
当我的性命还在躯体时，
面对着柯尔克孜这帮贱民，
我可没有任何善心可发！

“我们是六个部落的精英，
我们率领着大部落的雄兵，
我们如何不能战胜他们！
只要我们言行一致，
只要我们齐心协力，
柯尔克孜的历史已到尽头，
我们再也不会败给他们！

“我们要差人通知卡勒玛克人，
我们还要重新整合军队，
将芒格特的汗王卡勒德克也请来。
他若和他父亲一样是英雄的话，
就不会龟缩不前不敢出兵。

“如果他率大兵与柯尔克孜交战，
我们就站在一边来观虎斗。
不论阿斯勒如何厉害强大，
他毕竟是年轻娃娃。
凯耐尼木不会再逞强，
他已是眼花体衰的老叟，
我们无须将他们害怕。

“无论如何我们也要试一试，
无非就是这颗脑袋和一条性命，
我们要拼个你死我活。
如果死期降临，
哪怕睡在家中照样丢命。

“不论西方还是东方，
都是柯尔克孜的仇敌，
阿富汗与印迪斯坦，
我们也要争取他们来参战。

“如果我们在战争中失败，
契丹人绝不会来增援，
他们的都城别依京，
早年被空吾尔巴依强占。
正因为玛纳斯的缘故，
他们好不容易才得以收回，
他们不会轻易与柯尔克孜为敌。

“乌茹姆的乌斯逊人，
我们还要不要通知他们？
他们的汗王与玛纳斯家族是姻亲，
即便我们将他们邀请，
他们也不一定会来。

“当接到我们的邀请后，
那些被玛纳斯所驱逐的，

背井离乡流落各地的，
那些备受屈辱与煎熬的，
他们都会如约而来。

“在两个英干的岸边，
凯尔克特人自由自在地在那里生活。
他们也不会来。
统治那里百姓的头人汗王，
辅佐他们的大臣和大力士，
都是柯尔克孜一方的人。

“再往前是马匹无法到达的地方，
那里的民众也不会到来。
被柯尔克孜杀死的七个巨人，
其民众已无统治百姓的头领。
他们的英雄都被柯尔克孜吞食，
已无人敢与柯尔克孜人抗衡。

“动员所有与柯尔克孜有仇隙的民众，
我们要结成强大的同盟军，
我们要下定决心，
不战胜柯尔克孜决不罢休！”

阔克波热这样怒吼着、咆哮着：
“我们要赶快上马，
朝着塔拉斯进发！”

阔克波热战败逃脱

当阔克波热下令时，
因为胆怯和惧怕阿斯勒巴恰，
士兵们都怕出征塔拉斯，
心想若到塔拉斯等于去送死，
若不去塔拉斯就得受罪受罚。

“看来我们的死期就要降临了！”
士兵们嘟嘟囔囔举足不前。
他们无心跨上战马，
两腿像被绊着，脚下直发软。

恶魔阔克波热亲自打先锋，
汗王喀拉阔孜在后驱赶压阵。
大队人马浩浩荡荡，
矛枪如林，战旗飘扬。

呼罗珊、伊斯番和塔吉克，
他们的语言较接近，
对阔克波热的话唯命是从。
阔克波热高高在上无所顾忌，
独揽大权似头大象。
芒格特和卡勒玛克的语言一样，
节迪盖尔的话与他们截然不同。

阔克波热打着先锋行在前，
在塔拉夏的高冈上，
同阿斯勒巴恰相遇。

玛纳斯的后代如同烈豹，

力量无穷，身强力壮。
金色装饰的红色战旗，
竖立在高冈上。
柯尔克孜的猎鹰阿斯勒巴恰，
守卫在柯尔克孜的土地上。
他挺枪勒马挺立在大道上，
挡住了潮水般涌来的敌军。

阔克波热挥舞着马鞭，
迎面奔驰而来。
汗王一下达命令，
全军一道蜂拥而上。

“被堵截的就留下来，
冲过防线的勇士们，
就直接杀入塔拉斯去，
到达塔拉斯后就分成几路，
同时发起总攻。

“我要亲自率领部分人马，
去攻打玛纳斯的陵墓。

“我们先用少量人马去攻城，
住在城里的凯耐尼木，
会误认为攻城的就是全部军队，
当他忙于交战之时，
我会趁机将陵墓捣毁。”

阔克波热道出此计，
呼罗珊、伊斯番和节迪盖尔部，
便朝着塔拉斯挺进。

哪能让他们扑向塔拉斯，
少年猛虎已经赶到面前。
他使出浑身的力量和勇气，

高呼着玛纳斯的威名，
将敌人的战旗横扫在地。

当阿斯勒闯入敌群时，
心惊胆战的手下败军，
节迪盖尔、伊斯番和呼罗珊人，
未敢交战便闪开道溃散而逃。

敌人的中间已空虚，
正是畅通无阻的通道。
阿斯勒挥动长矛，
直向敌人的中军杀去。

金色发辫的少年阿斯勒，
他像死神般抵挡万马千军。
他站在塔拉夏的山梁上，
没有让一个敌人翻过去。
真是了不起的男子汉，
不让任何人接近塔拉斯。

他将群寇杀得四处逃窜，
让他们鲜血流淌。
一旦挨着他的枪尖，
就难逃死亡的命运。

士兵们顾不上扭头看身后，
全都拼命地落荒而逃；
将领们疯狂叫嚣着，
也在惊慌撤退。

身后卷起漫天尘土，
好似麦场的麦子被扬起。
呼罗珊、伊斯番和节迪盖尔人，
朝着塔吉克与卡勒玛克的部队，
拼命地逃去会合。

阔克波热看到逃回的部众，
愤怒地大声责骂：
“铁铁、萨拉、喀拉阔孜，
我不会在背后指责你们，
我要当面说你们。
你们三个首领都在这里，
被一个小孩吓跑真不害臊。
如此惊慌失措地逃来，
实在有损我们的尊严。

“你们身后有九万大军，
你们率领着全部人马，
却畏惧一个乳臭未干的毛孩。
你们说是无奈撤了回来，
你们说的这是什么话？！

“让狗去听你们的话吧！
连狗都不听的话还会有谁听呢？

“朵虐，你是一位无敌的英雄，
是杰出的好汉，
当我遇到困境的时候，
我总是在想着你。
听我的话你先去上阵，
如果你难于招架，
在你身后有我做你的后盾。

“莫给他喘气的机会，
在眨眼的一刹那，
你去将他擒拿。
曾经死去的英雄们，
哪一个能抵得上你？”

听罢阔克波热的一阵夸奖，

听到满口的赞扬，
朵虐疯狂地驰马上阵，
心想："我顷刻捉他回来。"

奔驰一段后他又勒马，
望着身后开口大叫：
"喂，阔克波热，阔克波热，
若给阿斯勒自由的空间，
这蠢货会越发猖狂。
像羊拐一样将他一掷，
然后把他灰溜溜地赶回去！

"如果他顽固不肯走，
是否将他的尸体拖回来？

"揪着他的头发把他拖在地上，
不让鲜血沾染我的手。"

听着朵虐发狂的疯话，
阔克波热也狂傲起来：
"你未说空话说的是大实话，
是我让你前去上阵。
朵虐，你想如何全由你，
只要能展示你男子汉的气概。"

再次受到汗王的鼓励和吹捧，
听完所有夸奖的话，
朵虐自言自语地嘟囔着，
口中溅出一团团白色的泡沫，
咆哮着出发了。

阿斯勒已望见狂奔而来的卡勒玛克人，
他跨着玛依托茹神驹挺身而出，
手中挥舞着闪亮的色尔矛枪。
那十四岁的英雄少年，

端坐马背犹如奥波勒山峰巍峨雄壮。

此时蓝色的天空飘来一团红云，
众英灵也来为英雄助阵。
目睹的人们为之惊讶：
两边各有十只盘羊，
整齐地排列向前冲锋，
两侧扬起滚滚尘土。
玛依托茹神驹奋蹄向前，
身后扬起滚滚尘埃。

蛟龙在头上盘旋，
鹰隼在天空飞舞；
雄狮在前开道，
猛虎在后督阵。
神童为英雄牵马，
仙女立在英雄身后。

少年英雄迎面冲来，
在陌生的敌人眼里，
目中喷射着火花，
像猎鹰般矫捷，
像蛟龙般凶猛。

胯下的玛依托茹马，
饿虎扑食般向前猛冲。
口中喷溅着白沫，
溅洒在胸脯上，
口中喷出一团团热气，
像热浪冲向天空。

阿斯勒与朵虐迎面遭遇，
他高呼着玛纳斯的威名，
挺枪向朵虐刺去。
朵虐是有名的鲁莽英雄，

举枪催马相迎。

朵虐心想："我要将这个小子，
一枪刺落马下。"
他借着咆哮的冲力，
以吃人的气势迎上去，
恨不能将对手一口吞下。

两杆矛枪交织在一起，
两人面对面展开了拼杀，
相互冲刺着、阻挡着、躲闪着。
训练有素的强手们，
在这宽阔的战场交锋逞强。

扭动着身子拼着矛枪，
左左右右来回搏击。
不惜一切地奋力劈杀，
大斧砍在铁甲上叮当作响，
矛枪刺在头盔上冒着火星。
大刀已锩刃被丢弃，
宝剑已断裂飞向空中。

时势造就的英雄们，
如此折腾着自己的性命，
将生与死悬在一根细发上，
展开了空前绝后的激战。

以扎曼德为首的勇士，
早已死在阿斯勒手下，
朵虐显得比他们都强。
这位卡勒玛克的英雄，
紧攥着复仇的长矛，
朝着阿斯勒臂膀上的大肌，
凶猛地刺了一枪。

枪尖扎进了一拃长，
像鞭杆粗的一股鲜血，
顿时喷射而出，
溅在了玛依托茹的臀部。

男子汉阿斯勒忍着疼痛，
怒气顿生火冒三丈：
“我的先祖是玛纳斯，
如果我的威猛不如对手的话，
英灵便会来惩罚我。
玛纳斯的后代子孙，
绝不能在敌人面前退缩。”

祖传的止血妙药，
就装在兜里的袋中。
用舌尖舔去伤口上的鲜血，
将药掏出握在手中，
又用舌头轻轻舔了一下，
再往鲜血直淌的伤口涂上神药，
手压着伤口，
刹那间流血便已凝固。

“如果阿依阔勒的英灵来保佑，
不论有多少强敌来攻打，
不论有哪个敌人出阵较量，
不砍下强敌的头颅，
我决不会善罢甘休。”
怒火中烧的阿斯勒，
这样思忖着。

就在这瞬间，
凶猛的朵虐又冲了上来。
他心想阿斯勒已经身受重伤，
自己就会翻下马背，
便拉住马缰张望着，

打算拖着他返回领功受奖。

看到阿斯勒稳坐在马上，
朵虐双目玻璃球似的闪着光。
他愤怒得无法自已，
咬牙切齿地怒吼着：
“我朵虐已愤怒至极，
阿斯勒你就要入土。
我要将你挑在枪尖上，
把你带回营帐去领赏！”
朵虐狂叫着飞马向前，
口中吐着熊熊火焰。

玛纳斯的后代少年阿斯勒，
哪里会将他放在眼里。
两个巨人直冲而上，
看的人个个心惊胆战。

英雄阿斯勒振作了精神，
要将大山般的朵虐，
挑在枪头离开战场。
他把朵虐的长矛，
猛地一枪击落在地。

猛禽般敏捷的英雄阿斯勒，
又重新弓着背投入了战斗。
他高呼着：“玛纳斯！玛纳斯！玛纳斯！”
这是阿依阔勒玛纳斯的后代，
冲锋时爆发神威的口号。

吼声一声高过一声，
阿斯勒紧握着闪光的色尔神矛，
策马猛冲上去。
那锐不可当的长枪，
将朵虐不知有多少层厚的铁甲，

一枪穿透。
枪从前胸透过后胸，
那大山般的勇士，
翻身落马毙命。

塔吉克人的首领，
狂妄的阔克波热，
心想此时要展示自己的本领。
叫嚣不止的阔克波热，
遵照对朵虐许下的诺言，
他要飞马而出，
为朵虐勇士报仇雪恨。

当他准备催马动身，
朝着少年猛虎阿斯勒，
发起攻击试比高低时，
在塔吉克人当中，
有位叫阿特耐克的人，
他催促着坐下的雪青马，
来到汗王阔克波热马前。

他是位白发苍苍的老翁，
他是走南闯北行程千里，
游览世界见多识广的老头。

他抓住汗王的马缰，
情真意切地侃侃而谈：
“喂，阔克波热，你是我的命根子，
你是众多塔吉克人的汗王。
你的属民不仅仅是塔吉克人，
那些呼罗珊、伊斯番和康阿依人，
你也领导着他们。

“你若让他们开战他们就向前冲锋，
你若让他们停战他们就向后退缩。

这千军万马不分老少，
都在看着你的行动，
都在听着你的口令。

“你领导各部人马，
成为整个大军的统领，
孩子，这十分适合你的个性。
在你天庭上的福星，
还会有谁来争夺？

“你若听话，切莫上阵，
玛纳斯的后代那个小子太可怕。
他会悬着头来决战，
他会舔尽对手的鲜血，
将对手的头颅悬挂在马鞍上。
如果你从我们的眼中消失，
还会有谁能做我们的首领？

“我们会成为无主的百姓，
会流离失所如同丧家之犬，
会离乡背井四处逃难，
会浪迹天涯举目无亲。

“呼罗珊、伊斯番和康阿依人，
都因惧怕你的威严，
才愿意听从你的调遣。
如果你闭了眼，
他们将会反目成仇，
将我们的塔吉克部，
劫掠烧杀踏为平地。
他们会将来到这里的罪过，
都加在塔吉克的头上，
以此对我们的百姓施暴。

“你若听我规劝，阔克波热我的汗王，

视我为行程千里见多识广的老者，
视我是穿破无数大衣的长者，
我就诚心诚意地告诉你，
听长者之言，就不会吃亏在眼前。

“切莫以为我已是老混头，
切莫认为我这是怯畏之言，
如若不肯听我这肺腑之言，
你就奔马前去搏杀吧！

“你不要一日日地恋战，
你不要一夜夜地蛮战。
不要如此辛苦折磨受累，
也不要把战甲扯得破碎不堪，
更不要将布鲁姆战袍撕成碎片。

“你要周旋着寻得机会，
你要给大军发出暗号，
让大军向阿斯勒猛扑过去，
你要趁机退出到一边去。

“莫以为我在夸你的敌人，
你可不要为此而生气。
历来有四面八方的强手，
不顾生死同英雄玛纳斯的后代，
展开无数次厮杀和激战，
至今还无一人得胜生还。

“在唐格特、芒格特和吐尔扈特，
他们浩荡地赶到这里之前，
我们还是保存实力随机应变。

“萨拉玛特直到死去，
从未敢将玛纳斯的后代进犯。
黄脸死神凯耐尼木，

不论是西方还是东方，
不论谁敢将他的部众侵犯，
皆被他歼灭并让他获得了战利品。
当时紧跟其后的萨拉玛特，
也同样分享了一半。

“在汗王卡勒德克的手中，
有着不计其数的武器，
无人知晓多少且无法统计。

“他本是汗王的子孙后代，
心中有着大山般的志向，
实力与阿斯勒相差无几，
我们还是利用卡勒德克来上阵。”

当阿特耐克这样劝告时，
奸诈的阔克波热心想这可是妙计，
但他并没有开口称赞。
他怒容满面瞪了老人一眼，
暗示别颤颤悠悠快滚开。

双眼烈火般通红，
双颊肺叶般苍白。
像鹅一样伸长脖子，
头顶上的杂毛，
像燃烧的柏树林一般竖起。
阔克波热手执锋利的长矛，
扎紧了腰间的皮带，
因为初战失利，
他显得非常愤怒和懊恼。

他身背沉重的铁锤，
扎紧胸前的护心镜，
扣上铁铸的头盔。
为了尊严和名誉的阔克波热，

决心向阿斯勒发起进攻。

他肩上挎着盾牌，
身材如同不大不小的山冈。
他正当英年刚好三十岁，
就像疯狗一样猖狂凶猛。

他竖起的一根根胡须，
就像刺猬身上的刺一样。
他丑陋的嘴脸，
让见到他的人儿，
顿时浑身颤抖发麻。

他身后扬起尘土，
就像沙尘暴和龙卷风一样。
他拼命地冲驰而来，
像恶狼一样张牙舞爪，
像发情的公驼一样怒吼。

少年阿斯勒是玛纳斯的后代，
哪能被他吓倒：
“你是阔克波热，我是阿斯勒，
如果你活够了，就快来送命！”

他高呼着玛纳斯的威名，
旋风般迎面而上。
阿斯勒单枪匹马，
而敌人成千上万。
他要战胜入侵的强敌，
难免会伤及无辜士兵的性命，
他为他们感到怜悯和痛惜。

然而心狠手辣的恶棍阔克波热，
与善良的英雄阿斯勒完全不同。
他恨不得将这位少年一枪刺于马下，

让他立即毙命。

他们展开殊死的厮杀，
叮叮当当，噼噼啪啪，
互相躲闪拼挡着矛枪。

他们甩开膀子，
用月牙战斧互相劈砍，
从鞘中抽出锋利的宝刀，
不顾生死互相劈杀。

所有的武器都已经损毁，
双方只好徒手厮打。
身上的铠甲已成碎片，
互相又拉扯撕扭着战袍，
战袍被撕成一条一条的布条。

双方咬牙切齿摩拳擦掌，
往掌心吐着唾沫，
将拳头握得嘎嘎作响。
两人抱在一起扭打，
用拳头猛击对方脸部，
脚踩马镫猛踢对方的马肚。

浑身流淌的汗水，
将土地浸成了湿地，
马蹄将草地踩成了烂泥地。

阔克波热突然打起冷战，
摇摇摆摆浑身哆哆嗦嗦。
胸中好似烈火燃烧，
浑身的骨头阵痛发软。
头昏眼花死神已临近，
牙关紧咬他已生命垂危。

阔克波热无法再坚持，
不敢与阿斯勒继续抗衡，
顿生无数个念头和想法，
终于想出了逃生的办法：
“我要向他提出休战，
如果他不给我机会，
我就下令大军齐上阵，
然后趁机逃离战场，
只有这样才能保全性命。”

生性奸诈的家伙突然这样讲：
“英雄阿斯勒，请听我讲，
好几天以来，
我们只忙于交战，
我已饿得饥肠辘辘，
我已累得肋骨弯曲，
我已耗尽全身的体力，
再无力与你对搏。

“经过无数次的砍杀，
我已没有支撑的力气，
你给我一次喘息的机会吧！
如果你能答应我的话，
我回去吃完饭再来拼杀。
让我吃饱肚子再上战场，
即使被你刺杀，
我也不会感到遗憾和后悔。”

当阔克波热道出了这番话，
出身非凡的男子汉，
少年英雄阿斯勒痛快地回答：
“阔克波热你想休战就走吧，
我只宽限你三天时间。

“如果你三天后不回来，

你那黑压压的军队，
五个部落的人马，
我可要闯入厮杀。
我的先祖是英雄玛纳斯汗王，
我是他嫡亲的子孙。

“赛麦台依与赛依铁克，
两位英雄同在的时候，
我的爷爷凯耐尼木，
已经成为天下无敌的英雄。
别说是凡人和英雄豪杰，
就是虎豹豺狼和妖魔鬼怪，
也无一敢与他抗衡。

“活了几千年的居仁朵巨人，
克孜勒阿勒普大力士，
乘骑黑花马的卡勒别克，
还有那七个巨人，
阿依吐木什和秦额什两位汗王，
他们都无力战胜他，
一个个在他手下丧命。

“我的父亲赛依特，
可谓是孤胆英雄。
苏莱玛特汗王暗施毒计，
借喀拉朵巨人与他交锋。
喀拉朵巨人未能将他征服，
自己却血溅战场死于非命。

“苏莱玛特又借机要了新花招，
想借有去无回的孤岛上，
那坟墓中神秘的恶魔，
害我父亲的性命，
结果他的阴谋又一次落空。

“后来他又在没有人烟、没有流水，
荒无人迹的赤色沙漠中，
让喀拉朵的小儿子，
联合七个巨人的子嗣，
赶来将我的父亲赛依特截杀。

“我的父王是男子汉，
何时惧怕过这些鼠辈。
赶来截杀的那八条狗，
被死神紧缠着脖子，
鲜血洒在了赤色沙漠中。

“苏莱玛特已走到了头，
从宝座上被拉了下来。
阿布勒登上了宝座，
杰特勒拜与阔克布卡，
实现了自己的夙愿。

“我是赛依特的双胞胎儿子，
我还有个弟弟别克巴恰，
我们兄弟二人并驾齐驱。

“你爹若是铁米尔别克的话，
你也应该是一位英雄。
是英雄就该信守诺言，
就应在限定的时间赶回来。

“如果行诈，不遵守诺言，
如果想骗人，阔克波热，
后果你自己想明白。

“呼罗珊、伊斯番和康阿依人，
还有节迪盖尔和塔吉克都在场，
你们都听着，
阔克波热心里的鬼算盘，

我已摸得一清二楚。
他想汗王卡勒德克也许会赶来，
为此要求宽限三天时间。
这就是他的计谋吧，
他是想让卡勒德克替他送命。

“你们来多少人我都不害怕，
最好你们同时走向战场，
让我将你们一起消灭，
免得一个一个来白白浪费我的时间。

“阔克波热你若变卦说话不算话，
那你将为此付出代价，
到那时休怪我对你不留情面，
阔克波热你想回就速去速回。”

当猛狮阿斯勒这样回答，
塔吉克的阔克波热，
答应一定会返回后便慌忙离去。

在阔克波热的脑海里，
产生了不少念头和对策：
“嗜血狂玛纳斯的贱民，
我实在不应该来和他打交道。
阿斯勒所说过的话，
没有半点假话全都是真。
夺取一切生灵之性命的，
被称为黄脸死神的无敌英雄，
凯耐尼木依然健在。

“十五岁的阿斯勒，
所作所为又是如此惊人。
如果他们真的作起恶来，
看来不会留下一个活口。

“三天一晃就会过去，
我如果不来对战，
那样就会食言。
如果汗王卡勒德克能够赶到，
我说的话不会有假，
我就将对战的机会推给他。

“当我们五个部落聚首时，
柯尔克孜人面对大兵压境，
仍然像没事的人一样。
他们喝着马奶酒逍遥自在，
打着羊拐嘻嘻哈哈。

“万一汗王卡勒德克赶不过来，
对自由自在生活的柯尔克孜，
我也绝不会将他们轻饶。

“我得将大军分成五路，
这巴掌大的塔拉斯，
我要从各路杀入。
我非要打它个底朝天，
绝不轻饶柯尔克孜人。

“我要将他们躲藏的王廷，
将他们先祖玛纳斯的陵墓，
彻底烧毁才善罢甘休，
否则就让我阔克波热销声匿迹。”
阔克波热边想边走向大营，
还自言自语唠唠叨叨着，
在他心中藏着许多鬼点子。

部众焦急地观望着，
在心中猜想：
“阔克波热已折返，
看来没有撤兵的迹象。

是否同阿斯勒和解之后，
心满意足地返回？”

这时阿特耐克在猜想：
“我已说过许多良言，
阔克波热感到耻辱，
始终没吐出一个‘行’字。

“当他真的万般无奈时，
再也无法抵抗阿斯勒时，
当他完全意识到这一切时，
他会以吃饭为借口撤离，
可能正是因为这样他才返回的吧！”

“将大军分成数路，
阔克波热或许会这样杀入塔拉斯。”
阿特耐克这样判断，
耷拉着头无精打采。

他揣摩着汗王的心思，
猜想下一步将会有什么行动。
“在塔拉夏的高梁上，
看来还将会煎熬许多日子。”

阿特耐克想到这里，
心中又在琢磨着：
“阔克波热一到，
会立刻与我商议，
认为我是智慧的源泉。
如果不听从我的良言，
一心想战胜阿斯勒，
如果他一意孤行，
他的命就很难保全。”

阔克波热的计谋，

在阿特耐克的面前，
就像镜子一样一清二楚。
他已预感到将要发生的一切，
在一旁静静地思考。

阔克波热瞬间已赶到，
朝着众首领和将军，
蛮横地发着怒，
脸上充满了杀气。

小伙子们即刻上前牵马，
赶快在地上铺上珍贵的褥子，
立刻铺开餐巾布，
端来饭食和热茶。
摆上了羊尾和黄油，
摆上了油饼和蜂蜜。
塔吉克把所能寻到的一切，
都拿来摆在阔克波热面前。
手下站立两旁时刻待命，
心惊胆战地将汗王侍候。

看到阔克波热返回，
喀拉阔孜、铁铁和萨拉，
他们都簇拥而来，
争相与阔克波热来寒暄，
顿时七嘴八舌议论起来。

节迪盖尔的喀拉阔孜，
这样开口道：
“我们已抵抗好几天了，
阿斯勒独自与我们交战。
他与您阔克波热英雄，
也整整搏杀了五天。

“您为何要中途折返，

这是什么缘故呢？

“那大山般的朵虐，
瞬间被从马上击落在地。
像玛纳斯后代阿斯勒这样的强汉，
世间何处又能找见？！

“让我们商量出破敌的良策，
如若与阿斯勒单打独拼，
只能是将死亡的绳索，
套在自己的脖颈上。

“我们是五个部落的人马，
为了同柯尔克孜交战，
我们是下定决心而来。
我们的话您若能采纳，
让我们分成五路杀入，
从塔拉斯的五处打开缺口。
凯耐尼木已老，
阿斯勒又年少，
我们分成五路去进攻，
让柯尔克孜也人心惶惶。

“让我们夺取他们的城池，
让我们摧毁他们的陵墓，
让我们宰杀肥壮的马驹，
将抬头对抗的柯尔克孜，
毫不留情全部镇压。

“我们要掳走他们的民众，
我们要赶走他们的畜群，
我们要掠取他们所有的财产，
在离开那天将城池一把火烧光。”
喀拉阔孜说到这里便停了口。

塔吉克人的阔克波热，
是彻头彻尾恶毒阴险的歹徒，
给百姓平静的生活带来动乱和灾祸。
他将呼罗珊与伊斯番，
煽动起来侵犯塔拉斯；
芒格特与卡勒玛克，
也是他亲自调来的兵马；
他收买了喀拉阔孜，
驱赶来节迪盖尔人，
他是十恶不赦的罪魁祸首。

他率领六个部落的人马，
要杀死凯耐尼木。
他向柯尔克孜举兵复仇，
目的是为了占领塔拉斯。

汗王喀拉阔孜话音刚落，
阔克波热吸血鬼接下话茬：
“汗王喀拉阔孜所言极是，
让人听了顺耳又顺心。
我让你们来你们都来了，
我让你们停你们都停了，
我命中注定的福就是如此。

“除芒格特外的其他四部落，
你们都跟随而来倾巢出动。
这是我青云直上的时刻，
我们就分五路杀入塔拉斯城。

“如果汗王卡勒德克能赶来，
让他一定要下定决心，
让他用血来沾满双手。
如果汗王卡勒德克不能来，
我们也得给他留下战利品。

你们快去准备，
让这些成为我们的诺言。

“你们都知道，
柯尔克孜的姑娘漂亮，
有着闻名四海的美誉。
占领塔拉斯的土地之后，
夺取玛纳斯的宝座之后，
在座的大人们，
你们各娶三个美女。

“带着美丽的姑娘，
骑着矫健又平稳的走马，
让姑娘们扭扭捏捏，
让走马撒欢奔跑，
然后风光地回到自己的家乡。

“铁铁、萨拉和喀拉阔孜，
康阿依的萨然加，
皆从我这里取得联络。
我阔克波热与喀拉阔孜，
就让我们攻进色尔城池。

“铁铁、萨拉你们俩，
先去烧毁玛纳斯的那座神秘陵墓。
康阿依的萨然加，
不要让阿斯勒离开此地，
你去阻击缠住他。
喀拉阔孜要攻下城池，
我要亲自去凯耐尼木那里。”

他这样指挥着，
口中嘟嘟囔囔着，
好像已经占领了塔拉斯，
似乎已经获得了战利品。

让我们暂且放下这些，
让我们将话题转向塔拉斯，
看一看汗王凯耐尼木，
正在忙一些什么事情。

塔拉斯军民
同心应战

巴克特拜、阿克库巴克争相参战

宫中总管奥润拜，
也不是躺着无所事事。
他招募了柯尔克孜的青年，
正在训练军队，
这些他没让凯耐尼木发觉。

他精挑细选了马匹和战甲，
挑选了精壮的矛枪手，
安排了强悍的板斧手。
将能抡动千斤大锤的巨人，
将能开强弓射箭的神箭手，
将弹无虚发的神枪手，
都集中在一起；
将能降虎伏豹的猛士，
将交手可胜的大力士，
将足智多谋的智士，
将办事干练的别克，
将战功赫赫的将军，
将战无不胜的英雄，
将能打翻对手的勇士，
将能成为摔跤手的青年，
组成一支千人的精锐之师。
按照各自的长处，
进行编队和训练，
时刻准备奔赴前线。

奥润拜早已得知消息，
做出细致周密的安排。
他暗中差人前去打探敌情，

将战场上的一切，
了解得清清楚楚。

他来到凯耐尼木面前，
将自己所知道的一切，
以及训练军队的情况，
全部都告诉了汗王。

听完奥润拜反映的情况，
凯耐尼木汗王做出决定：
“宫中总管奥润拜，
你这样办事有些不妥。
我的阿斯勒已成长为无敌英雄，
别认为他还是羸弱少年。

“据你讲那些劲敌，
整个约有十万人马。
你若将一千名青年送上战场，
岂不是让他们白白去送死？

“当汗王就是要为民解决苦难，
怎能够为民众带来忧伤。
切莫让爹娘为丧子哭泣，
切莫给民众带来悲痛。

“明天是星期六，
不就是事情的开始吗？
在塔拉夏的外围，
我要亲自去走一趟。
让我动动筋骨过把瘾，
切莫让兵勇们前来助战。

“人民保护、养育汗王和别克，
何时才能得到他们的好处？
人民养育着自己的英雄，

何时才能得到他们的护佑？

“为了阿斯勒能成为男子汉，
我的柯尔克孜人民，
付出了多大的代价：
在他臀下铺着油脂，
不让他的脚板挨地。

“我说你呀，奥润拜！
切莫操心，回家躺着吧！
让广大民众都休养生息，
这是做汗王的责任。

“我虽已年老笨手笨脚，
以凯耐尼木这个声誉，
我还会在阿斯勒身后为他撑腰鼓劲。
还有他兄弟别克巴恰，
必要时也可以助他一臂之力。
当阿斯勒还平安时，
我绝不会让一人前去助战。”

深思之后奥润拜开口道：
“我心中放心不下阿斯勒，
我如果不前去见他一面，
就绝不会心安。
请允许我带一千人狩猎，
从远处打听消息，
望一眼他的身影就返回。”

有一位叫阔库木的人，
突然闯了进来，
以虔诚的礼仪，
向汗王施礼问安：
“青鬃狼凯耐尼木，
我前去远望了您的孙子，

我带来了最新的消息。
我在那里已观察了十五个昼夜，
英雄阿斯勒男子汉，
从未发现我的半点儿身影。

“那阔克波热太厉害，
那喀拉阔孜太奸诈。
他们频繁地轮流上阵，
白天不让他歇息，
黑夜不让他合眼，
又不让他的马匹觅食，
把阿斯勒少年折腾得不像样。

“他们在大军中精挑壮汉，
不断地有人挥枪上阵。
英雄阿斯勒勇气十足，
挥矛迎战一个个上阵者。

“统领大军前来的汗王们，
我已掌握他们的全部情况。
来自康阿依的是萨然加，
来自节迪盖尔的是喀拉阔孜，
来自呼罗珊的是那铁铁，
来自伊斯番的叫萨拉。

来自塔吉克的是阔克波热，
他亲自上阵与阿斯勒交锋，
竭尽全力奋勇搏杀，
最终无力抵抗，
谎称要去吃饭，
求得阿斯勒的准许，
逃离战场躲进军营里。

“我追其踪迹前去察看，
自称是卡勒玛克名叫阔库木。

我进进出出他们的营帐，
摸清了他们的所有阴谋。

“萨拉玛特的后代汗王卡勒德克，
说是今天也许会赶到。
万一汗王卡勒德克赶不来，
他们也会给他把战利品留下。

“他们已将大军分成了五路：
塔吉克与节迪盖尔，
令他们去进攻色尔王城；
康阿依的萨然加，
令他阻截阿斯勒，
不让少年英雄返回塔拉斯。

“让呼罗珊和伊斯番赶快出发，
先用土石堵住通道，
然后偷偷袭入城中，
将阿依阔勒雄狮的陵墓，
彻底摧毁夷为平地。

“他们说您是不堪一击的老头，
还说阿斯勒也没有多大能耐，
又说阿斯勒的同胞兄弟别克巴恰，
他们根本就没放在心上。

“他们说要将色尔王城踏为平地，
要抢掠走柯尔克孜的全部牲畜。
还说要将白毡帽的柯尔克孜民众，
一个不留全部掳为奴隶。

“还说进城之后要毫不留情，
能带走的东西要全部抢光。
又说他们的每一位英雄，
可以娶三个柯尔克孜姑娘。

“我所听到和看到的就是这些，
听到他们的阴谋后我十分焦急，
心急火燎地赶回来向您汇报。”

奥润拜听到这些，
怒火在胸中燃烧。
从不展眉欢笑，
平生无人见过他的欢颜，
坚如钢铁的凯耐尼木，
却咧嘴露出一丝笑容。

看来他胸有成竹早有安排，
这位身经百战的老英雄，
面对这乌合之众和几万兵马，
他哪里会放在心上。

就在这危急时刻，
加勒格再克的巴克特拜，
双眼镜子般明亮，
施礼问安闯了进来。

还未来得及回礼，
还未问候平安与否，
另一位尊贵的客人，
也急匆匆地走了进来。

阿勒玛图的首领，
他是哈萨克的血统，
他是穆孜布尔恰克的后嗣，
像猎隼般机敏，
满脸油光发亮，
阿克库巴克来到凯耐尼木面前。

巴克特拜与阿克库巴克，

两人你一句我一语连珠炮似的，
向凯耐尼木问安。
凯耐尼木站起身来，
上前拥抱问好。

宫中总管奥润拜，
当来了客人的时候，
哪能闲坐着不去准备。

凯耐尼木对阔库木说，
“你们无忧无虑地歇着吧，
不要担心任何事情。
奥润拜，你即刻前去告知大家，
切莫让柯尔克孜乡亲慌乱。”

阔库木传达了汗王的旨意，
柯尔克孜人便泰然自若地生活着。

宫中总管奥润拜，
已备好美酒佳肴款待客人。
宰杀了空胎母马，
在马奶酒里掺入蜂蜜。
在宽大的餐布上面，
摆满了各种各样的食物。
凯耐尼木陪伴着客人，
共享着珍馐美味。

饭后道完祝福收起餐布，
巴克特拜开口谈起：
“穆孜布尔恰克的阿克库巴克，
我们在途中偶然相逢。
我们便打开了话匣子，
互相聊起出门的缘故。

“从阿特巴什出发，

我前来寻找您，
并用六十峰单峰驼驮载着货物，
驮上洁白如玉的大米，
作为贡品送给您享用。

“当快到塔拉斯时，
我便遇到了阿克库巴克，
原来他也是来拜见您。
我本来是来随便走走，
在我身边的阿克库巴克，
他可是来告状的。”

巴克特拜讲起了自己的事情，
接着阿克库巴克也道明了来意：
“我阿克库巴克来到您面前，
是因为面临着巨大的危机，
已经快五个月了，
我实在无法再容忍。

“萨拉玛特的后代汗王卡勒德克，
张着血口欲吞圆月，
侵入我的领地围困我的乡亲。

“我跟他交了两次手，
实在无力取胜，
只能深受其害。
卡尔克拉、伊犁的哈萨克，
我邀请了他们但没人来增援。

“西伯利亚方向的哈萨克，
也被吸血鬼卡勒德克恶魔侵扰，
连能上马的人都没有，
上阵交手的勇士，
一个不剩全被他活吞。

“是芒格特带来的灭顶灾难，
给哈萨克以致命的打击。
为此我前来向您寻求保护，
想获得您的帮助和支持。
您曾是力量非凡的男子汉，
是阿拉什六十个部落的依靠和栋梁。

“我年过百岁已衰老，
思维迟钝精力不济，
一切都不如当年，
年轻时的状态已消失。

“我曾经跟随赛麦台依汗王，
还有英雄古里斯坦，
受他们两人的教导。

“当年阿尔泰的哈萨克动乱，
在佳番的克孜勒乌尤克，
乘青牛的玛德罕——
他是涅斯卡拉的儿子，
是赫赫有名的独眼英雄；
还有乌尚的二弟乌桑干，
他的三弟助巴塔依，
卡塔勒的儿子喀拉库里。
凯日木巴依邀请这些人，
在库尔甫勒多克的沿岸，
与赛麦台依等英雄会战。
那浴血奋战的场景还在我的记忆中，
我从此得到人们的认可闻名四海。

“同玛纳斯一道前往契丹的别依京，
我父亲穆孜布尔恰克却死在了途中。
我追随父亲的足迹，
无论是幸福还是苦难，
都跟随在赛麦台依的身边，

我阿克库巴克的忠心始终未变。

“当我年迈无奈之际，
我前来向您诉苦，
请您用心来听听吧！
我拥有众多的哈萨克人民，
我的部众共有十三万户，
我不需要钱财和牲畜，
我还缺少什么呢？

“我年龄已超过百岁，
衰老无用使我十分无奈，
凯耐尼木，我渴望着您的帮助。
您给个话吧，凯耐尼木！
您去，还是不能去？

“我对众多哈萨克的臣民，
承诺过返回的日期。
来到您身旁的阿克库巴克，
我的情况就是如此。

“凯耐尼木，您不知道，
我已差人去阿尔泰，
向那里的哈萨克汗王诉说情况，
蔑迭尔别克却带话说：
‘芒格特和卡勒玛克是一个血统，
卡勒玛克居住在我的侧翼，
他们会将我的百姓劫掠光。’
我要诉的苦已讲完，
只等待您出兵相救。”
说完后老人急切地等待着。

凯耐尼木本来准备出发前往塔拉夏，
他听明白了阿克库巴克的话：
“你是我们的长者阿克库巴克，

胡须头发都已斑白。
近日发生的一切事情，
让我毫不隐瞒地给你讲讲。

“塔吉克的阔克波热，
又是英雄，又是汗王，
性格不定似匹烈马，
他是人中的奸诈之徒。
康阿依、伊斯番和呼罗珊，
节迪盖尔和芒格特人中，
比他还恶毒的大有人在。

“芒格特前去袭扰了你，
卡勒玛克、塔吉克和呼罗珊，
伊斯番与节迪盖尔，
已逼近塔拉斯的边沿。
在塔勒都沿岸的克尔沁，
已驻扎了近十万人马。

“我看见他们正在做准备的身影，
我儿子的儿子那捣蛋鬼，
我那在山岩上跳跃戏耍的山羊羔，
我那奔腾着汇入大海的溪流，
我那高山瀑布的源泉，
我那马驹阿斯勒巴恰宝贝，
他已独自提枪飞马前往。

“十几天以来，
他每天都与十万敌兵对峙厮杀。
为了让他经受磨炼，
我一直没有派兵前去支援。

“宫中总管已召集了人马，
要求率军前往。
当我让他别去时，

探子中来了个人，
说是已去各处观察。

“他详细介绍了敌军的动静，
说是敌军已分成五路，
准备今夜进攻塔拉斯。
一部分想进犯色尔王城，
一部分打算去摧毁玛纳斯的陵墓，
一部分准备将阿斯勒，
牵制在原地激战不让他脱身。

“当我听到这些消息，
正准备动身出发，
巴克特拜与阿克库巴克，
你们却突然来到面前。”

听到凯耐尼木的这席话，
巴克特拜忍不住怒火中烧。
阿克库巴克愤然开口嚷道：
“让十五岁的少年，
单枪匹马去出征拼杀，
您怎能心安理得地躺在家中？

“将柯尔克孜、哈萨克和月即别，
喀拉卡勒帕克和吐库曼，
他们是全面夹攻包围，
还是从两侧来包抄进攻？

“他们心思恶毒丧心病狂，
要将塔拉斯的城池踏平，
还准备将举世闻名的玛纳斯陵墓疯狂地砸毁。

“让人来摧毁先祖陵墓，
让塔拉斯人民深受屈辱，
让塔拉斯的土地遭到践踏，

难道上天不惩罚我们吗？
我们怎能在此刻袖手旁观！

“如果今天五个部落来进犯，
我拼着这条老命也要与敌人决战。
假若我在战斗中不幸牺牲，
百岁之人战死沙场，
这将是我最大的幸福与荣耀！

“如果我们战胜了他们，
就砍下他们的头颅悬在马鞍上，
把他们的马匹战袍作为战利品，
让我带回阿勒玛图去吧！

“把众人当作依靠，
如此懦夫般活着，见鬼去吧！
大丈夫要战死沙场，
怎能四处躲藏依偎在他人足下！”

巴克特拜已跨上了战马，
做好了出征的准备，
又开口向阿克库巴克说道：
“我们的长者阿克库巴克，
您年龄太大我们怎能让您出战，
您安心睡在汗宫，
享受宾客的礼遇，
等待着我们得胜归来。

“您是柯尔克孜的栋梁，
是阿拉什的靠山，
凯耐尼木青鬃狼，
请您注意听我讲几句话：
宫中总管奥润拜，
即刻率领保护王城的大力士，
做固守这城池的准备。

我要亲自去塔拉夏，
我要找到阿斯勒。
愿先祖阔绍依的英灵相助，
愿雄狮玛纳斯保佑，
打败正面遭遇的恶敌，
将他们驱赶回家，
然后领着阿斯勒巴恰，
立刻赶到陵墓去！”
凯耐尼木同意巴克特拜的提议，
安排人马将各路口严密监视。

巴克特拜心情十分激动，
他想了很多很多，
他想起祖父阔绍依追随雄狮玛纳斯，
远征到契丹人的别依京进行大战。
他还想起父亲加勒格再克，
跟随赛麦台依汗王，
进行的塔拉斯保卫战。

他想，这样残酷的激战，
大概再也不会出现。
他真想不到，
上天又要让这样的战争，
在他眼前再现。

作为阔绍依圣人的后代，
他决心在这场战争中，
一马当先英勇奋战，
即使为之牺牲也在所不惜。

天色已暗眼前灰蒙蒙一片，
在漆黑的夜幕中，
巴克特拜跨马驰去。
短耳的深棕色战马，
奋蹄疾驰扬起滚滚尘土，

你根本看不清它的身影。

从阔库木那里得到消息，
整个柯尔克孜百姓行动了起来。
奥润拜的一千名大力士，
守卫着玛纳斯的陵墓，
就像立起一道铜墙铁壁，
一个个义愤填膺摩拳擦掌。

普通的老百姓，
不知道会发生什么横祸，
有的交头接耳地议论着，
有的目瞪口呆地张望着。

夜幕降临天色已黑，
人们开始熄灯入睡。
阔克波热的大队人马，
照已商定的方案，
照已商量的计划，
像山洪般席卷而来，
像甲虫一样密密麻麻，
像蚂蚁一般密密匝匝。
密云布满了夜空，
像是暴风骤雨就要来临。

阔克波热心急火燎，
心想塔拉斯在哪里？
恨不得即刻就杀入塔拉斯，
一口气将色尔王城洗劫一空。
他催促着大军不顾生死地赶路，
掀起能吹走毡房的飓风，
像流星般神速进发。

在塔拉夏的石崖上，
端坐在玛依托茹骏马背上，

高举着色尔长枪，
面对迎面涌来的如涛敌兵，
阿斯勒巴恰怒吼着。
许多敌兵当场被吓死，
还有的尿湿了裤裆。

康阿依的萨然加，
张牙舞爪的卡勒玛克，
带领人马突然猛扑过来。
敌兵擂动牛皮战鼓，
顿时战鼓咚咚惊天动地。

在黑夜里的阿斯勒雄狮，
早已是练就一身功夫的无敌英雄。
玛纳斯雄狮的后代，
你怎么描述都不过分。

听到敌人的进军鼓声，
他在心中暗想：
“在黑夜里偷偷摸摸地进军，
又擂起了惊天的战鼓，
愚蠢的敌人究竟是什么意思，
让人捉摸不透觉得离奇！”

转念他又想：
“夜间偷袭又擂起战鼓，
充分证明貌似强大的敌人，
其实心中很空虚。
他既要虚张声势，
又怕我摸清他们的底细，
企图在我面前蒙混过关，
直奔塔拉斯而去。

“敌人分成了五路，
卡勒玛克已来到这里，

其他人想必也是悄悄地行动。
这些人杀进塔拉斯去，
生活安宁的百姓就会遭殃。
这些企图从这里通过的家伙们，
如若玛纳斯的英灵来相助，
就让我把他们捏成一团塞进墓穴里。

“为了城中爷爷和百姓的平安，
我要先去卡拉布拉的大峡谷。
那些往陵墓驰去的家伙们，
我得挡住他们的去路。”

他在心中这样想着，
便把长枪一挥紧握在手中，
高喊着玛纳斯的威名，
横冲直撞地闯入敌军中，
将正面遭遇的家伙，
瞬间结果了性命。

阿斯勒的矛尖已沾满了鲜血，
卡勒玛克被杀得晕头转向。
天空布满了浓浓的尘雾，
让他们的生路越来越窄。
他冲杀着向前，
将他们成排成队地横扫。

敌群像被掠的驼队七零八落，
东倒西歪在旷野里。
像被洪水冲击的木柴，
在岸边堆积成丘。

萨然加的大队人马，
已经被杀了一半。
天蒙蒙亮，
启明星降落，

卡勒玛克的首领与士兵，
开始向四处落荒而逃，
没有一个从少年英雄脚下通过。

在这一时刻，
阿斯勒巴恰用千里眼眺望，
在托尔特阔勒湖的下方，
可见黑压压向前涌动的大军。

“这是什么灾难，恶魔呀！
正在睡梦中的无辜百姓，
是否被他们疯狂地掠杀？

“吃着一岁马驹的嫩肉，
太平生活中喝着马奶酒的乡亲，
是否受到了蹂躏，
沉浸在痛苦之中？

“英名传遍四海的，
威名让敌人胆战心惊的我的爷爷，
是否还平安健在？
一直把我背在背上，
脊背已被磨红，
经常是腰酸背疼，
上坡弓腰曲背，
下坡垂头弯腰的我的奶奶，
是否还平安？

“那留给柯尔克孜人民的宝贵遗产，
我的先祖阿依阔勒玛纳斯的陵墓，
是否还安在？

“同我展开连续激战，
直到天色渐明，
原来是卡勒玛克的计谋，

他们在此与我纠缠，
是否已掩护其他人偷袭塔拉斯？

“那隐隐约约可见的黑影，
到底是哪个汗王的人马？
其余的敌军现在到底在何处？
预谋要去陵墓的敌寇，
是否已经在途中？
我的父老乡亲是否还安全？
如果敌军已杀入安居的百姓中，
是否正在屠杀无辜的乡亲？

“卡勒玛克人七零八落四处溃散，
在他们重新集合之前，
让我还是前去看个究竟。”

他心中这么一想，
便朝着那黑压压的敌军奔去。
他把嘴唇狠狠一咬，
浑身充满了愤怒的力量。
力量超群的阿斯勒男子汉，
朝着下坡奔驰而去。
阿斯勒沿路驰骋着，
脑海里想着许多许多。

凯耐尼木披挂上阵
阔克波热怯战而逃

夜里出发的巴克特拜，
在前进的途中，
与节迪盖尔的人马，
正好遭遇。
巴克特拜冲上前拦住去路，
大声喝道：
“你们好像是一群盗贼，
在黑夜里偷偷摸摸。
你们这是向何处去，
你们究竟是什么用意？
无论是谁休要隐瞒，
快把实话向我道来！”

喀拉阔孜看到这位气宇轩昂的老人，
竟然单枪匹马挡住去路，
心中顿时暗暗吃惊：
“这人声音洪亮又刺耳，
是凯耐尼木，还是别人？”

他对部下额拉下令：
“赶快打马出列，
前面说话的是何人，
快去探明他的情况。”

额拉快马来到巴克特拜的面前，
急匆匆地开口问话：
“在深更半夜颤颤巍巍，
拦在道上的人你是谁？
你面前的大队人马，

可是汗王喀拉阔孜的无敌大军，
你可要听个明白。
你敢挡住节迪盖尔的汗王，
难道不怕被踏成齑粉？”

一听是节迪盖尔人，
巴克特拜更加严厉起来，
心中感到特别地踏实和欣慰：
“切莫空返仔细听我说，
本人名叫巴克特拜。
快去告诉喀拉阔孜，
他听信了恶人之言，
你们已经败坏了节迪盖尔的声誉。

“无论情况多差，
都要爱护自己的乡亲。
你们违背了节迪盖尔的意愿。
怎么能够将塔拉斯侵袭？
怎么能够将玛纳斯的后代蹂躏？
去告诉汗王喀拉阔孜，
最好改变他的主意。
让他想想，我这是好言相告，
喀拉阔孜如果仔细考虑，
让他想想后果吧！

“卡勒玛克对节迪盖尔再亲近，
也不如我们亲近。
再亲近也罢，
再疏远也好，
我们都是柯尔克孜人。
不要说对柯尔克孜人，
卡勒玛克对其他部落，
也不会真心亲近。

“无论我们之间的差距有多大，

我们都是柯尔克孜，
我们都是一家人。
你快回去吧，
将我的这些话，
一字不漏地告诉喀拉阔孜！

“如果他能听进我的话，
我们整个柯尔克孜联合起来，
共同抗击来犯的呼罗珊和伊斯番。
战胜呼罗珊与伊斯番，
全部的战利品都归他。
如果他不接受我的规劝，
将会在世人面前闹笑话。

“凯耐尼木如今还不算老，
跟随在他身边的后代，
是已满十五岁的两位英雄少年。
阿斯勒已成了一团烈焰，
别克巴恰卧在家中，
纹丝不动稳如泰山，
我已经见过他的威严。
他们将成为未来的英明汗王，
他们已是天下无敌的英雄好汉。

“速去告知喀拉阔孜，
巴克特拜来到他面前。
也别以为我是中间人，
别认为我会畏惧他而当调解人，
切莫认为我会屈从于他。

“喀拉阔孜若不听劝告，
就让他尝尝我的厉害。
我们原本为同宗同族，
别怪我事前没有通报。
切莫在此耽搁时间，

快去转达我的心里话，
何去何从请喀拉阔孜自己掂量。”

听到此额拉立刻返回，
将自己的所见所闻，
特别是巴克特拜的每一句话，
一字不落全告诉了喀拉阔孜。

喀拉阔孜听完后，
拍打着大腿大声嘲笑：
“喀拉柯尔克孜的巴克特拜，
口气好似与我平起平坐的人，
还给我带话过来。
这可是老天的安排，
加勒格再克的巴克特拜，
从何时起列入了我们的行列？

“自以为是的巴克特拜，
竟敢将我教训。
自不量力的巴克特拜，
他难道是我的对手？！”

他气急败坏地唠叨了半天，
满面怒气地望着兵士们：
“不论你们谁，快去，
别让巴克特拜再胡言乱语。
让他别挡着我的道快点滚开，
让他别狂妄自大不知趣。”

喀拉阔孜对下属又发出了命令：
“托托依大力士你去一趟，
他若想走就让他自由，
如果强词夺理再猖狂，
就割下他的脑袋回来见我！”

托托依盛气凌人地冲出去，
转告了喀拉阔孜所有的话。
汗王巴克特拜顿时面色铁青，
怒目环视着四周，
不停地舔着嘴唇，
好似在品尝食盐咂着嘴：
“你说的是喀拉阔孜的原话？
前来传话的人就是你吗？

“愚蠢的节迪盖尔人，
听信他人的甜言蜜语，
糊里糊涂地上了当。
你所说的如果是真话，
等于他自己找到门前丧命！”

巴克特拜的面色，
看上去又灰又青，
喷射着寒光。
他高喊着玛纳斯的威名，
举起了锋利的矛枪，
朝着大山般的托托依冲过去，
发起连续的攻击。
没给托托依喘气的机会，
对准他的胸口猛击一枪。
枪尖穿过了脊椎，
从后背透了出去，
托托依的鲜血染红了长枪。

在黑夜里谁也看不清，
只听到玛纳斯的威名，
节迪盖尔的勇士已经丧命，
这只有那黑夜来见证。

巴克特拜独自发起冲锋，
他手握寒光逼人的马刀，

在敌军中杀进又杀出。
连排连片的顽敌被打散，
抱头四处逃窜，
敌人的阵脚很快被打乱。

四处逃窜的敌人，
毫无招架之力地被夺取性命，
巴克特拜杀得敌人人仰马翻。
他追上去刺翻的那些家伙，
就像野鸽般飞出马鞍。

天色大亮，
启明星降落，
那些持刀抵抗的家伙，
巴克特拜一个也未放过。

他开弓放出利箭，
将一群高举着大刀的家伙，
成排地射倒。
那纽扣耳朵克尔战马，
显示了骏马的神威。

那些径直奔逃的恶寇，
被挑在了枪尖上。
狂妄自大的节迪盖尔人，
吓得哇哇大哭。
加勒格再克的巴克特拜，
显示了自己的英雄气概。

节迪盖尔的喀拉阔孜，
不幸遭遇了巴克特拜，
被他的神勇所震慑，
不敢向前靠近半步。

他在自己的军队中仔细搜寻，

寻找能够上阵拒敌的英雄。
六员大将先后上阵，
一个个都被斩杀于马下。

喀拉阔孜惊慌失措，
舌头已僵得说不出话，
好似得了软骨病，
浑身无力软塌塌。

慌乱中他下令敲响了战鼓，
将众士卒送上了不归之路。
他却混入乱军之中，
慌慌张张择路而逃。

接近塔拉斯的阔克波热，
得不到喀拉阔孜的消息，
不知道是该进兵还是逃跑。

当他们昏头昏脑发愣时，
铁铁和萨拉的人马，
也被奥润拜的千名大力士，
杀得片甲不留。
呼罗珊和伊斯番士兵，
也陷入柯尔克孜人的包围之中，
全部被生擒活捉。

就在这一瞬间，
被打散的卡勒玛克疯狂集结而来，
其后便是阿斯勒雄狮，
他正驰马飞奔紧追不舍。
五个部落的人马皆已相遇，
狂傲自大的男子汉们，
考验他们的时刻到了。

英雄阿斯勒、巴克特拜，

还有奥润拜的千名大力士，
将胆敢出阵的恶棍们，
压制得寸步难行。

面对阿斯勒和巴克特拜英雄的反击，
铁铁、萨拉、喀拉阔孜和阔克波热实难招架。
为了保住性命，
他们匆忙换上士兵的衣裳，
妄图在混乱之中趁机逃跑，
但仍然逃不出柯尔克孜人的包围。
脸皮比鞋底还厚的无耻之徒，
落得如此狼狈下场。

康阿依的萨然加，
身经百战老奸巨猾，
明白在这种情况下再挣扎也无用，
只有东躲西藏保全性命。

听到消息的阿拉什百姓，
即刻行动起来，
每个男人的胯下，
都有一匹现成的骏马。
从十五岁到六十岁之间的男子汉，
一个也没落下，全部上阵杀敌。

闻讯而来的柯尔克孜人当中，
有手执长枪的强手，
有挥舞战斧的勇士；
有高举狼牙棒的强汉，
有弹无虚发的神枪手；
有张弓射箭的神箭手，
有抡铁锤的好手；
有力大无穷的摔跤手，
有一个顶十个的壮汉；
有膀阔腰圆的莽汉，

有各式各样的英雄。

为了保卫和平安宁的家园，
面对入侵的强盗，
全民上阵奋勇杀敌，
这是很久以来，
留在柯尔克孜民众中的优秀传统。

没有一个人观望，
没有一个人退缩，
像洪峰般奔涌无阻。
尘土飞扬，遮天蔽日，
柯尔克孜铺天盖地地涌来，
像熊熊燃烧的烈火。

在那坑坑洼洼里，
积满成潭的鲜血。
五个部落的人马，
死神缠着他们的脖颈，
被赶到这里来送命。
惊慌失措胆战心惊，
敌军乱了阵脚四处溃散。

凯耐尼木来到陵墓前，
得知一切都平安，
他从卡拉布拉大峡谷，
绕行着返回汗宫。

塔吉克的阔克波热，
始终未看见凯耐尼木的身影，
他暗自得意：
“我的机会已经来临，
老迈无用的凯耐尼木，
一直躲在汗宫未敢出来迎战。”

他咬牙切齿摩拳擦掌，
手举毡房般大的巨锤，
心中暗自想：
“等他眨眼的工夫，
我要赶到玛纳斯的陵墓，
用铁锤砸它个稀巴烂。
我要让陵墓泥土飞扬，
我要为所有被玛纳斯杀害的人复仇。
我要彻底摧毁这座罪恶的陵墓，
我要成为震惊世界的大英雄！”

这个疯狂的塔吉克大力士，
怒气冲冲地催马而去，
身后跟随千军万马。

敌兵轰隆隆地涌来，
男子汉凯耐尼木，
在沼泽地里与敌军遭遇。
到处是草地沼泽与水潭，
塔吉克的众多人马，
被困在了沼泽里。

生来是雄狮的凯耐尼木，
从穿戴和马匹，
已看出他们是塔吉克人，
便厉声直呼阔克波热的姓名。

当听到英雄的怒吼声，
一向狂傲不羁的阔克波热，
顿时惊慌失措。
他自言自语道：
“吼声震耳欲聋，
我只是耳闻却未曾见过，
这可能就是凯耐尼木本人。
他可是战胜过无数强手的黄脸死神，

我若逞强上阵较量，
是否会被他踏死在马下，
落得跟父亲铁米尔别克一样的下场？

“我可不能自不量力，
就这样轻易地去送死，
为了前来讨还血债，
反而搭上自己的性命。

“我要先向大军发出指令，
让大军扑向凯耐尼木。
我立刻掉头回去，
寻找向四处散去的汗王们，
我可不能固执己见去硬拼，
我可不要在此妄送性命。
我先去同汗王们会合，
当五个部落聚到一处时，
我们才能发挥作用成大事。

“我要学会保全自己，
可别在此独自丧命。
无法抵挡阿斯勒，
卡勒玛克的萨然加，
还有铁铁和萨拉也别丢了性命，
再加上汗王喀拉阔孜，
众位汗王们一定要保住性命。

“从芒格特来的汗王卡勒德克，
千万别在途中遇害身亡。
战争坚持不到五年，
可别被斩尽杀绝全军覆灭。”

他理智地思考后呼道：
“塔巴勒德英雄在何处？”
塔巴勒德兴冲冲地赶来，

心想是汗王在呼唤我，
我得前去聆听他的命令。

“你是男子汉塔巴勒德，
与我阔克波热汗王一道，
你的威望同样名扬四海，
我正处在危难之际，塔巴勒德，
只有你会来扶助我。

“你快前去同凯耐尼木交手，
你给我砍下他的头。
你要将白毡帽柯尔克孜人，
斩尽杀绝后再回来。

“在此之前我从未启用你，
我未让你去迎战阿斯勒。
阿斯勒只是个年轻娃娃，
他还是个无名小辈。
我始终维护你的尊严，塔巴勒德，
所以我未派你去迎战他。”

当听到阔克波热说出这番话，
塔巴勒德更加自豪和兴奋。
他骄傲得不能自已，
立刻拍马而去。

他在马上怒吼着：
“我要将凯耐尼木的人头提回来，
否则我就不配做塔吉克的英雄！”

此刻的阔克波热，
正在向士兵发布命令：
“如果塔巴勒德英雄，
能带回凯耐尼木的头颅，
你们就刁羊庆贺。

把柯尔克孜的漂亮姑娘，
一人拉上一个回家吧！

“如果塔巴勒德失手，
你们就用火枪来射击，
同时张开强弓放箭。
你们要击垮凯耐尼木，
要射断坎库拉马的四条腿，
将他们困死在沼泽中。”

他焦急地大声吼叫着：
“快去执行我的命令吧！”
口中吐着滚滚青烟，
阔克波热狂呼乱叫。

没有推诿也未停留，
由于阔克波热的夸奖，
该死的狂徒塔巴勒德，
此时膨胀得无法控制自己。

青鬃狼凯耐尼木汗王，
只等待着那狂徒靠近。
咆哮的塔巴勒德，
高举长矛向凯耐尼木刺了过来。

白虎般的凯耐尼木，
将塔巴勒德刺来的长矛，
趁机夺在了手中。
他抓紧长矛一猫腰，
出手敏捷的青鬃狼，
将他自己的长矛，
对准塔巴勒德的心脏猛刺过去。

塔巴勒德躲避不及，
锋利的长矛已刺进他的胸膛。

长矛透过心脏，
击穿了脊椎骨。
塔巴勒德就这样，
被凯耐尼木挑在了枪尖上。

塔吉克的兵卒们，
即刻执行阔克波热的命令，
弩箭齐发如暴雨，
子弹射出如冰雹。
枪口喷着火焰，
子弹呼啸着划破天空，
当擦过山间岩石时，
发出震耳欲聋的声响。

尘土飞扬已成滚滚浓雾，
群山不停地在震荡。
水面顿时卷起波浪，
鱼群惊慌地在水中翻滚。
成群结队的禽鸟，
被惊得乱飞乱撞。
雁鸭腾空呱呱鸣叫，
成群的鸿雁在空中乱了队形，
不知飞向何处逃命。

黑鹳和苍鹭，
从沼泽中抽不出腿脚，
扇着翅膀，
惊慌得无法飞上天空，
水面被拍打得哗啦啦响。

铅弹、铜弹、钢弹，
掉在水中噼噼啪啪。
各种武器响成一片，
如同雷鸣电闪惊心动魄。
奥乔古尔枪声响彻云霄，

巴擛枪声震耳欲聋。
大山被震塌，
大地被震裂。

塔吉克的阔克波热，
不让自己的大军发现，
偷偷地颠荡着，
前去寻找留在身后的同伙，
企图趁机逃离战场。

让我们看一看，
在色尔凯的旷野上，
黑心肠的阔克波热，
会有什么样的下场。

阿斯勒巴恰
与卡勒德克
首次交战

萨拉玛特之子卡勒德克出战不利

骑着短耳克尔马的巴克特拜，
正在坎阔勒草原上追逃兵，
迎面与阔克波热相遇。

塔吉克的阔克波热，
对于巴克特拜早已耳闻。
他不仅听说而且了解得更多，
他爹铁米尔别克临死时，
巴克特拜将塔吉克人一路追杀而去。
曾经耳闻的英雄，
眼下与自己相遇。

英雄巴克特拜见到阔克波热，
拍马上前挡住去路，
举起矛枪大声喝问：
“这个鬼鬼祟祟慌慌张张，
趁着黑夜骑马逃窜的人，
你到底是什么人？
着装乘骑与众不同，
你究竟要去何方？”

像被追逐的丧家犬，
鬼头鬼脑的阔克波热；
下颌没有一根毛，
鬼鬼祟祟的阔克波热；
歪着脖子弓着腰，
慌不择路的阔克波热，
听到有人拦道大声追问，
不得已上前把话答：

"我正着急赶路，
在夜幕降临的荒郊里与你相遇。
你上前挡道又盘问，
穷追不舍的你是何人？

"我率领大军攻进塔拉斯，
让他们杀死凯耐尼木，
摧毁玛纳斯的陵墓，
我的士兵正在将柯尔克孜抢掠。

"我要向众汗王通报胜利的消息，
请他们同来将战利品共享。
我是统治塔吉克人民的英雄，
阔克波热汗王就是我。

"我要同铁铁、萨拉和喀拉阔孜，
还有萨然加等汗王和英雄，
共同享受胜利的喜悦。

"你可别是逃窜的柯尔克孜奴隶，
独自在荒郊野外瞎转悠。
我要把你的马当作战利品，
让我一道带走吧！
我不想空手到汗王们那里，
将你作为礼物送给他们吧！"

丧心病狂的阔克波热，
心似烈焰，肝似火炭，
邪恶之火熊熊燃烧。
他已死到临头，
依然信口雌黄胡说八道。

这时巴克特拜开口道：
"你这畜生东张西望，
耷拉着双腿晃晃荡荡。

你面无血色，
疲惫不堪脸已发黄。
你像丧家之犬仓皇逃命，
竟然还恬不知耻满口胡言。

“本人名叫巴克特拜，
许多日子以来，
我就将你追寻。
像当年追杀你父亲铁米尔别克一样，
我要将你生擒活捉。
让我一道带走你的马，
切莫让我空手去凯耐尼木那里！”

巴克特拜挥舞着矛枪，
让短耳的克尔马，
像盘羊般疾驰着，
身后扬起滚滚尘土。

塔吉克的阔克波热，
一听到巴克特拜的名字，
诸多愤怒涌上了心头。
他牙齿咬着嘴唇，
浑身憋足了劲儿，
像醉驼般疯狂，
恶狠狠地向巴克特拜冲去。

他们你来我往地厮杀，
互相拼刺和抵挡着矛枪。
当交战一个回合后，
强汉们又拨转马头，
再次投入了战斗。

一次又一次地交锋，
他们根本未发觉，
芒格特汗王卡勒德克，

这时已经赶到，
他也将大军丢在了身后。

听到阔克波热的名字，
心想原来是我的朋友；
听到玛纳斯的威名，
心想原来是我的仇敌；
他们中谁会战胜谁，
心想着我先在一旁瞧瞧。
卡勒德克在一边观战，
并未上前支援盟友。

当他们混战之时，
阿斯勒也赶到这里。
巴克特拜突然猛击一枪，
将阔克波热刺翻。
当阔克波热坠落马背时，
萨拉玛特的儿子，
汗王卡勒德克拍马而上。
他骑乘着铁米尔别克的枣骝马，
冲到了巴克特拜的身旁，
将他一枪挑下了战马。

阔克波热与巴克特拜，
即刻又爬上了战马。
阿斯勒与汗王卡勒德克，
顿时噼里啪啦交起手来。
这对力大无穷的男子汉，
总算在此相遇交战。

阔克波热突然想起，
要去各部的汗王那里。
巴克特拜也未闲着，
朝着陵墓的方向驰去。

驰出开甫铁西的灌木林，
便是开阔的污水沼泽。
枪声噼噼啪啪不断，
满天是穿梭的火焰，
好似夜空在燃烧。

不怕死的勇士们，
已载入了史诗，
奔驰而来的巴克特拜，
打马冲上了高坡。

他看到一万八千名敌兵，
将凯耐尼木包围得水泄不通。
世间难寻的英雄凯耐尼木，
独自在与群敌作战。

巴克特拜一见到雄狮，
心中顿时想起这些：
“这可是祖辈悲痛的日子，
无月之夜漆黑一片，
对白毡帽的柯尔克孜而言，
这可是永世难忘的悲惨之夜！”

他面对直冲天际的烈焰，
不顾自己的生与死，
不顾惜自己的性命，
冲入燃烧的烈火之中，
根本不顾一下身后。

圣人阔绍依曾经扛过的阔依恰格尔枪，
执在了他手中。
他将一半褡裢的火药，
“哗”地倒进了枪膛里。
用铜制的通条，
顺着枪膛将火药捅瓷实。

随手点燃了捻子，
巴克特拜放出一枪，
面前炸开一片空地。
他目测了一下宽度，
足有三个赛马赛程的距离。
足有上千名的塔吉克兵卒，
一枪就全部消失。

他又将火药灌入了枪膛，
再把散弹倒进了枪筒。
枪口对准那敌群，
顿时满天浓烟滚起，
塔吉克人惊号四散。
在一侧的军队，
没有留下一个活口，
他们全部被歼灭。

巴克特拜在刹那间，
来到了凯耐尼木身边。
这时凯耐尼木问道：
“色尔城是已经沦陷，
还是在柯尔克孜手中？
英雄，你是否知道它的消息？”

巴克特拜回答道：
“城里的一切您就放心吧。
芒格特的汗王卡勒德克已赶来，
阿斯勒猛狮正与他激战。
无论是高山还是平地的柯尔克孜人，
已簇拥着全部赶来。

“在色尔凯的金色旷野，
人们正在与入侵者交战。
战争十分残酷，

鲜血已流成了河。
我为了追击逃兵，
在此处与阔克波热遭遇。

“他口吐狂言，
说已杀了您，
我一听说您已死，
便双眼淌着泪。

“我怀着满腔义愤，
一枪将他刺下了马。
未等我回头再下手，
又遭遇了汗王卡勒德克，
他趁机把我刺下了马。
在这危急时刻阿斯勒突然出现，
及时地将我解救。

“阔克波热驰向了另一方，
我也来到英雄您的面前。
陵墓是否还平安，
至今我还不清楚。”

此刻凯耐尼木开口道：
“我守候在陵墓旁，
无人去陵墓的方向。
我从开甫铁西出来，
却在那里发现了他们。

“闻名遐迩的塔巴勒德，
出来与我独战。
我与他激战不过一个回合，
他便在我的枪下丧生。

“塔吉克上万大军向我发起进攻，
他们把我置于枪林弹雨之下。

我胯下的坎库拉战马，
后腿小腿不幸中了子弹。
我已给它上药并做了包扎，
用马甲遮盖了伤口。

“我要牵着坎库拉战马到陵墓那里去，
举世瞩目的玛纳斯陵墓，
是柯尔克孜人兴旺发达的唯一标志。
我要在那里医治好坎库拉马的伤腿，
然后回去守卫汗宫。

“你先返回城里去，巴克特拜英雄。
你拥有白毡帽的柯尔克孜，
你身后有阿斯勒兄弟。
我们要齐心协力打退敌兵，
我们要不惜一切力量保护民众。

“这是我凯耐尼木所说的话，
你要将这些告诉民众，
同时还要转告别克巴恰，
让他好好待在宫中，
切莫出来与哥哥争功。

“有哥哥在前方杀敌立功，
弟弟还是在后方保护百姓。
这是祖辈留下的传统，
后辈定当遵照执行。

“如果敌军兵败溃逃，
切莫随后去拼死追杀。
‘愤怒是魔鬼，
理智是朋友。’
这话可真是经验之谈，
你们切莫忘记了它。”

凯耐尼木把话说到这里，
让巴克特拜上马出发。
他牵着坎库拉马心想：
“它后腿的小腿肚下，
已经被子弹打穿，
用什么样的办法，
才能让它早日康复？”

凯耐尼木牵着腿受伤的骏马，
慢慢走着口中不断地念叨着。
吃下居仁朵魔首的舌头，
世间的各类鲜花绿草，
雄伟的大山，汹涌的江河，
凯耐尼木因此皆知它们的语言。

一片绿叶开口说话：
“这匹骏马腿上的伤令人心疼，
如能采得我的嫩芽，
每天给它喂食七根，
满十五天就可以治愈它的伤。

“还有一种叫阿吉热合的草，
它的枝叶没啥用处，
它扎在土中的根茎，
若能挖出来喂这匹伤马，
既可以接骨又可强肌。
只要吃了这两种草药，
不仅马的腿伤可以长好，
而且可以脱胎换骨，
成为十五岁的壮马良驹。”

凯耐尼木听到这些话，
便采来长着嫩芽的野草，
挖出了阿吉热合草的根，
把它们一道喂了战马。

坎库拉不仅十五日腿伤痊愈，
而且长得又肥又壮。

汗王凯耐尼木跨上健壮的快马，
向色尔王城飞奔。

阿斯勒与卡勒德克，
不分昼夜连续激战，
竭尽全力激烈搏杀。
身上的铁衣战甲已破损，
枪尖已拼秃，
战斧已砍钝，
马刀已锩刃。

勇士们的双膀已沉甸甸，
用尽了所有招数，
已经是筋疲力尽，
也无法拿下对手。
阿斯勒男子汉的气概，
令汗王卡勒德克惊叹。

卡勒德克无法战胜阿斯勒，
自己已经是晕头转向。
狡猾的卡勒德克，
为了保全自己开始与阿斯勒对话：
“我未请教你的姓名，
你也未打听我是谁，
在凡人中我未曾见过你这样的英雄。
我已心灰意冷，
对你我实在没法挑剔。

“我曾周游大半个世界，
还未遇见能战胜我的英雄。
无数逞强自大的勇士，
都被我挑在了枪尖上。

“本人是汗王卡勒德克，
阔克波热差人给我送来书信，
请我发兵将柯尔克孜讨伐，
为此我率领四万大军赶来。

“快说出你的名字，年轻人，
让我知道你是谁。
我父亲名叫萨拉玛特，
我曾战胜过无数英雄，
至今在马背上未晃过身躯，
我未曾落得任何坏名声，
快道出你父亲和你的名字吧！”

当他这样追问不休时，
阿斯勒给予了明确的回答：
“我的先祖玛纳斯你应该知道，
你为什么还要追问我？
我父亲名叫赛依特，
他二十二岁时英年早逝。
在我爷爷的身旁，
我自由自在地长大。

“告诉你我名叫阿斯勒，
我爷爷名叫凯耐尼木，
他闻名于整个世界，
被称为黄脸死神。
你说是阔克波热写了信，
你们为何要侵扰我们这里？”

卡勒德克一听凯耐尼木便很激动：
“你说凯耐尼木是你爷爷，
你的话像利箭般刺中我的心。
凯耐尼木是杀害萨拉玛特的刽子手，
他是我的杀父仇人。

“当时我还年少不懂事，
我不清楚这些，
我听阔克波热讲，
凯耐尼木将我父亲杀死的经过后我才明白。

“卡勒玛克、塔吉克和呼罗珊，
还有伊斯番与节迪盖尔，
他们要联合征讨柯尔克孜，
我也被邀一起发兵。

“呼罗珊与伊斯番中，
凡是敢抬头反抗的人，
皆被凯耐尼木无情杀害。
卡勒玛克与塔吉克的汗王与平民，
凯耐尼木也斩尽杀绝未留下一个。

“在节迪盖尔的领地，
未把汗王的权利还给他们自己，
‘让克亚孜汗王的后代，
统治自己的百姓与土地。’
连这话他都未敢说出口。
凯耐尼木也未曾自觉地，
将统治权交给自己的百姓，
甚至从未说出过一句公道话。

“曾统治芒格特的巴迪阔勒，
也曾是位男子汉。
说他侵犯了喀拉卡勒帕克和吐库曼，
你们的玛纳斯将他杀死。

“巴迪阔勒的玛德库勒，
是一个独眼的奇怪生命。
因为只有一只眼，
所有人都称他为魔鬼。

“听了喀拉卡勒帕克人告的状，
赛麦台依把玛德库勒的头，
砍下之后就离开了，
就这样残酷地消灭了他。

“玛德库勒的萨尔特巴依，
长大后脱颖而出成为一位英雄，
在跑马的距离内从不放过对手。
萨尔特巴依被柯尔克孜人愚弄，
帮着柯尔克孜人做了不少坏事情。
当听说赛麦台依的所作所为，
得知柯尔克孜是杀死他祖父和父亲的凶手，
又是屠杀芒格特民众的罪人，
他顿时愤怒不已。

“他的身躯坚如磐石，
弹不进，刀不入，
用斧砍不破，
铁锤砸在他头上，
头骨从来没裂过。

“心中装满仇恨的萨尔特巴依，
率领七万大军，
一心向赛麦台依复仇。

“他横穿节迪盖尔，
将赛麦台依安排的汗王喀拉朵杀死，
不让大军休息就出发，
朝着塔拉斯进军。

“长老巴卡依与汗王赛麦台依，
古里巧绕与赛依铁克，
他们联手攻击萨尔特巴依，
最终也未能将他战胜。

“阿依曲莱克无计可施，
蒙骗了卡依普当山的女英雄库娅勒仙女，
请她前来助战。

“萨尔特巴依与库娅勒大力士，
在那渺无人烟的荒漠上，
不知较量过多少回。

“萨尔特巴依在塔拉斯，
被女中豪杰库娅勒杀死。
玛纳斯的神秘色尔矛枪，
若垂直扎去能击穿岩石。
她将玛纳斯的神秘长枪，
用萨尔特巴依的鲜血来沾染。

“萨尔特巴依之子萨拉玛特，
又被阿依曲莱克蒙蔽。
她将卡勒玛克人中收养的女奴，
说成赛麦台依的女儿，
嫁给萨拉玛特哄骗了他，
让他为柯尔克孜卖命，
一道生活互相来往了很多年。
说他行为不端违了规，
黄脸死神夺去了他的性命。

“萨拉玛特的后代就是我，
我却什么也不知道被蒙在鼓里，
我曾经死心塌地地保护着柯尔克孜。
我从阔克波热那里得知这一切，
了解了曾经发生的这些事情。

“我卡勒德克来到这里，
就是要与你们清算这几代人的旧账。
我非让你们鲜血飞溅不可！

我的名字叫卡勒德克，
我来追讨四代祖宗的血债，
我非报仇雪恨不可。

“铁铁和萨拉是我的同胞，
萨然加与阔克波热，
还有那汗王喀拉阔孜，
是我依靠的靠山和栋梁。
我拥有六个部落的民众，
我还有什么比别人差？

“如果我手中的大军被打垮，
还有铺天盖地的六个部落的民众，
我拥有天下无敌的百姓和兵马，
别说你白毡帽的柯尔克孜，
我拥有战胜一切强敌的勇气和势力！

“我要让你们的老者去乞讨，
我要让你们全部枯萎，
我要灭了你们的威风。
我要赶走你们的牲畜，
我要一个子儿都不留地，
驮走你们的所有金银财宝！

“我要让你们丧失元气，
我要让你们的男儿当奴隶，
我要让你们的女人做侍女，
我要让你们彻底完蛋！
我要杀死你们所有的小孩，
我要让你们一个不剩！

“我将胆敢瞪眼看我的柯尔克孜人，
一个不剩全部杀光！

“我要彻底掀翻你们的色尔王城，

我要将你们的宫殿夷为平地。
看我不把你们的陵墓砸个稀巴烂，
我要像踏灰一样将它踏平。
我要让你们饱尝苦果，
看我如何算计和惩罚你们。
柯尔克孜已经嚣张了许多年，
看我不把你们连根铲除！

“我要像当年阿牢开所做的一样，
毫不留情地惩罚你们，
让你们生不如死，
将你们严加管教。
我若不这样来对付你们，
就让我汗王卡勒德克的名字消失！

“就是这样也不能让我解恨，
我要你们像待清点的羊群排着长队，
将十二岁到六十岁之间的男人，
随心所欲地屠杀！
“将你们的姑娘和媳妇，
作为战利品有何用？
这不是我的最终目的！
我要将她们统统送上刑场，
让她们求我饶命，
处死她们后我将扬长而去！”

这时阿斯勒开口道：
“‘吃和不吃一个样，
豺狼的口都是血。’
卡勒德克你刚才滔滔不绝，
道出了你所有的祖宗，
他们一个个都得到应有的下场。
你祖宗卑贱的头颅，
都是被我的祖宗砍下。

“你如果还要走祖宗的老路，
自然会落得同样的下场。
如果你悔过自新改邪归正，
我会给你一条生路。

“你赶来了六个部落的人马，
如果还觉得力不从心，
只要愿意为你卖命的人，
快去通知他们早些过来，
让他们早一点赶来送死。

“前辈们留下的言语，
已到了非说不可的地步，
‘癞蛤蟆再跳照旧会落在原处。’
这是人们世代相传的谚语。
你这个没有自知之明的蠢货，
竟然不知羞耻地在这里张狂，
看来这是你祖宗留下的恶习。

“我祖辈留下的习惯是：
‘面对为非作歹为虎作伥的恶人，
最好是先砍下他们的头来。’
别说是六个部落就是十个，
再加上与你们同流合污的那些西方巨人，
你们集合起来全来吧！
我绝不会前去求饶，
更不会躲在一边畏手畏脚。

“阿依阔勒玛纳斯的英灵在上，
我如果死在你的手上，
也不会有半点遗憾。
我从不向任何人低头，
面对侵犯阿拉什的强敌，
我绝不会顾惜自己的生命。

“哪怕你像汹涌而来的洪峰，
哪怕你像吹走毡房的飓风，
哪怕你像铺天而来的烈火，
哪怕你像盖地燃烧的闪电。

“只要我还活在世上，
切莫以为我会退缩。
别说是你汗王卡勒德克，
再来像你一样的八十个，
我也绝不会畏惧你们人多势众。
我不会让你们安然无恙，
会让你们走向死亡。

“追逐着你祖辈的足迹，
一次又一次为害百姓，
一个接一个地走向坟墓。
看着你匆忙而来的样子，
是死神已牵着你的脖子。

“铁铁和萨拉之辈，
你还认为是靠山的家伙们，
我根本就不把他们瞧在眼里。
你所讲的喀拉阔孜，
他只是摆在阵前的黑影子。

“卡勒玛克的萨然加和塔吉克的阔克波热，
为了保住他们的狗命，
比兔子还胆小躲躲闪闪。
你却相信这些家伙，
在这如此卖命的只有你这个蠢货！

“看你有多大的能耐，
切莫手软，我的芒格特！
只要你有能耐就不要退缩，
继续竭尽全力地战斗！”

阿斯勒的这番话，
让汗王卡勒德克越听越愤怒，
恼羞成怒要上前拼命。
他举起了长枪昂起了头，
恨不能一枪要了阿斯勒的命。

他质问阿斯勒：
“你开口道什么‘我的芒格特’，
难道芒格特是为你卖命的奴隶？！”

阿斯勒不慌不忙又开了口：
“你不是奴隶，难道是英雄吗？
你难道心安理得毫无忧虑吗？
你难道从来就心中坦然吗？
你难道真的是纵横天下无人能敌吗？
我难道还要称呼你‘我的大英雄’吗？

“你父亲萨拉玛特，
曾四处浪迹为人鞴马。
他自愿入赘为婿，
给别人烧火倒炉灰。

“他啃吃别人剩下的骨头，
无人把他瞧在眼里。
他像可怜的乞丐，
从来没有人顾及他的去留。

“的确是我的爷爷杀了你的父亲，
‘奴隶若犯上作乱，
就会成为秃鹫的食物。’
如同这句古老的谚语，
凯耐尼木的确杀了他。

“你在心中曾以为，

自己是自由驰骋的豪杰，
自己是前程似锦的幸运儿。
我要让你横尸荒野，
让豺狼把你的尸体拖扯着吃个精光！”

汗王卡勒德克听到这般羞辱，
更加恼怒暴跳如雷，
脸上好似要吞人般凶暴。
他把在毒液中浸泡过的长枪，
紧紧地握在了手中，
催动胯下的铁米尔枣骝马，
怒气冲冲地扑来。

猛狮阿斯勒不慌不忙横马观望，
将刺来的矛枪轻轻拨向一边，
以迅雷不及掩耳之势，
反手向对方回刺了一枪。

两人互相追逐着刺来刺去，
矛枪折断了，
又挥起斧头来劈砍。
斧头锩刃了，
扔在一边开始徒手斗勇。

互相掏着对方的腋窝，
一阵一阵地猛扯着。
忽而又拉扯着战甲，
随手抛撒扯下的碎片。
互相扯着对方的衣摆，
压在鞍镫带下面，
使出浑身的力气揪扯着。
双膀早已被撕破，
流淌着鲜血。

玛依托茹与铁米尔阔克，

两匹骏马飞旋着，
互相侧身撞击着。
当冲下山坡时，
那胯下的骏马，
前腿像狍子般撑开。

阿斯勒巴恰与汗王卡勒德克，
宽大的衣摆飘动着。
两人互相撕扯着冲向山坡，
两匹骏马浑身汗水流淌。

紧皱着眉头，
紧咬着牙关。
白天连着黑夜，
连续作战未下马；
黑夜连着白天，
继续拼杀没有合眼。

在空中飞翔的鸟类，
在旷野奔走的野兽，
都被这一切所惊呆。
我作为一名凡人的后代，
无法陈述当时激烈的场景。
人世间这两位大力士，
一个是柯尔克孜，
另一个是芒格特，
为着尊严抛洒热血，
使完了招数，耗尽了力气，
瞪着双眼已无力挥拳。

汗王卡勒德克停手言道：
“自从我离开家乡，
已经过去许多日子，
昼夜轮回，晨昏交替。
我一路早起晚睡，

未睡够一个囫囵觉。
我一路不吃不喝，
留在我身后的人马，
已经到了他们赶来的时候。

“请准许我离开这里，
我要赶回军营里去，
向军士们发布我的命令，
让他们切莫袭扰你的民众，
让他们别在此胡作非为。

“在铁米尔山外，
让我在那里安营扎寨。
邀请我前来的五位汗王，
正焦急地等待我的到来。
我要与他们会合在一处，
共商进兵计策。

“如果你是真正的英雄，
如果你不怕我们的强大攻势，
就让我们暂时休战。
你也做好充分准备，
等待着来日再战。”

听了卡勒德克的请求，
英雄并未与他多费口舌：
“你愿回就回去吧，
你的仇敌就是我这位男子汉，
你何时回来都行。
如果你缺少男子汉的勇气，
你们可要商量好对策，
再给我一个答复！”

准许了卡勒德克的休战，
阿斯勒也未闲待着，

朝着身后的父老乡亲，
拨转了玛依托茹马头。

自祖辈相传的规矩，
白毡帽柯尔克孜的家园，
无论何时都需要保卫。
扬起尘土飞马纵缰，
当即闪身离去。

汗王卡勒德克打马前行，
心中填满了愤怒和仇恨，
无精打采心灰意冷。
他驰骋在旷野上，
眼前出现一群撤退的兵马，
马蹄踩踏起的尘土满天飞扬。

他催马向众兵赶去，
从不流汗的铁米尔阔克，
未流淌一滴汗，
汗王卡勒德克就追上了他们。
他闯入大军中转悠着，
盘问打听他们的状况。

被问话的人无精打采地回答：
“愿你走运不要死在乱军之中，
我们五位大人联手到此，
在柯尔克孜的围困下，
已折损了数千名勇士。

“我们正在逃离的途中，
心想只有卡勒德克可将我们庇护。
我们全部溃逃一个未留，
天亮就从塔拉斯出发，
我们命悬一线，心惊胆战。”

卡勒德克打听到这一切，
越发头痛紧张起来：
“你们的首领在哪里？
我要去寻找他们。”
当他这样追问时，
被问的人回答道：
“勇士的战甲、汗王的桂冠，
早被藏起来不见踪影。
汗王们早已混入兵卒的行列，
正躲在人群里逃命。

“在过去的年代，
据民间的传闻，
喀拉汗的女儿卡妮凯，
为战马缝制过披衣。
在阔阔托依的祭典上，
阿勒曼别特将它披在马上，
机警的空吾尔巴依都未能认出来。

“五个部落的汗王们，
都在用披衣伪装战马，
无声无息地躲藏在大军之中，
唯恐被柯尔克孜英雄发现。

“铁铁、萨拉和萨然加，
还有塔吉克的阔克波热，
和那诡计多端的汗王喀拉阔孜，
发出了向塔拉斯进攻的命令。

“在塔拉夏的外围，
在塔勒都的沿岸克尔沁，
他们把军队分成五路。
下令两个部落的汗王前去猛攻，
分别进攻城池和陵墓。

“来自康阿依的萨然加，
被派去阻击阿斯勒。
我们按照汗王的指令，
各自奉命而行。

“千军万马在夜色中将城池偷袭，
谁知道在行军途中，
我们遇到了一位顶天立地的英雄。
他是圣人阔绍依的后代，
名字叫作巴克特拜。

“从深夜一直激战到天明，
我们一败涂地损失惨重。
当天亮时巴克特拜离开了战场，
头也不回直奔陵墓而去。
巴克特拜刚走奥润拜又赶到，
他率领的大力士更加凶猛。

“顷刻之间柯尔克孜蜂拥而至，
呼喊着玛纳斯的名字，
呐喊声震塌了周围的山岳。
憋足了劲儿的柯尔克孜人，
在刹那之间将康阿依人，
像驱赶着羊群一样，
从克尔沁驱赶而来。

“阿斯勒真是一头猛狮，
将喀拉阔孜杀了个丢盔弃甲狼狈而逃。
喀拉阔孜中午才回来，
说是好不容易才摆脱了阿斯勒，
使出浑身解数才保住了性命。

“傍晚阔克波热也赶了回来，
他谎称已经宰了凯耐尼木。
一说起凯耐尼木已死，

阔克波热立刻口出狂言，
像蛟龙般咆哮起来，
下令全军在塔拉斯疯狂抢掠。

“柯尔克孜人已被激怒，
全民上阵发起反攻，
一鼓作气将我们赶出了塔拉斯城。

“战场上的形势就是这样，
我们正在死亡线上挣扎，
不知哪一天会被死神召回。
不论你是谁，
要想从我们这知道的就是这些。”

英灵辅佐的阿斯勒英雄，
赶到了神秘的色尔王城，
从乡亲们那里得知，
在当地发生的一切。

跟随在溃逃的众军之后，
阿斯勒匆匆忙忙动身去追击。
在加依勒玛的旷野上，
男子汉阿斯勒迎面碰到，
骑乘着坎库拉马威风凛凛，
像凯别孜山一样庞大无比的，
男子汉凯耐尼木。

见到爷爷的英雄少年，
即刻跳下马，
将马鞭搭在脖子上，
先是规规矩矩站立，
然后深深地鞠躬问安。

像高山般的凯耐尼木，
便开言问道：
“看你如此兴冲冲地赶来，
你准备赶往何处？”

听到爷爷的问话，
阿斯勒做了详尽的回答：
“我亲爱的爷爷呀，
芒格特、伊斯番和呼罗珊，
节迪盖尔、塔吉克和卡勒玛克人，

六个部落联手发兵进犯，
已从塔拉夏的外围，
分兵向城池进发，
一窝蜂闯入了柯尔克孜领地。
我只顾同卡勒玛克兵激战，
被阻止在了一边。

“当天亮时卡勒玛克败兵，
纷纷向四处潮水般溃逃，
我随后才赶到塔拉斯。
在卡拉布拉克恰特卡特，
塔吉克人的阔克波热，
与加勒格再克的巴克特拜，
正拼死拼活地战斗。

“已无力还手的阔克波热，
被击落马下喘息着。
汗王卡勒德克突然出现，
将巴克特拜击落马下，
我赶紧上前助阵。

“阔克波热趁机上马离去，
巴克特拜也朝陵墓方向驰去，
我与卡勒德克便展开了厮杀。

“我们连战了数天，
我们又战了数夜，
我们搏杀了许久，
谁也未能把对方打败。
此时已精疲力竭的卡勒德克，
突然停止攻击与我搭话：
他说：‘我急急忙忙只顾赶路，
我未进食正饥饿，
我的大军随后就到，
我已将他们留在了身后。

他们切莫闯入民间去胡来，
他们可别惹是生非祸害百姓。
让我回到大军中去，
集合六个部落的人马，
让我们在一处安营扎寨。’

“我接受了他的请求，
便丢下他直奔城中。
我在白毡帽的民众中，
了解到城中的情况。

“英雄巴克特拜与奥润拜，
已经把众寇驱散，
未让他们在城里站住脚。
一听说众敌已溃散，
我便从后尾追而来，
却在途中遇到了您。”

凯耐尼木听完孙子的回答，
立即阻止了阿斯勒的行动：
“那奔命溃逃的敌人，
切莫再从后追击。
走吧孩子，快回去！”
就这样爷孙俩一同回了家。

汗王卡勒德克在大军中打听到，
五个部落的汗王们，
以及号称栋梁之材的伯克们，
他们混在兵丁中一道逃跑。
当听说这些后，
他便没有继续将他们寻找，
而是掉转马头直奔而去。

他骑乘着铁米尔阔克快马，
很快就与自己的大军相逢。

他的大军正列着长队而来，
他下令兵马停止前进。

大队人马安营扎寨后，
从四处逃散的败兵簇拥而来。
汗王们也低着头，
先后进入卡勒德克的营帐。

面对初来乍到的卡勒德克，
汗王们七嘴八舌地说道：
“这里可不是人们能征服的土地，
无法同这些柯尔克孜抗衡作对，
他们家中没有一个闲着的人，
拿起武器人人皆能上阵。”

“抡起铁锤太厉害，
舞起月牙斧更老练，
使狼牙棒的人更多。
只要凯耐尼木与阿斯勒在世，
柯尔克孜百姓的确是无忧无虑。”

“无法辨别他们谁是牧民谁是士兵，
也无论男女和老少，
个个都似训练有素的勇士。
面对强敌从不退缩，
他们就似射出去的子弹不回头。”

“汗王卡勒德克，你刚刚才到，
还没见到那惊心动魄的场面。
我们不少英雄已被斩杀，
我们落得如此的下场。”

“‘越是伤亡越神勇，
真正是玛纳斯的后代。’
这曾是人们的传言，

的确不假全是真话。”

“‘越是伤亡越奋勇，
玛纳斯的后代锋芒无比。’
一点儿也不夸张全属实。
那些该死的柯尔克孜人，
原来从老到少都是雄狮猛虎。”

“凯耐尼木天下无敌，
阿斯勒巴恰无人抵挡。
据说还有一位别克巴恰，
更是能搬山填海的勇士。”

“加勒格再克的巴克特拜，
也不是平庸之辈，
他是不会轻易被打下马的栋梁之将。
宫中总管奥润拜，
他也并非是凡夫俗子。”

正当他们狂呼乱叫之时，
汗王卡勒德克这样开口：
“你们满口都是废话，
将交战的敌人，
夸奖得这么厉害，
只能证明你们是无用之辈。

“让你们的话见鬼去吧！
让狗来听你们的这些话吧！
若是连狗都不听，
还会有谁来听呢？！

“你们来到这里会合，
向我倾诉你们的遭遇。
如果你们说的是真话，
你们伤亡已很惨重。

“你们都来到我的帐下相聚，
那我们就成了一家人。
战局将如何发展？
我们将如何转败为胜？
你们都来出谋划策，
切莫哑然无声躲起来。

“呼罗珊和伊斯番，
你们的实力我一清二楚。
铁铁和萨拉，快说实话，
将你们心中的话吐出来。
节迪盖尔和卡勒玛克，
切莫隐瞒，快道出你们心中的秘密。

“塔吉克的阔克波热呀，
你可是足智多谋的英雄。
你差人向多处报信，
是你发起的这场战争。
你率领大伙来到这里，
你却垂头闭口一言不发，
你怎能呆坐在一旁像个外人呀！

“老人们留下这样的箴言：
‘憋在心里闹别扭，
不如到外闯世界。’
此话真是不容置疑，
这话的确千真万确。

“想起前辈的教诲，
我对你们说这些话，
我有啥说啥不说假话，
我不会客气只会当面直言。”

汗王卡勒德克发泄完满腹怒气之后，

节迪盖尔的喀拉阔孜开口讲话：
“你让讲，我就来说吧！
说说我遭受柯尔克孜的苦和难。
自从托勒托依和克亚孜，
被玛纳斯的后代杀害，
节迪盖尔便遭到无情地奴役。
在当地人中没有选中一个首领，
首领只能从塔拉斯指派。

“塔吉克的阔克波热，
干了一件称心的事情。
我们五位汗王来到了这里，
在阿拉什柯尔克孜的土地上，
我们一到就遭遇了，
他们的少年英雄阿斯勒男子汉。
我至今还未曾见过，
叫凯耐尼木的那位老英雄。

“我们本来是冲着凯耐尼木而来，
阿斯勒根本不在我们的计划之中。
我们只知道英雄赛依特已经身亡，
汗王凯耐尼木已年迈无力。
我们从来没有听说过，
有一个叫阿斯勒的男子汉。
我们密谋了许多策略和办法，
却未能实现其中的一个。

“让我们来推算日子，
让我们来约定时间；
让我们来推算星月，
让我们来约定时辰。

“我们要不惜代价诚邀天下奇才，
聚集更多的英雄好汉，
共同征讨柯尔克孜人。

据说约木尔江的克孜勒克孜，
最厉害的妖女就属她。

“我们要想尽一切办法把她请过来，
与我们一同作战，
给巴掌大的柯尔克孜，
来个世界末日般的打击。
举世无双的妖女，
将凯耐尼木与阿斯勒，
给我们生擒活捉，
除此以外再没有任何办法。

“如果你们不想听我的主意，
就连这个愿望也很难实现。
凯耐尼木与阿斯勒是无敌英雄，
用武力谁也战胜不了他们。

“我们只有使用最凶狠的办法——
用魔法来降服他们。
如果请不来克孜勒克孜，
那我们不会再有什么办法。”

讲到这里他便停住了，
除了喀拉阔孜以外其他人没有一个吭声。
在烧一壶茶的工夫里，
营帐中鸦雀无声无人说话。

萨拉玛特的儿子卡勒德克又开口说话：
“除了喀拉阔孜以外，
其他人难道跟柯尔克孜没有仇吗？
是放弃复仇各自回家，
或者是已有征服他们的好办法，
你们是否都已胸有成竹？
你们个个垂头瞅着地面，
为何无一人抬起头来说话？！”

听着汗王卡勒德克的训斥，
塔吉克的阔克波热开了口：
“你未能及时赶到这里，
还无端地将我们指责。
汗王卡勒德克，
你还没了解事情的始末，
却训斥个没完。

“汗王卡勒德克，
在卡拉布拉的大峡谷里，
与阿斯勒展开厮杀时，
你不是留下与他较量了吗？

“当你投入搏杀时，
我们还以为你会擒拿他，
我们还以为你会收拾他。
于是我们想趁机守在城下，
以便稳住阵脚来相互撑腰。

“心想我们毕竟是五员大将，
巴克特拜是孤身一人，
他还能成什么气候？
于是我兴冲冲地来到大军中，
兴奋得大地都无法撑起我。

“男子汉交手只需一场，
而百姓的奋战却无穷无尽。
别说是让我们冲入城中，
柯尔克孜人根本未让我们接近半点儿。
没办法，万般无奈，
我们感到非常失望。

“未占上柯尔克孜的便宜，
即刻回避那死亡的战火。

将勇士的战袍和汗王的王冠，
脱下捆在了马鞍后，
丢掉了汗王的尊严和脸面，
我们混入兵卒的行列逃难。

“绝境之中只好撤退，
在途中才见到你的尊颜。
你如果把阿斯勒捉来的话，
你肯定会咆哮如雷威风凛凛。
你是否也是溃逃而来，
看你也是踉踉跄跄松松垮垮。

“你若是逃来的话就说实话，
阿斯勒即刻就会追来，
他会像蛟龙般凶悍无阻。
依我的想法和考虑，
我们如果再向四处溃逃，
阿斯勒与凯耐尼木，
爷孙俩会骑上战马，
到处将我们追赶，
寻机将我们宰杀。

“如果这样的话，
还不如让我们差信使，
暂时与凯耐尼木讲和，
得到回话后我们即刻折返。

“返回后让我们四处招募巨人和勇士，
哪怕是在月上磨牙的男子汉，
我们也一定要找到他。
像喀拉阔孜汗王所言，
寻得计谋做好一切准备后，
让我们再同时赶到这里来。”

铁铁、萨拉和萨然加，

也都表示支持阔克波热的意见：
“喀拉阔孜虽然出了很多计谋，
那只是长远之计，远水难解近渴。
阔克波热所说的这些话，
听起来还是比较符合实际。”

众人达成了统一的意见：
向汗王凯耐尼木英雄，
准备派遣信使求和。
他们以六位汗王的名义，
派遣六位信使，
还为此专门起草了信件。

信写得简短又明了：
“我们不是休兵不战，
我们只是要求宽限五年时间。
我们要聚集更强大的军队，
为下一次开战做好一切准备。
请把要开战的地点和时间准确地告诉我们。”

捧着写好的信件，
六位使者即刻出发。
凯耐尼木与阿斯勒如何回答，
我们现在来听听吧。

在卡拉布拉大峡谷，
凯耐尼木催促着孙子立刻返回。
朝着先辈们留下的色尔王城，
向着举目远眺的柯尔克孜民众，
祖孙俩策马奔驰。

见到凯耐尼木的身影，
柯尔克孜民众上前行礼问好，
将阿斯勒巴恰雄狮，
高高举起，热情地亲吻着。

为了庆祝爷孙双双归来，
塔拉斯举行了三岁公马赛跑，
还举行了万马奔腾的刁羊比赛。
将马鬃向上扎起来，
将尾巴分着叉捆起来，
你追我赶，好不热闹。

逍遥自在惯了的百姓，
顿时将那战火遗忘。
百姓自愿分成两拨，
展开了恰特拉什棋比赛，
善玩凯棋铁棋的高手们从人群中出来。

受人尊敬的前辈和老人们，
管理百姓的伯克们，
大家拥到凯耐尼木身边，
谈论着自己的想法和主意。

汗王凯耐尼木就座于高座，
柯尔克孜们都拥了过来，
皆来向凯耐尼木求教。

在各自的位置上坐定，
伯克们谈起心中之言。
巴克特拜首先打开了话题：
“我们威严逼人的汗王，
您若将眉头一皱，
我们深感像下雪一样。

“您若下令让我们去何方，
我们绝不回头勇往直前。
我们将面临的任何事情都请教您，
我们睿智无敌的汗王。

“原本攻打我们的汗王是五个，
现在卡勒德克又加入其中，
前后共有六个汗王，
率领的有六个部落的几十万大军。

“在三四天之前，
我们遭遇了艰难困境。
大山般的您，
被敌人置于枪林弹雨之下。
历来狂奔无阻的战马，
后腿却被子弹打伤，
您的坎库拉不幸伤残。

“现在坎库拉的腿已医好，
敌人却刹那间溃逃而去。
本想来踏平色尔城池，
这只成为敌人的空想。
全民皆来参战，
与入侵者搏杀，
坚守住了色尔王城。

“噢，早已归天的玛纳斯的英灵，
赶来保佑了我们大家。
‘从胸口燃烧起的烈火可怕，
从自己内部出来的叛贼可怕。’
本来是柯尔克孜的外甥，
汗王卡勒德克却成了敌人。

“一日为敌，一日为友，
节迪盖尔人历来如此，
喀拉卡勒玛克康阿依人，
自从其祖宗六代以来，
是与我们纷争不断的冤家。

“呼罗珊与伊斯番，

达比塔依与阿恰汗，
被卡勒玛克人蒙骗，
成为钱财的奴隶，
眼下也成了我们的仇敌。

“俗话说：‘溃逃的敌人，
会被妇道人家来征服。’
下一步我们将如何安排，
请汗王做出指示。”

未等凯耐尼木开口回答，
有一侍卫突然闯入了门：
“从敌营之中来了使者，
六个人已经到了门前，
是否让他们进来，
我如何向信使们回话？”

那来犯的六位汗王，
凯耐尼木根本没将他们瞧在眼里。
他对侍卫说道：
“他们如果有带来的信，
只把他们的信递进来。
那六条狗我从不视为汗王，
我根本不把他们视为同类。”

侍卫收到凯耐尼木的命令，
即刻返回来到了使者们面前：
“将你们带来的信交给我，
凯耐尼木根本不把你们的汗王瞧在眼里，
根本不把你们当使者看待。”

侍卫们就立在面前，
手执长刀寒光四射，
使者们吓得魂不附体，
睁着绝望无神的双眼。

他们把手极快地塞进袋里，
即刻各自掏出了信件。
就像亲自递给汗王似的，
恭恭敬敬的可怜虫们，
各自拱手递上了信件。

侍卫接过信件，
便送到了众人面前。
宫中总管奥润拜，
向众人宣读了对方的信件。

汗王凯耐尼木做出果断的回答：
“快传令让使者们回去，
让他们转告那六条狗，
我已知晓信的内容。
他们已经被吓破了狗胆，
连签名都没写好。

“当宽限的五年时间一到，
也休想踏进柯尔克孜人的圣地，
前来袭扰百姓的太平生活。
如果要与我们决战，
地点就在塔吉克的巴勒克。

“我将按时赶到那里，
对撕咬主人的六条狗，
到时候我会同他们算账。

“约木尔江的克孜勒克孜，
说是她会用妖术擒拿我，
连魔头居仁朵都死在我手下，
我岂会怕这小小的女魔。
让他们在五年里聚集吧，
将所有能聚集到的帮凶，
一个不剩统统赶来吧！

“他们要用五年时间招兵买马，
我们难道不记在心中吗？
难道我们这五年就白白过去吗？
难道我们不会养精蓄锐吗？
难道世界不会天翻地覆吗？

“等到尘世一轮再来之时，
叫芒格特的强贼部落，
消失得连名字都无人提起。
节迪盖尔人也只能是，
在世间留下名字和传说。
别说是他们的汗王，
就连他们的臣民，
都会消失得无影无踪。

“节迪盖尔和芒格特之民，
他们浑浑噩噩地来到这里，
再给他们五年时间做充分准备也无济于事，
如果不信我的话就随他们的便。
呼罗珊与伊斯番两个部落，
柯尔克孜自始至终都没有轻易骚扰过你们的百姓。

“当铁铁和萨拉死去时，
呼罗珊与伊斯番部落，
将亲眼看见发生的一切。
那时他们对阿拉什人民，
永远不会再来进犯。

“他们分不清是非善恶，
将约木尔江的克孜勒克孜，
不分黑白糊里糊涂地请来，
看他们又如何逃脱她的惩罚！

“节迪盖尔与芒格特，

将彻底被埋葬，
节迪盖尔的属民们，
从此便会消失。

“儿子从父亲分家得到资产，
让母亲和父亲分开。
母亲便跟随儿子而去，
把男人丢在了杰尼赛。
其实她是五个老婆中的一个，
曾经在康阿依生育了三个儿子。
并为那三个儿子，
分别起名唐格特、芒格特和吐尔扈特。

“唐格特在遥远的地方，
无法乘马匹到达那里。
芒格特在中间，
占据的是辿单城。
吐尔扈特无固定住所，
四季游牧不定，
与别人不争不抢，
他们会变得越来越强盛，
将来定成为根深蒂固的大部，
他们会占领广阔的领域。
芒格特与节迪盖尔，
将会在浪迹四海中消亡。”

凯耐尼木讲着这些，
为他们预测了五年后的状况，
便让侍卫打发了使者们。
当侍卫离开后，
凯耐尼木向阿斯勒巴恰与巴克特拜，
还有宫中主管奥润拜，
发出三道指令：
“你们要听从我的话，
阿斯勒巴恰和巴克特拜，

你俩不要耽误即刻直奔陵墓。
侵略者不会就此善罢甘休，
若不卷土重来心不甘。

“宫中总管奥润拜，
你身边有千名大力士，
你们赶快去保护百姓。
你要严格约束他们，
切莫去打扰父老乡亲。

“敌人若疯狂来攻城，
搭理他们的有我。
如果他们来交战，
你们不要想一下彻底歼灭他们。
不要为了得到更多的战利品，
忘乎所以地去追赶敌人。”

凯耐尼木即刻打发了所有的人马，
向出征的男子汉们再三反复地交代，
切莫追赶那溃败之敌。

让我们暂且放下这段，
从阿斯勒巴恰登上汗位唱起。

阿斯勒巴恰

登上汗位

使者们匆忙返回，
将口信一一告诉了汗王们。
六位汗王凝神聆听后，
卡勒德克横眉竖目拍案而起：
“你们瞧凯耐尼木有多高傲，
瞧这吸血鬼多么骄横，
不把我们当汗王对待，
这是多么的跋扈霸道！”

卡勒德克唠叨着非常愤慨，
对身旁的五位汗王发出了命令：
“我卡勒德克汗王要发话，
请你们仔细听好！
你们不可如此无所事事闲待着，
请你们即刻全部上马。

“以为我们会照五年期限的约定而离开，
柯尔克孜将会丧失警惕。
让我们立即出发去攻城，
铁铁、萨拉、喀拉阔孜和萨然加，
你们去捣毁陵墓，
阔克波热闯入他们的百姓中进行骚扰。

“让我们互通消息，
在各处安插信使。
如果生命受到威胁的话，
我们就立刻动身离开。
照我们约定的五年期限，
让我们各奔自己的故土。

"坚决恪守自己的诺言，
在巴达克山与巴勒克之间，
在那个浩瀚的大沙漠上，
让我们再一道会合。"

五位汗王心想，
这是千载难逢的机会，
我们千万不可放过。
照汗王卡勒德克的安排，
呼罗珊、伊斯番和节迪盖尔、卡勒玛克，
已经朝着陵墓进发，
为了瞧瞧柯尔克孜百姓的能耐，
塔吉克的阔克波热，
已向着塔拉斯出发。
如果柯尔克孜敢于反抗，
他们恨不得将百姓全部活埋。

芒格特的汗王卡勒德克，
率领手下四万大军，
浩浩荡荡地来到城下。

在此之前为了阻击敌人，
凯耐尼木准备了散朵轮[1]火炮，
早已立于城门前。
在那城门之外，
六十排的树桩上，
将炮全部架了起来。

它有三岁牛犊般大的炮弹，
外壳用铁来包裹，
无人能找出它的缝隙。
用大铲把铁块般的炮弹，
装进了散朵轮的炮膛。

[1] 散朵轮：一种威力很大的火炮。

将整褡裢的火药，
倒进了它的后膛里。
用铜制成的通条，
顺枪膛将弹药夯实。

用努尔夏甫达尔[1]点燃炮捻子，
闪烁的弹片飞射出去，
粉碎的铁块铺天盖地，
震得大海湖泊翻起波浪，
震得高山群峰崩裂摇晃。

[1] 努尔夏甫达尔：用来点炮捻的巨大火把。

芒格特的四万大军，
成了散朵轮炮的炮灰，
顷刻之间一扫而光。
汗王卡勒德克只率领百余人马，
顾不上回头张望，
慌慌张张胆战心惊，
摇摇摆摆地抱头而逃。

铁铁、萨拉、喀拉阔孜和萨然加，
四人率队来到了陵墓旁，
听到散朵轮的巨响，
想到炮弹正射向他们，
顿时吓得面色焦黄。

他们顾不得前进，
掉头就往回逃。
巴克特拜随后穷追不舍，
雄狮阿斯勒又在前边挡住了道，
但始终未找到汗王们的身影。

阿斯勒与巴克特拜，
面对仓皇而逃的士卒，
并未大开杀戒。
从士兵口中得知消息，

塔吉克的阔克波热，
已经向广大百姓进发。

“切莫让他袭扰百姓，
切莫让他劫取战利品，
塔吉克的恶魔阔克波热，
切莫让他屠杀柯尔克孜民众。”

心中惦念着这些，
阿斯勒与巴克特拜，
不顾战马的疲惫，
不顾个人的安危，
向着坎阔勒直奔而去。

阿西木拉之上是七个平台，
你若不信就去瞧瞧。
在玛依布拉克与加阿克塔什之间，
有一处广阔的原野，
奥润拜的千名大力士，
正与阔克波热在这里展开激战。
柯尔克孜的千名大力士，
奋不顾身与敌兵杀得不可开交。

正在这关键时刻，
巴克特拜从天而降，
又是呐喊又是咆哮，
高呼着“玛纳斯”的口号。
他的呐喊声，
横扫着杏树梢。
他的咆哮声，
横扫着苹果树梢。

当“玛纳斯”的口号在天空震响，
当听到巴克特拜的怒吼，
塔吉克的阔克波热，

心儿顿时狂跳不止。

他与巴克特拜英雄，
正好面对面地遭遇。
他将手中的那杆长枪，
狠狠地向前刺去，
呼啸声震耳欲聋。
他高呼着“铁米尔别克”的口号，
竭尽浑身的力量，
向巴克特拜猛扑过来。

巴克特拜也举起长矛，
奋力向阔克波热刺去。
从不向死神低头的英雄，
反反复复地较量。
矛枪已经折断，
他们抛去手中的长矛，
又抡起沉重的狼牙棒，
相互猛击着对方的头和背。

他们打得精疲力竭，
张着大嘴吐着长舌喘气。
双双又举起了月牙战斧，
毫不手软地互相砍杀，
两人打得昏天黑地不分上下。
阔克波热越战越勇，
巴克特拜似乎有点力不从心。
在旁目睹着这一切，
柯尔克孜人感到了不安。

当卡勒德克兵败逃窜之时，
汗王凯耐尼木，
想起了巴克特拜与阿斯勒。
“我得去陵墓瞧瞧，
不知那边的战况如何？”

想着这些他快马加鞭来到陵墓，
果然发现了巴克特拜与阿斯勒的踪迹。

他赶到了阿西木拉，
那前行的马蹄印，
忽然分开向两处奔去。
他判断这可能是短耳克尔马的蹄迹，
便顺着马蹄印追奔而去。

先让凯耐尼木在途中奔走吧，
先让我们讲讲杰出的少年阿斯勒现在何处。
阿斯勒巴恰催马疾行，
沿着玛依布拉克向上挺进。
经过布拉纳和托加依罗，
来到苏萨木尔与塔拉夏，
察看了那里的所有人家，
一路观察是否有匪徒劫掠百姓。

他心想一处也不能放过，
便踏着勃果山的羊肠小道，
穿过玉曲阔绍依的荒野，
越过喀普卡与叶奇克里克之间，
踏上光秃秃的黑山岭，
眼望节尔盖的金色原野，
体察着这里的民情。
柯尔克孜的英雄少年，
终于赶到了加阿克塔什。

当他从玛依布拉克与加阿克塔什，
会合之处的山嘴闪出时，
忽然看到巴克特拜，
已被阔克波热刺下马背。
看到这个为柯尔克孜人民出生入死的英雄，
就要被砍下头颅时，
阿斯勒呼唤着玛纳斯的名字，

打马上前直奔如飞。
他似下山的猛虎大吼一声，
一枪挑落敌人举起的大刀，
从敌人的刀下救出了巴克特拜英雄。
他们的行为已成为赞歌，
直到今天依然传唱于民间。

牵来短耳克尔战马，
将巴克特拜扶上了马，
显示了自己的英雄气概，
少年英雄得意扬扬。

好汉阿斯勒将受伤的巴克特拜，
托付给了奥润拜，
令他快将英雄送回城里去，
叮嘱后他便扬鞭跃马与阔克波热交战。

从天而降的少年猛虎，
挑落了阔克波热举起的大刀，
让他失去了到手的猎物。
阔克波热呆若木鸡，
张望着愣了半天。

他突然挥动着马刀，
疯狂地向阿斯勒扑来。
柯尔克孜的精英阿斯勒，
却没有一丝的惊慌。

当凯耐尼木驰来，
正在护送巴克特拜的奥润拜，
一见到凯耐尼木，
急忙跳下了马。

他双眼含着泪花说：
“巴克特拜不幸受伤，

阿斯勒令我护送他到城里去。”
他将所发生的一切，
一口气说了出来。

凯耐尼木看了巴克特拜的伤情，
说一定可以找到治愈他的办法。
随即将艾别甫[1]与赛别甫[2]，
溶化后喷在了他的伤口上；
又在伤口上敷了药，
顷刻止住了血；
又将白桦树皮，
贴在了伤口外；
他将灭迭提特[3]与库巴特[4]，
溶化后灌进了他的口中。

凯耐尼木发现刀上带有毒液：
“让他骑在马上可不行，
如果这样后果不堪设想。”
便让人用担架抬着巴克特拜，
快速返回宫中去。

他将獾、秃鹫和狐狸的苦胆，
搅拌在一起伴着鲜牛奶，
让巴克特拜一日三顿坚持服用。
又让人拿来鲜马奶，
倒进大浴盆里，
将巴克特拜泡在马奶中。

柯尔克孜民间医生又提供了民间单方：
“自古生活在水城，
从未到过大漠戈壁，
背是黑色，腹下皆白，
有一种叫苏楚勒度克的小雀，
快去捕上一些回来。

[1][2] 艾别甫、赛别甫：均为柯尔克孜族民间药品名。

[3][4] 灭迭提特、库巴特：均为柯尔克孜族民间制造的滋补饮食。

“先拔下它的羽毛，
然后晒在阳光下，
烧一壶茶的工夫羽毛就会枯干，
然后把它磨成粉末敷在伤口上。
再去捋来奶子草，
熬成汤药喂给他。”

凯耐尼木按照医者的吩咐，
一一给他内服外用。
又将克尔麻[1]红色药粉，
和熬好的黑色药水，
还有精制的黄色药片，
分别按时给他服用。

[1] 克尔麻：草药名。

又将骆驼蓬、艾蒿和绿色的甘草，
还有很像麦芒的小茴香，
各取一点儿，
再加上有籽的各种药草，
足有七十二种，
混在一起粉碎晾干制成了药丸，
每日给巴克特拜服上一粒。

他让人悉心照料巴克特拜，
千方百计不让毒液浸入他的体内。
剧毒被所喝的鲜奶排出体外，
使他的肌肤洁白没有发黑发青。
按时给他用鲜奶洗澡，
让毒液被浸润皮肤的鲜奶清除。
每天都宰一只鸽子，
给他喝鸽子血。

凯耐尼木时时守在巴克特拜身边，
无微不至亲切关照，
时刻牢记加勒格再克临终的托付。
到第四十天时，

巴克特拜便可以下地行走。
凯耐尼木完全治愈了他，
让他身上连一点疤痕都没留下。

英雄阿斯勒与阔克波热，
两人一直战斗到黄昏。
最后阔克波热故伎重演，
突然挥舞起手中的马鞭，
他的大军即刻汹涌而上，
在遮天蔽日的尘埃中，
他趁机伏在马背上逃之夭夭。

在杂乱无序的大军之中，
阿斯勒无法辨认出他。
阔克波热用自己的语言向大军发布着指令，
大军突然分成数群溃散而去，
就像羊群一般向四处奔去。

傍晚时分，
奥润拜赶来寻找阿斯勒。
夜幕中四处是喧嚷声，
便和敌人搅在了一起。
天亮后他观察身边的人马，
只剩下五十来个敌人。

阿斯勒顺着阔克波热的足迹奔去，
奥润拜将五十名战俘，
也驱赶着上了路，
不久赶到了凯耐尼木面前。
凯耐尼木打听完一切之后，
这样向塔吉克战俘盘问：
“你们的君王去了何方？”
战俘把阔克波热对手下说过的话，
告诉了凯耐尼木，
并把阔克波热的去向一同供出。

凯耐尼木听了以后，
知道了阔克波热逃跑的情况。

有一匹叫吉勒巴斯的战马，
骨架不壮但速度飞快，
奔驰起来就好像是长有翅膀。
吉勒巴斯的体态体貌，
虽然像鹦鹉般娇小，
却具备骏马的品质，
不亚于玛尼凯尔战马。

有一位名叫塔依恰巴尔的勇士，
脸上长着几根胡须，
虽然到了半百的年纪，
却看上去好像十岁的孩童。
凯耐尼木吩咐他：
“快骑上吉勒巴斯马，塔依恰巴尔，
莫让阿斯勒走远了，
跟踪足迹快赶上他，
就说‘你爷爷让你即刻回家’，
快去把我的话全告诉他。

“让阿斯勒不要去追赶他们，
我给了他们五年期限。
如果我们对他们穷追不放，
就是我食言在军前。
自从我成为汗王以来，
我从来没有失信过。
塔依恰巴尔，快去告诉他，
让我的小马驹快回来吧！
让我的心肝宝贝快回家！”

塔依恰巴尔兴冲冲地驰去，
就像被雪豹追击的狍子，
吉勒巴斯越跑越疯狂，

到黄昏它已追上，
玛依托茹这匹良种马。

塔依恰巴尔向少年英雄阿斯勒，
转告了凯耐尼木的话。
尊贵的爷爷的话，
他必须无条件服从。
他朝着塔拉斯的方向，
勒转马头踏上回程。

塔依恰巴尔与阿斯勒并排骑马奔驰，
途中遇到五只羚羊。
塔依恰巴尔跨着吉勒巴斯马，
追逐着飞快逃跑的羚羊。
刹那间五只羚羊都被阿斯勒驮上马，
傍晚时候回到了塔拉斯。

少年英雄阿斯勒巴恰，
回到了汗王爷爷身边，
行礼问候举止大方，
一言一行成熟稳重，
凯耐尼木心中暗暗高兴。

他转身向塔依恰巴尔问话：
“你在何处追上了他？
你追上阿斯勒时是什么时辰？”
塔依恰巴尔答道：
“在节迪盖尔的节提苏山梁，
我追上了少年英雄，
那时正是黄昏时分。
在返回途中还追猎羚羊，
当点灯时分我们赶回了家。”

经验丰富的凯耐尼木，
来到门外观察那两匹战马。

拴在拴马桩上调养的两匹马驹，
全身毛皮油光发亮，
好似在水里浸过的老鼠皮一样。

他瞧了一眼那玛依托茹马，
臀股只有一点点汗，
还未淌到它的腹下。
凯耐尼木暗中观察，
玛依托茹已经显现出骏马的品性，
对它的考验谁还能知晓?

阿斯勒让人给玛依托茹，
挂上了大米作为饲料，
又让它饮了几口凉水，
然后牵来拴在了桩上。

他看到阿斯勒这般调养骏马，
心中十分满意：
“他能这样英勇作战，
他能这般调养骏马，
他能这样体察民情，
证明他已长大成人，
到了能够接替汗位的年龄。”

凯耐尼木又返回宫中，
道出了这番话语：
“我那宠爱的小马驹，
是我的支柱和力量，
是我的骄傲和自豪，
是我的英雄留下的宝贝。
自从九岁开始征战，
总算可为人民效力了。

“我明白你不愿意放过敌人，
我让你照令返回家，

从今往后，我的小马驹呀，
我要把捍卫人民的责任交给你！
今后把那不出远门在家养生，
高枕无忧的日子交给我！

“入侵者在战败退缩之前，
以汗王的名义，
写信差来了使者。
我已宽限他们五年时间，
他们绝不会恪守自己的诺言。
我已经分析了他们的计划，
他们三年后一定会再来进犯。

“三年后六个野兽肯定要来，
只要玛纳斯的英灵保佑，
孩子，由你来惩罚他们吧！
如果三年内他们不来，
按照五年的期限，
你我奔赴那巴达克山吧！
小马驹呀，我虽然前去，
绝不会同你争头功，
绝不会阻碍你做的任何事情！

“约木尔江的克孜勒克孜，
六位汗王将会请她参战。
克孜勒克孜若施展魔法，
我会在旁观察她的能耐有多大。
前辈阿勒曼别特留下的神秘内衫，
我会让你穿上它。

“勇士留下的遗物，
危难时会有帮助，
我要让人们来见识它。
我要亲手将这些都交给你，
否则我怎么能心安理得？

“孩子，你还有不少欠缺之处，
三十二种马上招数，
七十二种徒步战术，
我要让你更加熟练。
我要将全部本领传授给你，
然后才能去闭目养神。
男子汉的本领有一百零四种，
全部掌握它才可称为英雄，
才能成为熊熊燃烧的烈焰。”

说着凯耐尼木动了身，
领着阿斯勒巴恰和别克巴恰，
同胞兄弟两只雄狮，
还有加勒格再克的巴克特拜，
出类拔萃的非凡男子汉们，
朝着杰尔盖的金色原野，
一道驰骋进发。

老英雄凯耐尼木，
让身边的男子汉，
一人跨上一匹战马，
互相对阵来拼杀。
教他们如何执枪来拼刺，
又如何举斧砍杀；
如何互相攻击腋下，
又如何挥动铁锤来击打；
如何从鞘中抽宝刀，
又如何趁机来攻击；
如何用短剑来拼杀，
又如何出手才能击中要害；
如何能射中目标，
又如何才能夺取对手的性命；
如何不放过对手，
又如何纠缠拖垮对手；

如何保持体力不疲乏，
又如何应对轮番的攻势。
他一丝一毫不放松，
一一来示范和传授。

阿斯勒巴恰与别克巴恰，
每天都在苦练搏杀，
让巴克特拜待在一边，
随时指点当教练。

在训练的九十天里，
每周只给他们一顿饭，
让他们接受严酷的训练，
不合眼能够连续作战。

怎样纠缠着扭打，
怎样拦腰搂抱摔跤；
怎样互相踢腿磕脚，
怎样仰卧蹬踢对手的小肚，
让对手一头栽倒；
怎样凭着咳嗽的力气，
猛地把对手往后推倒；
怎样头顶着对方的胸口，
把对手举过头顶摔倒。
三十二种马上招数，
七十二种徒步战术，
九十天内已全部学完。

他们的所作所为，
大地也为之感到惊叹，
只凭着它的厚实才撑起他们。

下马进行搏杀，
战袍被扯成了条条片片破破烂烂。
在那激烈的较量中，

连膝盖都扎入了大地。

巴达纳战甲已成条，
奥勒波克战袍已扯烂，
穿在里面的布鲁姆内衣，
下摆早已成碎片，
雀眼铁质的库略阔[1]，
早已被打散了架，
宽厚的腰带早已扯断，
汗水淌到了裤腿，
全身早已湿透。

[1] 库略阔：一种防弹衣。

矛尖磕磕撞撞早已秃光，
战斧的刃上布满了豁口，
铁锤也被砸扁，
脚踩的土地已成了稀泥。

吼声如雷鸣，
无人烟的旷野轰隆隆，
满山遍野的走兽们，
惊恐不安不敢抬腿迈步，
好似绊了腿原地打转。

夕阳西下越过山梁，
朝阳又东升跳出山冈，
时间已过去九十个昼和夜。

在凯耐尼木的眼里，
阿斯勒巴恰与别克巴恰，
已经显露出英雄的本色。

阿斯勒巴恰登上汗位
祖孙三人同掌政权

当满三个月时，
凯耐尼木才开口道：
“孩子，经过三个月的训练，
你们不仅学会了男子汉应有的武功，
三十二种马上功夫，
七十二种徒步战术，
各种兵器样样精通。

“你们也学会了排兵布阵，
统领三军，管理百姓，
掌握了运筹帷幄的智慧，进退攻守的韬略。

“孩子们，经过三个月的磨炼，
你们的胫骨已经更坚硬，
你们的肌肉已经更坚韧，
你们已经成为顶天立地的英雄。

“阿斯勒巴恰，你是长兄，
你已经过了战争的考验，
从今天开始，
我就把汗位传给你。

“别克巴恰，你是弟弟，
你要将哥哥辅佐，
这是祖先留下来的规矩，
我们都必须坚决服从。

“你们已经长大成人，
你们已经是出类拔萃的英雄。

我要把你父亲留下的权杖交给你们，
由你们治理柯尔克孜阿拉什的百姓！”

老汗王凯耐尼木向阿拉什颁布了禅位的诏令，
随即向临近各个部落发出了邀请，
请各部汗王和首领来塔拉斯参加盛会，
共同将禅位的这一伟大历史见证。

柯尔克孜举行了盛大的庆典，
阿斯勒巴恰又举行了祭典，
将祖先及父亲赛依特的英灵祭奠。
阿拉什民众欢欣鼓舞，
同声将凯耐尼木的高风亮节赞颂。

阿斯勒巴恰登上汗位，
别克巴恰全心全意将王兄辅佐，
老汗王凯耐尼木成为智囊和高参。
从此，祖孙三人携手将汗国执掌，
柯尔克孜安居乐业欣欣向荣。

在凉爽的秋风之中，
放猎犬，开弓放箭。
在丛林中射获猛虎和雄鹿，
在深山中猎杀狗熊，
在丘陵中猎获公盘羊。

从高崖射下那公岩羊，
又猎杀了雪豹与豺狗，
还猎杀了歪脖子野骆驼；
在沼泽林间射杀了雌鹿，
又在森林中寻找狍鹿，
还有躲藏起来的野兔；
在旷野追杀灰狼，
在矮丘里猎获母盘羊，
又放猎鹰捕获狐狸；

在戈壁上追逐羚羊，
又在荒野中捕捉黄羊。

在候鸟迁徙的春季和秋季，
手驾着白色猎隼来到了湖畔，
让猎隼捕捉成群的野鸭；
将苍鹭和大雁，
不让它们落地在空中就擒获；
捕获驼羔般大的白天鹅，
还有成群的野鸭、水鸟及野鸡，
美美地过了打猎的瘾。

为了乡亲聚餐，
宰杀两岁马驹。
把用马奶酿制的酒，
连大木桶一起扛来。

长辈们聚在一处，
悠闲地摆弄着棋子，
冷静地运用着胸中的计谋，
有时候也会发出爽朗的笑声。

青年们分聚在各处，
进行着勇气和力量的较量，
阿卡确鲁木[1]和阔勒布卡[2]，
还有铁凯特尔米西[3]，
惊险而又刺激。

青壮年勇士们个个雄姿英发，
喧嚷着玩攻王宫[4]的游戏。

在辰库然[5]的月份里，
姑娘媳妇们聚在一起，
玩着荡秋千和月下赛跑。
那一对接着一对追姑娘的马上竞技，

[1][2][3] 阿卡确鲁木、阔勒布卡、铁凯特尔米西：均为柯尔克孜族民间游戏。

[4] 攻王宫：为柯尔克孜族民间游戏。

[5] 辰库然：为古代柯尔克孜族历法中三月的名称。

牵动着小伙子们的心。

马上角力是男女老少都参与，
青壮年的角力惊天动地，
小姑娘的角力活泼天真，
老太太的角力也充满活力，
那力量和气势就如猛虎一般。

赛马是速度的较量，
刁羊是力量的拼搏，
赛骆驼的活动令人惊叹不已。
马背民族的马上技艺，
被柯尔克孜民族演绎到了极致。

在柯尔克孜的阿依勒里，
到处弥漫着马奶和蜂蜜的香味。
老翁们红光满面，
老大娘们满面春风，
在阿依勒间串门闲游。
媳妇们昂首挺胸，
陪伴在男人身旁。

姑娘们头插羽毛，
两侧各扎着十五条小辫，
胸前缀满银饰，
穗儿都是用白银链穿成。
她们梳理着额头的刘海，
像鹦鹉般装扮着自己。

少妇们颈上挂着玛瑙项链，
首饰皆是黄金珠宝，
她们戴着精美的耳环和戒指，
用白玉和金银做成的手镯，
在阳光下闪烁。

她们的笑声清脆而柔美，
听起来十分地悦耳。
她们头上戴着河狸皮帽，
与装束十分合体般配。
脖子细长又挺拔，
青年英雄人人爱美，
争着要娶她们为妻。

还未生育的年轻媳妇，
金制的大耳坠，
在脖子两侧闪金光。
两条发辫黑油油，
发辫上系着沉甸甸的银圆，
在柳腰间哗哗作响。
前额系着银制的发链，
在额头上闪闪发光。
艾列切克高耸着，
身披着貂皮大衣，
雍容华贵，美丽大方。

皮革制成的鞍垫上，
镶嵌着五颗银制装饰品，
在每个角边闪着银光。
用河狸皮压着边的皮质后鞧，
用的全是银扣。
银制的马镫闪着亮光，
所有的带扣全是金子制成。
鞍褥是红色的羊绒，
边角绣满金色的花纹。
鞍鞯上这些豪华的装饰，
让人啧啧惊叹。

年轻的媳妇扭动着身子，
贴在丈夫的身边，
像白鹿般娇艳动人。

长长的连衣裙拖在地上，
胳膊上套着袖套，
腹前系着围裙。
穿戴得花枝招展，
一眼就能认得出，
她是刚进门的新媳妇。

天一亮就早早起床，
向长辈们行礼问安。
向公公和婆婆，
屈膝弯腰施礼。
苹果般的面庞红又润，
比镜子还鲜亮纯洁。
动作像猞猁般轻柔，
身姿像细柳枝般摇摆。
你若看新媳妇一眼，
她的脸色会忽然泛红又发白。

青年小伙子们欢声笑语，
镶银的宽腰带闪闪发光。
头戴用貂皮做的圆帽，
毛色在阳光下变幻闪耀。
哥儿们很是神气，
见了人都懒得开口搭话，
可面对外来的入侵者却从不畏惧，
只知勇往直前。

智士们才高八斗含而不露，
若谈起为人之道治民之策，
方显出满腹经纶真知灼见。

库姆孜琴手弹着美妙的乐曲，
歌手们激情飞扬歌声不断。
不知有多少杰出歌手，
越唱越发不可收场，

引吭高歌三天三夜也唱不完。

纵犬放鹰，骑马围堵，
是马背民族的最大乐趣。
下夹子猎取灰狼，
拉弓射箭狩猎雄鹿，
放鹰隼抓捕狸兔，
纵猎犬追逐黄羊，
在野外猎取各种猎物，
将精美的兽皮，
耷拉着拴在鞍鞒后。

头戴黑色羔皮或水獭皮帽，
老翁们个个精神抖擞。
红扑扑的脸色如孩童般健康，
银须在胸前飘拂。

锅儿在咕嘟咕嘟沸腾，
煮着马肠和马肉。
客人来了热情款待，
端上肥嫩的大块肉。
将雪白的羊尾油，
夹在黑红色的羊肝之中。
宾客品尝着特有的美味，
互相开着玩笑逗着乐，
乐得前仰后合嘻嘻哈哈。

长辈们互敬互重，
男人们见面，
一个拥抱着一个，
好似思念已久的亲人，
互相搂抱着脖子。

老大娘们见面，
那场面更加幽默，

一个亲吻着一个，
互相戏谑地叫着姑娘，
亲切而幽默的呼唤着，
引来阵阵笑声。

有人故去就隆重地告别，
大家集中到一处来哭悼。
哭丧歌是妇女们的专利，
各自倾诉着怀念之情。

支起宽敞的毡房，
在缆绳上成排地拴上马。
为了下注压上很多财宝和牲畜，
赶着各自的赛马，
奔向热闹的赛场。

歌手们放声歌唱，
为比赛制造欢乐的气氛。
参赛者高兴地呼唤着：
“你的马已获胜，快拿礼品来。”
马主们点着头，满口的道谢声，
分发着小小的礼品以表心意，
得到礼品的人儿，
兴奋地互相展示着。

大力士们闯入摔跤场，
互不相让地来较量。
获胜的大力士狂傲地笑着，
两条腿都不知怎么跨步前进，
面对着获得的奖品，
兴奋地手舞足蹈不知如何是好。
失手的大力士们闷闷不乐，
慢慢离开人群低头叹气。
其中还有一些人，
甚至会早早自个儿回家。

晚上召集大家来赴宴，
有钱人家宰杀马驹，
贫困人家也要宰杀羊只。
那一个个大木盆里，
凝固着一层层油脂。

客人们坐下伸着懒腰，
无忧无虑心安理得。
主人不让餐布上面留下空缺，
用葫芦盛来蜂蜜，
摆上奶油烤的馕，
倒上浓浓的热茶，
用瓷碗慢慢端上来。
端上库尔达克[1]和酥油，
用阔库尔[2]斟满美酒，
用大木桶或皮囊装满马格孜木[3]饮料，
搅拌着蜂蜜盛在大木碗里，
弯着腰用双手捧着给客人敬上。

骑着装扮一新的骏马，
小伙子和姑娘们聚到一起，
准备参加婚礼上举行的追姑娘游戏。
为准备出嫁的姑娘，
支起新毡房作为嫁妆，
屋里整整齐齐叠起被褥。

宰杀山羊羔，
为新娘新郎祝福。
做媒的嫂嫂让新郎换上婚礼服，
将得到一峰骆驼作为回报。
九头一组的牲畜当彩礼，
这还嫌少又要加上钱币，
富裕的家庭还远远不止这些。

[1] 库尔达克：把肉切成碎块后，用大葱炒出来的传统美食。

[2] 阔库尔：喝酒的器皿，一般用骆驼峰皮制作。

[3] 马格孜木：用大麦为原料酿造的传统饮料。

当摆上婚宴的肉食时，
为新娘的母亲，
端上来一盆肋骨肉，
新郎的母亲向亲家表示敬意：
“这是对您生育女儿的尊敬。”

“亲家，请拿出压箱底的礼物，
按规矩送给我们吧！”
男方向女方索要九件为一套的礼服，
用骆驼驮着丰厚的嫁妆，
将新娘娶回家里。

养育女儿的母亲，
或者新娘亲近的嫂子，
会送新娘前去夫家。
当她返回的时候，
新郎家会赠骆驼作为养育之礼，
最起码也得送一匹骏马，
将亲家母或嫂子送上路。
这样才能安下心，
这就是柯尔克孜的风俗。

女儿回婆家，
父亲心想，
女儿可不能空手返回，
这样就让亲家看了笑话。
给女儿披上皮大衣，
给女儿骑上健壮的马匹，
给女儿拉来高大的骆驼，
又从圈里分出一群羊，
然后才能送女儿返程。

姑娘高兴得欢天喜地，
体面地回到婆家。
只有这样，

新媳妇才能理直气壮地在公公和婆婆，
还有自己的伴侣面前扬眉吐气。

索要彩礼出嫁闺女，
为了陪嫁又送牲畜，
这就是柯尔克孜的礼仪。

让柯尔克孜过太平日子吧！
让我们将这段暂且放下，
从六位汗王结集重兵，
重来侵犯柯尔克孜开始唱起。

卡勒德克

入侵塔拉斯

喀拉阔孜游说女妖
克孜勒克孜参战

以卡勒德克为首的六位汗王，
战败之后四处逃散。
事后一个寻找着一个，
在艰难困苦中又相聚在一起，
诉说着进犯柯尔克孜的土地时，
遭受到的痛苦和耻辱。
他们七嘴八舌地议论纷纷，
怨天尤人怨声载道，
谁也拿不出好的计谋，
最终精疲力竭都住了口。

作为六个部落联军的首领，
报仇心切的卡勒德克，
此时和盘托出了自己的计划：
“虽然我们与他们约定了五年期限，
但不能就这样无声无息地等下去。
我们要秣马厉兵养精蓄锐，
三年后再卷土重来，
重新率兵在坎阔勒会合，
将柯尔克孜的塔拉斯踏平。

“节迪盖尔的喀拉阔孜，
你快去寻找那位女英雄，
请来约木尔江的克孜勒克孜。”

为了让大家齐心协力共同对敌，
他们在月光下签订协议书。
他们衔着利箭起誓，
他们折断树枝盟誓。

他们宰杀生灵，
蘸着热血盟誓。
如若谁违背了盟约，
将会受到无情的惩罚。

他们要会合的地点，
是塔拉斯的原野；
要去战胜的对手，
是雄狮玛纳斯的后代。

对于六位汗王的阴谋诡计，
英雄凯耐尼木早已有所预料：
“这些败走的亡命之徒，
绝不会就此罢休，
也不会等个三年五载。
他们定会卷土重来，
我们要做好充分准备，
祖先留下的塔拉斯故土，
绝不能让他们涉足半步。”

凯耐尼木智慧超人，
做了周密的部署。
他已吩咐巴克特拜与纳伦的六座城池，
要经常保持联络以取得消息。

向叶尔羌、和阗和喀什噶尔，
罗布泊还有阿热勒，
一直到别什巴勒克等地民众，
向玛纳斯城、巴里坤和土尔番，
还向阿尔泰的哈萨克人民，
发布了这样的通告：
“要提高警惕做好防备，
不要给我们提供帮助，
竭尽全力保全你们自己。

“伊犁河谷和确依确克，
玉曲卡尔克拉及卡帕勒要警惕，
来自遥远的康阿依，
还有邻近的卡勒玛克，
会从南方进犯你们，
会用马蹄踏平你们的土地。

“还有从西方来的，
呼罗珊、伊斯番和塔吉克，
节迪盖尔、芒格特、乌孙和唐格特，
也会和卡勒玛克纠集在一起，
妄想将阿拉什的六个部落瓜分。

“乌茹姆的柯尔克孜们，
还有阿斯屯巴勒丘陵中的柯尔克孜，
以及阿尔根、阿勒秦的柯尔克孜，
要保护好自己的民众，
切莫让人掠去牲畜；
要保护好自己的民众，
切莫枉送了性命。
所有阿拉什的后代，
对六位汗王的恶行都很清楚。”

在所有通知的地方，
都提到了六位汗王。
从东方到西方，
所有阿拉什都得到了消息。
从北方到南方，
所有柯尔克孜和哈萨克民众，
都十分警惕严阵以待。

按照凯耐尼木的指令，
阿拉什的民众全民行动，
众志成城保卫家园，
时刻准备歼灭来犯之敌。

节迪盖尔的喀拉阔孜，
来到克孜勒克孜面前，
摇唇鼓舌煽风点火：
“将整个世界来欺压，
柯尔克孜独霸了天下。
节迪盖尔、塔吉克和卡勒玛克，
伊斯番、芒格特和呼罗珊，
六位汗王携手联盟，
要将柯尔克孜惩罚。

“我们去了塔拉斯，
我们虽然前去宣战，
凯耐尼木自己并未出面，
却派出单枪匹马名叫阿斯勒巴恰的家伙。
他像凶神恶煞一样挡在路口，
将我们杀向塔拉斯的英雄，
一个个都打落马下。
在六位汗王之中，
没有一个能带头的人。

“巴克特拜又与他联手，
把我们从坎阔勒草原上，
脚不挨地地全部驱逐。

“呼罗珊、伊斯番和卡勒玛克，
本来拥有很多英雄好汉；
节迪盖尔、芒格特和塔吉克，
也有不少捣蛋鬼。
当我们前去进攻柯尔克孜时，
无一人能将他们抵抗。

“汗王阔克波热与卡勒德克，
不分昼夜与阿斯勒交战，
结果都难以取胜，

灰溜溜地败下阵来。

“面对十五岁的阿斯勒巴恰，
我们都感到十分惊讶。
无法对付这个阿斯勒巴恰，
我们晕头转向溃散而逃。

“虽然我们与柯尔克孜约定五年后再战，
但想三年内就将塔拉斯踏平。
我们六位汗王做出这样的决定，
盟誓之后才各自分手。

“除了你，克孜勒克孜，
我们还能去向谁诉苦？
以六位汗王的名义，
我喀拉阔孜来到你面前，
向你诉说我们的苦衷。

“黄脸死神凯耐尼木，
没有他未去过的地方。
不分男女与老少，
不论好坏与贵贱，
只要违抗他的命令，
都会被他残忍地斩杀。

“以居仁朵为首的魔法师，
西方的八大巨怪，
也未能将他征服，
都死在了他的刀下。

“大耳朵乔云阿勒普巨人，
铁大衣夏勒克玛特，
铜肚脐克克玛特，
康阿依的汗奇克台，
塔吉克的铁米尔别克，

呼罗珊的达比塔依，
伊斯番的阿恰汗，
芒格特的萨拉玛特，
在一场战斗中，
这八位一个不剩全被他斩杀。

“还有追随他的巴克特拜，
他们的关系十分亲密。

“赛依特胜过他父亲，
他曾单骑西征。
汗王苏莱玛特、喀拉朵巨人，
还有苏尔麦尔干的儿子苏克苏尔玛，
苏麦尔干的儿子苏克坦玛，
阿克木的儿子阿克朵巨人，
夏克木的儿子夏提凯，
卡勒别克的儿子卡勒恰汗，
这些英雄好汉，
统统在赛依特的手下送命。

“苏莱玛特的女儿克勒吉凯被他强娶为妻，
这还嫌少的赛依特，
又来到了节迪盖尔，
战胜了魔法无边的女魔法师，
逼迫她嫁给了凡人。

“嫁给凡人的女魔法师，
就会失去生育的能力，
女魔法师后继无人，
究其原因就是如此。
赛依特虽然英年早丧，
克勒吉凯却为他生育了两个男儿，
成为赛依特的后裔。

“赛依特的双胞胎，

长子叫阿斯勒巴恰，
次子叫别克巴恰，
这兄弟俩今日已经长大成人。
阿斯勒巴恰是一位举世无双的英雄，
别克巴恰据说也是力大无穷的勇士，
但是至今我们还未见到他的身影。

“阿斯勒巴恰目空一切傲慢无礼，
面对我们六位汗王的挑战，
他连理都没有理一下。
他把我们根本就不当人看，
在他眼里我们哪还有汗王的尊严。

“凯耐尼木如今依然健在，
在尘世间，在凡人之中，
他像奥波勒大山一般。
玛纳斯传下的后嗣，
一代比一代英勇，
一个比一个凶残。

“玛纳斯留下的遗物，
都是世间少有的神奇宝贝。
尤其是他留下的神秘武器，
可以杀伤世间万物。

“他那有名的阿克凯勒神枪，
还有那散朵轮火炮，
都是世上少有的锋利武器。
当我们围攻色尔城时，
他们朝着汗王卡勒德克放了一炮。
可怜汗王手下的四万人马，
只剩下了百余人，
其余全部被毁灭。

“赛依特还是一个贪得无厌的人，

他用魔法打开了海岛中的青色坟墓，
抢走了其中的宝石。”

当听说取走了宝石的时候，
克孜勒克孜面色时灰时黄，
瞬间变了数回。

这妖女此刻无法控制自己：
“世上从未有人去过，
也未曾有人能毁墓取得那宝石，
柯尔克孜是怎么获得的？

“世间一切魔法的根基就藏在那里，
他们如果毁墓取走宝石的话，
柯尔克孜将成为无法征服的人。

“我学了十五年的魔法，
我还认为自己是天下第一。
谁知柯尔克孜如此厉害，
我未曾耳闻也未曾目睹。

“喀拉阔孜你若专程而来，
我就跟随你前去，
柯尔克孜到底如何，
我要去亲自见识见识。

“我要去玛纳斯的陵墓，
让我寻得玛纳斯的墓穴，
让我找到他的尸骨，
抛尸于荒郊野外。

“喀拉阔孜，你给我听好了，
我曾与不少巨妖遭遇，
我将他们全部战胜。
我常与鬼魂生活在一起，

魔鬼与鬼魂的孪生兄弟，
跟在我身后服侍我，
双手贴胸为我服务。
为了保全性命，
他们只有向我摇尾乞怜。
如果不这样来待我，
谁还能逃出我的掌心?

“我若下到湖泊便是舟，
我若下到大海便是鱼。
我能把云彩当坐骑，
我能让晴天出现响雷闪电，
我能将任何人吓得魂飞魄散。

“我能让坚冰燃烧，
我能让流水变成乳汁，
我能让高峰变成平地，
我能让戈壁沙漠变成湖泊。
只要是我想到的，
想让它怎么变就怎么变。

“我非常了解玛纳斯，
他的确是星宿幸会之主，
对那方面我有些信心不足。

“来自契丹的阿勒曼别特，
他带来的那件贴身神衫，
后来被古里巧绕带走，
如今还在柯尔克孜人之中，
我对此感到有些不安。

“把它投进火里它不会燃烧，
不论采取何种办法，
都无法损毁神衫。
洪水冲不到它跟前，

无法将其主人冲走。
大山在它面前显得十分渺小，
大海在它面前也失去壮观。
世上所有的魔法，
都将让位于那件神衫。

“如果魔法对柯尔克孜不灵的话，
我想可能是这件宝贝发生了作用。
走吧，无论如何我得走一趟，
我自会想出一个对策和办法。”

克孜勒克孜的这番话，
给了喀拉阔孜一线希望。
在喀拉阔孜的眼前，
呈现出了一幅美好的图画，
这让他激动不已。
这时的喀拉阔孜，
已经是欣喜若狂，热血沸腾。

他想魔法无边的克孜勒克孜，
一定能战胜柯尔克孜。
他心中的忧愁即刻被驱散，
心儿也变得坚强如钢铁，
打败柯尔克孜的信心倍增，
复仇的决心更加坚定。

克孜勒克孜计算好了日子：
“喀拉阔孜快去通报，
告诉你的其他伙伴赴塔拉斯的日子，
我已经做出了决定。

“我会做好一切准备，
我神奇的魔法，
在塔拉斯的战场上，
你将会亲眼看见。”

他们起誓后约定好时间，
告别时握手言欢。
喀拉阔孜乐不可支，喜不自禁，
好似自己已赶到了塔拉斯，
好像已经打败了柯尔克孜。

他好像着了魔似的，
全身发烧不能自已，
心肺都要跳出胸口，
两个鼻孔翕动着，
手舞足蹈地喘着粗气。

他双脚不停地踢着马肚，
两条粗腿夹紧马肚，
衣摆呼啦啦地飘动着。

他一口气赶到家门口，
迫不及待地跳下马背，
向自己的谋士们，
滔滔不绝地炫耀着自己的功绩：
“克孜勒克孜已到手，
逞能的柯尔克孜人，
今天已是在劫难逃。
节迪盖尔已到复仇的时候，
自托勒托依以来的所有屈辱，
从此将永远成为过去。”

他兴奋得无法言语，
将自己此行的收获，
给所有汗王写成了书信，
向各部落派遣了信使。
他与各位汗王约定进兵的时间，
急不可耐地等待着会猎塔拉斯。
喀拉阔孜欣喜若狂，

激动得无法入眠。

从喀拉阔孜的信中，
汗王们得到消息，
立刻率领军马出发。

阿斯勒巴恰力拒众敌

对于败军不守信用的行动，
凯耐尼木早有预料，
他已经做好了迎敌的准备，
他让阿斯勒巴恰在中途迎敌。

阿斯勒巴恰来到塔特尔德，
正好与节迪盖尔的兵马相遇。
阿斯勒巴恰挺枪立马上前问话：
"喀拉阔孜汗王，
你率领数千兵马，
浩浩荡荡来到柯尔克孜草原，
你究竟想干什么，
请做出回答。

"本来约定的期限是五年，
你可有些心急，喀拉阔孜，
你如此失言到底为何？
为了使你毫无遗憾，
我给了你机会和尊严。
如果你要去什么地方，
快说明理由和方向，
你若是为了捣乱，
切莫隐瞒快讲出实话！"

喀拉阔孜进入柯尔克孜草原，
距克孜勒克孜所定的期限，
还剩下八天的时间。
面对阿斯勒巴恰的质问，
呆头呆脑的喀拉阔孜愣了片刻，

才抬起头来做出回答：
“众汗王率领千军万马，
还有天下无敌的女魔法师，
马上就要踏平柯尔克孜草原。
你这个不知死活的傻孩子，
竟然还单枪匹马在这里溜达。
你不快去准备还待着干啥？
我想干什么就干什么，
这一次可由不得你们！

“凯耐尼木是你的爷爷，
我要让他离开这个世界，
我要毁掉凯耐尼木的名誉和一切。
我要摧毁玛纳斯的陵墓，
我要捣毁你们的色尔城。
我要展示自己的本领，
我要让你的塔拉斯变成戈壁。

“我要将柯尔克孜的诺奥依部落，
不分男女老少，
一个不剩斩尽杀绝！
听清我说的话，
我要让你们尝尝我的厉害！”

面对喀拉阔孜的疯狂叫嚷，
高贵的雄狮阿斯勒，
轻蔑地昂首大笑：
“喀拉阔孜，你这个不知天高地厚的狂徒，
你真是在做白日梦，
你以为自己已占据和统治了这个虚伪的世界。

“你可要记住你说的话，
你等着我将如何对付你。
六个汗王，再加上你们的全部人马，
还有你们请来的那个妖女，

我会将你们所有的人彻底歼灭。

“我不会先杀死你，
我要让你亲自观赏，
你们挑起的这场战争，
会有怎么样的结果。
当只留下你一个人时，
我才会跟你说话。”

听了英雄严厉的警告，
喀拉阔孜毛骨悚然。
恼羞成怒的喀拉阔孜，
气急败坏地挥枪上阵。
他不顾生死地猛扑过来，
吼声震裂了山石。

男子汉阿斯勒用矛枪轻轻一挡，
只听噼里啪啦一阵响，
喀拉阔孜的矛枪断成了几截。
男子汉立在原地纹丝不动，
也没有急着向对手刺出矛枪。

喀拉阔孜却急急忙忙，
将战斧顺势提在了手上，
比初次的回合更加疯狂，
咆哮如雷更加嚣张。
他呼喊着“节迪盖尔”的口号，
冲上来抡起了战斧。

早有防备的男子汉，
对准对手的肘部猛击一枪，
喀拉阔孜手中的战斧，
飞向天空不知去向。

喀拉阔孜实在无奈，

又从鞘中抽出了长刀。
他发出刺耳的吼声，
对准阿斯勒巴恰猛劈了一刀。

当长刀就要逼近阿斯勒时，
当刀刃就要砍向他的膝盖时，
训练有素的阿斯勒男子汉，
此时绝不会不动手抵抗。

他对准那执刀的手腕，
从下往上用枪猛地一磕，
腕骨应声被击碎，
手腕顷刻已经折断。
喀拉阔孜刹那间感到，
自己的死期已经逼近。

阿斯勒眉头一皱厉声吼道：
“我从来不会说假话，
喀拉阔孜，快滚！”
喀拉阔孜顿时缩起了头，
不知羞耻地拍马而去。

就在这刹那间，
呼罗珊和伊斯番的汗王率领着千军万马，
突然来到了阿斯勒面前。
铁铁和萨拉四处招募，
带来无数个无敌大力士。
有十个不怕死的大力士，
怒吼着冲杀而来。
他们踩踏着大地，
从十个方向朝着阿斯勒，
势不可挡地猛扑过来。

面对冲杀而来的十个大汉，
阿斯勒无丝毫的畏惧。

面对十把挥向他的大刀，
少年阿斯勒像捉迷藏一样，
朝这边一闪，
朝那边一躲，
寻找着下手的机会。

他瞅准了机会，
将阿其阿勒巴尔斯神刀轻轻一挥，
只见一道寒光闪过，
十个大汉已全部被撂倒。
没有砍头的痕迹，
没有破膛的刀口，
躺在地上的十个大汉，
就这样丢掉了性命。

在伊斯番的大军中，
有一群牵着大象的勇士。
你可要知道这些大象的厉害，
比蛇还能缠绕的鼻子上，
缠着肠子一样粗的铁刺。

在缠绕的铁刺中间，
固定着锋利的矛尖。
在铁刺的一端，
是像战斧一样的利器，
有锋利的刃，
还有厚实的背。
在铁刺的另一端，
是一个寒光四射的大砍刀。

经过战场的锻炼和洗礼，
这群大象已具有很强的杀伤力。
这群大象随着主人来到战场，
主人把阿斯勒指给它们，
顺手撒开了它们的缰绳。

弓着隆起的脊梁，
摇摆着短短的尾巴，
蹄掌足有肉盆般大，
踏在地上噼噼啪啪。
将长鼻上的铁制利器，
像长矛般挥舞着，
一群大象呼啸着猛冲过来。

阿斯勒好奇地看着，
这群训练有素的巨象。
当看见那无数根铁矛，
全部向他刺来之时，
他即刻提起战斧严阵以待。

当铁矛逼近自己的刹那，
英雄阿斯勒挥斧向象群砍去。
经不起战斧的打击，
安在大象长鼻上的铁器，
不知已经迸到了何处，
大象便掉头往回逃去。

阿斯勒心想，
就这样放跑了会前功尽弃。
他怒吼着挥舞长矛，
追赶逃窜的象群。
碰到英雄矛枪的大象，
就像崩塌的山峰，
一头头摇晃着倒塌，
将头扎进了泥土里。

用长枪刺倒大象，
这样的男子汉谁见过？
只有呼罗珊、伊斯番和节迪盖尔，
群聚的人马亲眼看见。

军营中无人再敢上阵，
大军被堵在了路口。

呼罗珊、伊斯番和节迪盖尔人，
人人胆战心惊全身发抖，
龟缩在一堆不敢有任何行动。
人马被截在了途中，
没有人敢迈出一步，
大路都被堵得水泄不通。

就在这慌乱之间，
从西面扬起滚滚尘埃，
尘土飞扬酷似浓烟，
突然又闪现飘扬的战旗，
群山崩裂大地在摇晃。

喇叭声响彻云霄，
噼噼啪啪枪声不断，
咚咚的鼓声震荡，
铜锣声响彻云霄，
大地顿时一片喧嚣。

骏马喘着粗气腾跃，
战马的尾巴在呼呼飘。
长矛在手中呼啸，
战刀在腰间闪耀，
月牙斧在身边铛铛作响。
大地被扯裂在震摇，
手执的黑色战旗迎风招展，
芒格特的卡勒德克已赶到。

“阿牢开与空吾尔巴依，
我非要胜过他们不可。”
一心想超越前辈的卡勒德克，
面对阵前挺立的阿斯勒，

心中毫无退缩的念头。

汗王卡勒德克赶来一瞧，
地上躺倒着十个大汉，
还有大山般倒塌的大象。
满地流淌着鲜血，
伊斯番士兵的尸体横卧在地上。

在汗王卡勒德克军营中，
有个叫卡勒达浪的莽汉。
他是一座城的君王，
面对眼前的情景，
扬言非杀了阿斯勒不可。

他狂傲地叫嚷：
"柯尔克孜人能有多大能耐，
这个年龄还不到二十岁的毛孩，
竟敢在这里逞凶发狂，
现在我可要成为他的克星。"

卡勒达浪三十出头，嗓门出奇。
他有一副威严的面孔，
敢与卡勒德克并肩同行。

同他交锋的任何对手，
都会被他击落到地上。
他有一颗毒辣的心，
同谁交手定要溅血，
同谁较量定要夺命。

遭苍天惩罚的卡勒达浪，
死神揪着他的衣领来到战场。
无法克制自己的莽汉喊：
"快过来，汗王卡勒德克。"
他向卡勒德克挥了挥马鞭，

卡勒德克便来到他身边。

卡勒达浪在原地把头高仰，
蠢蠢欲动好似已经疯狂，
面色忽青忽白变化无常。

“你为何要把我呼唤？”
卡勒德克有点不快地跟他搭腔。
“那立在前方的是哪位强汉？
他已夺去数十人的性命，
又杀死了大山般的大象。
目睹着这眼前的一切，
我实难容忍，卡勒德克汗王，
在这战场我无法平静安详！”
卡勒达浪愤愤地说。

这时卡勒德克开口答道：
“当时我们向凯耐尼木，
保证过五年的期限，
今年刚刚过了三年。

“我们组织了大军招兵买马，
我们早已废弃了当时的诺言，
心想将柯尔克孜尽情劫掠，
为此匆忙上路向塔拉斯进发。

“呼罗珊、伊斯番和节迪盖尔，
都比我们先赶到这里，
违约又失言前去进犯，
哪知柯尔克孜人早已知道得一清二楚。

“那站在对面的家伙，
就是叫阿斯勒的男子汉。
那横七竖八躺在地上的大力士，
那大山般倒地的大象，

就是在他的刀下丧生。

“他孤身一人没有伙伴，
他的个性就是独来独往。
他好像是出来巡防各处，
在此遭遇了我们的人马，
看来是想将我们全部歼灭。

“我们先去听听喀拉阔孜怎样讲，
让他详尽地来描述战况，
然后我们再想对策和办法。”
汗王卡勒德克把话讲完，
便将喀拉阔孜呼唤。

“快过来！”他把手一扬，
铁铁、萨拉和喀拉阔孜，
缩头缩脚战战兢兢，
来到了汗王卡勒德克身旁。

他们不知如何开口讲，
目瞪口呆互相张望。
看到比卡勒德克汗王，
高大几倍的卡勒达浪巨人，
他们都不知所措有些紧张。

汗王卡勒德克愤然嚷道：
“喀拉阔孜，你来讲吧！
你说已请来了克孜勒克孜姑娘，
怎么还不见她的身影？

“呼罗珊和伊斯番你们都在场，
是谁杀死了那些男子汉，
是谁砍倒了那些大象，
我在问，答案由你们来讲。

"萨然加与阔克波热何时才到，
喀拉阔孜你知道吗？
通知我们的时候，
你是否给他们也送去了信？"
汗王卡勒德克如此追根究底。

节迪盖尔的喀拉阔孜，
十分委屈地这样讲：
"我去过克孜勒克孜住的地方，
我同她约定好了时间，
我得到克孜勒克孜的承诺，
我才通知了你们各方。

"克孜勒克孜要来的时间，
我估计还差六天。
萨然加与阔克波热，
我想今明两天就可抵达。

"听说塔特尔德土地荒芜，
我选择了在这里会合，
我想他们也定会来这里。

"汗王卡勒德克，
我先来这里等着你，
心想烧着奶茶，宰杀骒马，
在此隆重地迎候你。

"在呼罗珊和伊斯番人中，
已经有十位大力士战死。
他们并没有单独上阵，
他们十个一齐上了阵。
阿斯勒只轻轻挥了一下战刀，
这十人就被并排撂倒在地，
他们的油脂浸染了大地。

“伊斯番人驱赶着赤色大象，
像湖水般汹涌向前。
谁知柯尔克孜的阿斯勒少年，
只是轻轻挥了一下色尔矛枪，
排山倒海般涌动的象群，
被毫不费力地掀翻在眼前。
谁见过这般屈辱和灾难？”

喀拉阔孜讲到这里，便愁眉苦脸痛哭流涕，
见此情景，
来自芒格特的卡勒达浪怒目圆睁，大叫大嚷：
“你称阿斯勒是英雄好汉，
我将不回头，直奔沙场，
与他一比高下。
你说他是威严凶猛的好汉，
我要去和他交手激战。
你称他是英雄少年，
我偏要去和他搏杀较量。
我要将他生擒活捉，
我要将他押到塔拉斯，
让凯耐尼木老儿，
亲眼看一看他的孙子如何惨死在他面前。
让目睹者永世不忘，
让耳闻者心惊胆寒。”

卡勒达浪如此狂呼乱叫，
让铁铁、萨拉和喀拉阔孜，
还有在场的众位勇士，
如雷贯耳全身打战。

卡勒达浪拍马直奔战场，
就像暴风骤雨席卷大地。
他全身冒火就像凶神恶煞，
满脸溅洒的热汗就像倾盆大雨一般。

当见到扑来的卡勒达浪，
阿斯勒更加精神焕发，
面目如同蛟龙般冷峻。
他的冷酷好似凛冽的寒风，
他要将燃烧着邪火的顽敌，
冻成一块永不融化的坚冰。

英雄少年阿斯勒，
面对着千军万马的强敌，
心中燃烧着熊熊烈火，
双眼喷射着仇恨的火光，
他要把强敌燃烧成灰烬。

面对少年镇定自若的神情，
卡勒达浪越发恼怒，
他不顾生死直冲而上。
他高呼着巴迪阔勒的威名，
锋利的长矛执在手上，
胯下乘骑健壮的战马，
张着大嘴向前猛冲。

当卡勒达浪的矛枪直刺胸前之际，
少年英雄不慌不忙，
他高呼起玛纳斯的威名，
气势顷刻压倒了对方。
他挡住刺来的矛枪，
回手向对手刺出一枪。

卡勒达浪也是条强汉，
他训练有素久经沙场。
两虎相争互不相让，
谁也不吝惜自己的生命。
他俩你来我往斗了一个又一个回合，
无数次把招数变换。

阿斯勒与卡勒达浪，
寻机攻击对方的致命之处。
从白天战到了夜晚，
两人越战越勇无一丝倦怠。

兵刃相击，
撞击声震耳欲聋。
月牙战斧的后背，
砸在头盔上叮叮当当；
胸前的护心镜，
被枪击得噼噼啪啪。

腰带早已被扯断，
战袍从纽扣处撕裂。
用铁丝编织的战甲，
也被撕扯成碎片。

英雄少年阿斯勒，
上身穿库略阔内衣，
下身穿着康达噶依裤，
胸前佩戴护心镜。
他外套的奥勒波克战袍，
矛尖刺不进，
战斧砍不破，
枪弹射不透。

雄狮的后代阿斯勒巴恰，
挥动战斧不断发起猛烈进攻。
在眨眼的刹那，
阿斯勒少年青鬃狼，
一连击打了六十下。
卡勒达浪的盾牌，
早已被击得稀巴烂。

此时卡勒达浪已全身发软，

完全失去抵挡的能耐，
心想自己的命已难保。
他将战斧担在鞍鞒上，
弯腰平衡身子力图恢复体力。

此时心明眼亮的阿斯勒巴恰发现，
卡勒达浪的战甲的后摆，
已高高地撩了起来，
他想，这正是难得的刺杀机会。

他双手紧攥着矛枪，
用双脚猛踢玛依托茹骏马，
朝着那撩起来的衣摆，
用力猛刺出了一枪。

枪尖穿过脊椎，
直捅在了卡勒达浪的心脏上。
巨大的卡勒达浪，
从马背滚落在地上，
一头扎进了泥土里。

卡勒达浪的兄弟阔尔同，
见到同胞被杀忍无可忍，
朝英雄阿斯勒猛扑过来，
挥舞着矛枪左右进攻。

面对凶猛的芒格特人，
少年猛虎阿斯勒，
充分发挥横扫千军的威力。
他将矛枪轻轻一挥，
几个大山般穷凶极恶的强敌，
陪伴卡勒达浪躺在大地上。
接连冲来的十二名敌将，
皆被刺翻于马下。

呼罗珊和伊斯番，
还有节迪盖尔和芒格特四个部落，
已不知道东南西北，
对前途命运感到绝望。
能上阵的已被杀光，
再没有敢上阵独战的勇将。
四个部落的人马龟缩在一起，
没有一人敢上前靠近阿斯勒。

让这受阻的四位汗王，
先在这里抱头哀叹吧！
我们再看一看他们的同盟军，
萨然加和阔克波热这两位汗王当前的情形。

阿斯勒巴恰大战卡勒玛克联军

四位汗王魂飞魄散，
抱头叹息想不出脱身之计。
他们急切地等待着，
萨然加和阔克波热前来救援。

卡勒玛克的汗王萨然加，
从柯尔克孜逃回家，
不遗余力扩军备战，
竭尽全力招募兵勇。
三年中已在所统辖的部落中，
聚集了六万人马，
时刻准备着将柯尔克孜部践踏。

萨然加从喀拉阔孜那里，
得知魔女克孜勒克孜已同意加盟，
以及确切的进军时日后，
聚集了六十名大力士和谋士，
率领六万人马的大军，
浩浩荡荡地向塔拉斯进发。

得知有人正在途中埋伏，
他们便绕过西伯利亚，
朝着节提苏流域，
向节迪盖尔的领地进发。
大军在塔特尔德，
与四位受困的汗王相遇。

萨然加放眼望去，
横尸遍野惨不忍睹，

大象的尸体在大地上隆起，
地上躺着一个个强汉。
前面有一位男子汉挡住去路，
是横枪勒马的阿斯勒少年。

铁铁和萨拉，
卡勒德克与喀拉阔孜，
四位汗王与几万大军，
惊魂未定地紧紧缩成一团。

萨然加见此惨景，
心中燃起了无边怒火，
他即刻下达了作战的命令。
卡勒玛克的一名大力士，
忽然闪电般飞驰上阵。

此人两个腮帮突起，
面颊两侧长满厚厚的杂毛，
足足能擀一双毡袜。
双腿似两个铁墩又粗又壮，
身材又高又大，
恶棍的体貌就是这样。

他面目狰狞好似吃人的夜叉，
他就像一只疯狂的野兽，
从丛林中突然冲出。
他大呼小叫嗓音沙哑，
有着夺命的气焰。

他背着阿兰革尔弓箭，
与他交手的对手，
好像遇到死神一般，
无一人能够生还。
他骑射技法娴熟，
徒步战术非凡，

在卡勒玛克中大有名气，
他的名字叫巴达拉。

他策马驰骋独自冲向战场，
好像一座大山在移动。
他目空一切不可一世，
面带一丝轻蔑的笑容。
他挥矛驰马飞速奔来，
那凶猛的气势，
就像洪峰倾泻倒海翻江。

繁衍生息于大地的生灵，
都被这头野兽惊吓，
千万只眼睛惊恐地看着他狰狞的面孔。

他又宽又扁的面颊，
就像盛肉的木盆一样大。
他满头黑发就像马鬃一样，
又好似蓬乱的乌云压在头顶。
他隆起的眉头像山崖，
两颗眼珠突出在外，
就像刚结出的生瓜蛋，
双眼喷射着邪恶的火花。

他大腿肌肉像吊着几袋皮囊，
一对胸肌驴头般巨大，
胳膊上的肌肉，
就同两岁的孩童一样大。
就是有数千人马冲来，
他照样镇定自若从容拼杀。

他肋骨上可以赛骆驼，
肩膀上可以赛马。
那宽大坚实的肩胛，
足有攻王宫的游戏场那样大。

当巴达拉看到阿斯勒的身影，
两眼淌着仇恨的鲜血。
他鞭打胯下的骏马，
挥舞手中的长枪，
发出雷鸣般的声响。

阵前排列的兵马，
顿时惊恐不安吵吵嚷嚷，
士兵们像惊弓之鸟魂飞天外，
有不少人哗啦啦地尿湿裤裆。

沉重的马蹄，
踩得大地不停地震荡。
巴达拉飞马驰向阿斯勒，
恨不能将少年一口吞下。

捣蛋鬼阿斯勒少年英雄，
是天下无敌的雄狮，
将眼前这个跳梁小丑，
视作落在身边的一只跳蚤，
根本不把他放在眼里。

他横马立在一边观望，
不惊不诧，泰然自若。
他是白毡帽柯尔克孜的精英，
是上苍造就了他这样的英雄。

巴达拉疯狂至极狂呼乱叫，
高呼着冲杀的口号，
口中喷溅着白沫，
向阿斯勒刺出了长矛。

面对巴达拉刺来的矛枪，
英雄阿斯勒用月牙战斧轻轻一挡，

长矛断成几截飞向空中。

恼羞成怒的巴达拉，
怒气冲天更加疯狂。
他眉头耷拉着有一拃长，
立刻变换了战术。
他抡起千斤重的大铁锤，
奋力向阿斯勒头上砸去。

阿斯勒男子汉忽地闪过，
躲过了砸下的铁锤。
那只落下的铁锤，
击中毡房一般大的岩石，
发出巨大的声响，
碎石块呼啸着，
向天空飞迸而去。

阿斯勒重新抡起战斧，
向着对方砍去。
击断长矛的战斧，
砍中了巴达拉的胳膊肘。
阿斯勒的气力能轻得了吗？
巴达拉的一条胳膊顿时从肩头断裂。

失去右臂的巴达拉更加凶猛，
他伸出左臂猛冲而上，
一把抓住了阿斯勒的衣领。

对于巴达拉的疯狂举动，
年轻的猛虎阿斯勒顿时怒火万丈。
他抓住巴达拉的手腕用力猛地一拽，
将那条好胳膊从肩头硬生生扯了下来。
巴达拉翻身滚下了马鞍，
一头栽倒在地上，
浑身缩成一团。

为了讨还巴达拉的血债，
又一条好汉狂吼着冲出。
多少年以来，
卡勒玛克人积蓄实力，
豢养了不少巨人和大力士。
每年四处征战不休，
卡勒玛克的壮士不断死亡，
没剩下几个几乎快死光。

力大无比的阿斯勒烈豹，
高喊着玛纳斯的威名，
用枪杆上的锋刃，
把呼啸而来的卡勒玛克人，
刺翻在了沙场。

卡勒玛克人并未就此罢休，
又杀出一条莽汉。
雄狮阿斯勒抛下长枪，
用战斧砍向他的脑袋，
手起斧落莽汉一命呜呼。

卡勒玛克人又冲出一条大汉，
阿斯勒用宝刀结果了他。
几位卡勒玛克勇士同时上阵，
阿斯勒用铁锤向他们头上击去。
所有上阵的大力士纷纷倒地，
没有一个活着逃脱。

从卡勒玛克的阵营中，
又冲杀出十五员大将。
凯耐尼木的九十天训练，
爷爷的教诲铭记在心头。
阿斯勒挥动着那杆神枪，
一枪刺倒了十个，

以此震慑敌人。
活着的五个人，
龇牙咧嘴号啕着，
抱着马鞭四处奔逃。

阿斯勒策马奔驰，
追击那逃跑的人。
死神揪扯着衣领，
让他们眼睁睁地枉送了性命。

卡勒玛克的汗王恼羞成怒，
精选了四十名大力士，
给他们下了死命令，
只许前进，不许后退，
死也要阿斯勒巴恰相陪。

四十名大力士高举着长把大刀，
吼叫着向英雄少年冲去。
大刀闪着寒光，
吼声震裂山石。

四十名大力士一拥而上，
柯尔克孜精英雄狮阿斯勒巴恰，
哪能将他们放过。
他纵马闯入四十人之中，
挥舞着战刀左劈右砍。
顷刻之间，
四十名大力士都倒在地上。

眼看着卡勒玛克人的德行，
康阿依人感到了耻辱。
以赛帕为首的五百名壮士，
潮水般涌来。

康阿依人咆哮的冲杀声震荡着群山，

百名弓箭手张弓射箭，
箭羽像雨点般落下。
百名矛枪手挥矛冲锋，
百名强汉抡着长刀，
百名壮士高举着铁锤，
五百名勇士将少年英雄团团围住。
赛帕挥动大刀在后面督阵，
一心要把柯尔克孜夷为平地。

阿斯勒从肩头取下强弓，
朝着那举锤扑来的群敌，
不断地张弓怒射。

成千上万的康阿依人，
潮水般向少年英雄涌来。
英雄少年阿斯勒巴恰，
从容面对不慌不忙。
举锤的全部莽汉，
被他一个个射倒在地。
大铁锤像甜瓜一样，
摆满了一地。

阿斯勒有的是力气和本领，
他手提长刀怒吼着松开了马缰，
又朝举着战斧的群敌冲去。
为了阻止阿斯勒靠近，
康阿依的几百名弓箭手，
同时向英雄射出了箭羽。
闪光的箭镞像狂风暴雨向英雄飞来。

阿斯勒对此不屑一顾，
他与飞来的箭羽赛跑，
提前杀入战斧手阵中。
被自己人的箭羽射中，
战斧手全部被撂倒。

少年精英阿斯勒吼声如雷，
他手提战刀驱策玛依托茹快马，
径直杀入一排排手执长枪的敌人中。

无数根长矛一齐向阿斯勒刺来，
寒光闪闪杀气腾腾。
少年英雄将战刀轻轻一挥，
将四五十个长矛手砍倒。
剩下的康阿依执矛者，
不幸被自己的箭羽击中丧命。

少年勇士阿斯勒，
胸前挂着银色的护心镜，
身后背着铁制的盾牌，
赤铜的头盔有三层，
牢牢地扣在头上。
上身穿着刀枪不入的铠甲，
外罩银光闪耀的战袍。
下身穿着康达噶依神裤，
膝头还套着护甲。
黑铁铸造的卡勒德尔罕[1]，
挂在英雄的马镫上。

[1] 卡勒德尔罕，一种护腿名称。

扬鬃仰首的玛依托茹骏马，
浑身也包裹加厚的皮革马衣。
除了它的铁蹄外，
其他地方都用银扣紧扣着。
阿斯勒用贵重的马衣，
把心爱的战马来保护。
胸腹上戴着银扣护胸，
用马脖套保护马鬃，
为了防止尘土和风沙，
战马戴着苏尔麻护目镜。
从那个时期开始，

勇士的护目镜叫作萨拉普恰，
骏马的护目镜叫作苏尔麻，
一直流传到如今。

康阿依的射箭手们，
从正面向阿斯勒猛射，
没有射到阿斯勒身上，
倒是射到了玛依托茹骏马身上。
射在马甲上的利箭反弹回去，
反射死了不少执长矛的家伙，
也射杀了他们胯下的战马。

乘马来的家伙们，
被阿斯勒挥枪刺下了马背。
狂傲的长枪手们，
转眼间都败在了少年英雄的手下。

赛帕率领的大刀手，
有一百个又杀出阵来。
阿斯勒抛下手中的矛枪，
从鞘中抽出了战刀。
看到高高举起的战刀，
赛帕的百名壮士，
哭喊着抱头逃命，
没有一个留下。

阿斯勒将战刀插入鞘中，
挥舞着长矛，
骑乘着玛依托茹骏马，
即刻闯入敌群里，
瞬间将赛帕刺翻马下。

萨然加看到这种情形，
气急败坏地大声喊叫着：
“不管是索伦还是席别，

还有卡勒玛克和康阿依人，
一个也不能留下，
你们全部冲上阵去，
将疯狂的阿斯勒捕杀！
不论他有多么厉害，
也要给我把他拿下！”

四个部落的士兵蜂拥而上，
像蚂蚁般密密麻麻，
像甲虫般密密匝匝。
面对这六万人马，
阿斯勒单枪匹马沉着迎战，
咆哮着杀入了敌群。

愤怒的雄狮阿斯勒，
一个人孤军激战，
在六万人马的敌阵中，
所向披靡，势如破竹。
在蜂拥而来的千军万马中，
阿斯勒巴恰挥动战刀，
将成群结队的强敌，
杀了个人仰马翻。
一群群围上来的敌人，
像钐镰下的野草一样，
成片成片地倒在地上。

纵马扬鞭的阿斯勒巴恰，
如入无人之地任意驰骋。
他的马蹄所到之处，
让长枪手落荒而逃，
让执斧者号啕大哭，
让执刀者横躺一片，
让披甲者片甲不留，
让戴盔者头盔滚落。

身穿青色铠甲的将军们，
高傲逞强的勇士们，
看到阿斯勒巴恰的身影，
趴在地上浑身打战；
听到阿斯勒巴恰银枪飞舞的呼啸声，
紧抱着马鞍不敢睁眼。
惊慌失措的卡勒玛克联军，
好像衣领已被死神揪住，
等待着死亡的降临。

满天的尘埃笼罩着大地，
遮天蔽日不见一丝阳光。
兵败如山倒的卡勒玛克联军，
像潮水般涌来，又像潮水般退去。
溃逃中互相踩踏，
不知有多少人死在同伙的马蹄之下。

铁铁、萨拉和喀拉阔孜，
萨然加和卡勒德克，
惊慌失措，束手无策，
晕头转向，四肢麻木，
浑身僵硬，头脑痴呆，
傻愣着毫无计策。

看到少年阿斯勒耀武扬威飞扬跋扈，
将卡勒玛克联军像羊群一样驱赶；
看到自己三年来招募的六万大军，
顷刻之间就一败涂地化为乌有，
萨然加肝胆欲裂，低头痛哭：
“我真是鬼迷心窍晕头晕脑，
我为何踏上柯尔克孜的土地？！”

他又恨又恼只求神灵保佑：
“我的天神啊，祈求您宽宥，
快来救救我吧，苍天！”

萨然加在一边祈祷时，
铁铁、萨拉和喀拉阔孜，
汗王卡勒德克都愣在一旁，
他们心慌意乱不知道该咋办。

突然狂飙席卷大地，
晴空万里阳光普照。
喇叭号角齐鸣，
喧嚣声震耳欲聋。
碎石被震碎成飞沙，
沙尘满天飞扬，
石块在天空呼啸着飞翔。

塔吉克的阔克波热率军赶到，
大地被踩踏得在震颤，
战旗与彩旗迎风飘展。
众多人马像甲虫般密密麻麻，
一层又一层大地都盛不下。
阔克波热汗王到此会合，
五位汗王各说各的苦衷叽叽喳喳。

塔吉克的阔克波热，
低头看见遍地的死尸，
抬头望见阿斯勒挺枪跃马横行无阻。
他歇斯底里地大喊大叫：
“你在哪里，卡勒德克？
你还傻愣着干什么？
萨然加切莫全军覆没，
别被人家连根铲除！
铁铁、萨拉和喀拉阔孜，
你们屡战屡败让人寒心！
为了喀拉柯尔克孜的土地，
看来我们已经倒霉透顶！

“在这世间凡夫俗子之中，

再没有人比凯耐尼木更加残暴和凶猛。
他一人能敌千军万马，
可他还没有上阵，
我们怎么就败得如此狼狈！

“看来阿斯勒也绝非等闲之辈，
他穿着奥勒波克战袍耀武扬威，
这钢铁般的战袍却轻如羽翼。
他手执圆头带尖的神枪，
神情自若地独来独往。
那件神奇的战袍，
当年为给玛纳斯雄狮穿戴，
由智慧过人的卡妮凯亲自缝制。
这件神秘的战袍，
其中的奥妙除了她谁能知道？
可惜啊，世间心灵手巧的女人，
皆被柯尔克孜人强娶。

“还有那黑色发亮的布料，
是由卡妮凯和阿茹凯亲自纺织。
卡妮凯用它和洁白的羊毛毡，
缝制成了举世闻名的白毡帽。
这些衣帽和布料，
都是她们留下的无价之宝。

“柯尔克孜人将往日的阔托略克，
改名为塔拉斯，
此地也同时名扬世界。
空吾尔巴依多次将塔拉斯侵犯，
不但未能占领这块土地，
反而搭上了自己的性命。

“玛纳斯与阿勒曼别特联手，
筑起了坚固的色尔王城。
卡妮凯施展才智艰辛劳作，

陵墓建得非常牢固，
已经过了一个世纪的时间，
没有一处坍塌。

“阿依曲莱克能在天空飞翔，
充满智慧胜过所有人，
英雄赛麦台依，
迎娶了这个神奇的女人。

“男子汉玛纳斯，
出自喀拉柯尔克孜，
谁还能从他的魔掌逃脱?
别人都不敢进犯别依京城，
玛纳斯却敢去征伐。

“面对玛纳斯的后代们，
我们前来侵犯他们。
被人们称作女中强人的妖女克孜勒克孜，
这次能否应邀前来帮助我们?
当年库娅勒被人们称作女中强人，
她来到塔拉斯嫁给了赛依铁克，
民间传颂着她的传奇。

“如果克孜勒克孜来到这里，
她是否也会爱上柯尔克孜中的一个，
她是否也会嫁给柯尔克孜?
如果她嫁给了柯尔克孜，
我们便成了她的敌人。
我们不仅得不到她的帮助，
还会引火烧身!

“对此我们要有充分的准备，
如果克孜勒克孜到来，
我们要对她严密控制，
让她死心塌地地为我们效劳。

妖女如果卖力地帮助我们，
就会将柯尔克孜人打败，
给我们出口恶气。

“我们首先要擒拿恶鬼阿斯勒，
眼下他正在疯狂地屠杀康阿依人，
他要将我们一个不剩地全部杀光。

“快发出休战的要求，
让这个凶神停止屠杀。
如果再放任他一天，
康阿依人一个也剩不了。
克孜勒克孜近日就要到了，
到那时我们再想办法。”

阔克波热越说越愤慨，
当即提出了暂时休战的请求。
宽宏大量的阿斯勒英雄，
痛快地接受了对方的请求。
仁慈的柯尔克孜汗王，
本来就不想杀害已无战斗力的败兵。
阿斯勒巴恰勒马离开了敌群，
卡勒玛克残兵慌忙撤回军营。

来自远方的六位汗王，
聚集在一起七嘴八舌地协商，
各自道出了自己的想法。
六部联军要有统一的首领，
大家推举汗王卡勒德克作为全军的统领。
阔克波热成为汗王卡勒德克的谋士，
听命汗王卡勒德克的指令。

统领卡勒德克发布了第一号命令：
“让我们再等两天，
看克孜勒克孜是否会到。

如果克孜勒克孜能按时赶到，
柯尔克孜人将陷入无法摆脱的困境。
我们先等候克孜勒克孜的消息，
然后一同向塔拉斯前进！”

让我们先放下这段，
从克孜勒克孜施展魔法，
如何对柯尔克孜人造成灾难唱起。

克孜勒克孜

滥施魔法

造成灾难

阿斯勒巴恰与克孜勒克孜魔女斗法

听信喀拉阔孜的谎言，
克孜勒克孜喜笑颜开，
决定亲自前往塔拉斯参战。
青色坟墓里的神秘宝石，
听说被柯尔克孜人独占，
是否他们的招数天下无敌？
她心中猜疑又提心吊胆：
“居仁朵巨妖在世时，
所有的魔法被凯耐尼木破解，
魔法师们的处境变得异常艰难。”

克孜勒克孜在深思熟虑后，
预测着这次要去的地点。
她沿着塔勒都河流，
在空中直向那里飞翔。
魔法师自由翱翔于蓝天，
穿越在朵朵白云之间。

克孜勒克孜遨游于蓝天，
径直飞往塔拉斯。
她从高空俯瞰大地，
玛纳斯的陵墓就在眼前。
面对青鬃狼玛纳斯的陵墓，
她畏惧英雄的英灵，心惊胆战。

“英雄玛纳斯意志坚强，
他的坟墓被称作圣陵，
无人敢去冒犯，
多少年来人们都这样盛传。

别人的传说是真还是假，
我下定决心要亲自去察看。
我要从它的尖顶上面飞过，
这样才能在世人面前显示我的威严。”

克孜勒克孜心中这样想着，
呼啦啦地扇动着翅膀，
鼓足勇气直扑圣陵的顶端。
忽然，高傲逞强的克孜勒克孜，
感到头晕目眩翅膀发软。
似乎有一堵金色的墙壁，
挡在了她的面前，
又好像有万枝箭镞，
要将她的心脏射穿。

失魂落魄的克孜勒克孜惊慌失措，
赶紧压低翅膀绕道而行。
逃离了玛纳斯的陵园，
她朝着托尔特阔勒湖的下游飞行，
落在了花园的旁边。

她慢慢来到凉亭下面，
仔细地四下观察窥探。
眼前的一切都让她迷茫，
捉摸不透的大千世界，
谁知会发生什么样的情况？
她越想越感到不可思议，
开始动用意念制造幻境，
越看越感到惊慌。

她心惊肉跳地准备离去，
刚飞向空中却望见了阿斯勒巴恰。
不安分守己的克孜勒克孜，
她又想试一试这位英雄少年的胆量。

她变幻出十二颗冒着火焰的脑袋，
长出四十条胳膊。
十二颗头上长满了闪光的火眼，
口中喷吐着烈焰，
两腿间鲜血飞溅，
全身上下燃烧着火焰，
她突然出现在阿斯勒的面前。
她这样恐怖的形象，
谁见了都会绝望地闭上眼。

毫不顾忌性命的阿斯勒，
身经百战，英雄虎胆。
他瞟了一眼这个怪物，
毫不畏惧地上前迎战。

克孜勒克孜喷吐了一口火焰，
大地上顿时火光冲天。
塔勒都河沿岸的森林，
顷刻间化为灰烬。

无论她如何喷吐火焰，
阿斯勒却毫发无损。
她将腿间流淌的鲜血，
化作洪峰汹涌向前。
鲜血流不到少年英雄跟前，
凝固在途中不能向前。

克孜勒克孜摇身一变，
化作一条粗壮的巨蟒。
她伸出那分叉的芯子，
企图将阿斯勒吸入肚内。

平常只要她变成巨蟒一张口，
三日行程外的猎物就能吸入腹中。
可今日她不知试了多少遍，

阿斯勒坐在马上稳如大山。
面对此情此景，
克孜勒克孜顿时束手无策，
力竭计穷，心慌意乱。
心高气傲的克孜勒克孜还不服输，
仍然以千般变化与少年英雄纠缠。

她忽而幻化为雄狮咆哮，
忽而幻化成野猪哼哼，
忽而又变成猛虎怒吼。
青鬃狼阿斯勒却毫无惧色，
好像什么也没看见。

她又幻化成大力士，
浑身披挂着铠甲战袍，
高举着门扇大的战斧，
迎风狂吼惊天动地。
她幻化成射手张弓放箭，
又点燃枪捻开枪射弹。
她将所能施展的招数，
全都施展了一遍。

她睁眼把阿斯勒来观察，
少年英雄轻松地坐在马上，
没有一丝惊惧的神色，
好像在观看魔术师的杂耍表演。

她忽然又幻化成过路的小孩，
来到了阿斯勒的面前，
恭敬地前来施礼问安。
面对行礼问安的小孩，
少年英雄瞟也不瞟她一眼，
似青鬃狼高傲地耸立着，
与众不同的体貌神威非凡。

看到英雄少年不屑一顾，
克孜勒克孜感到有失脸面。
她顿时恼羞成怒：
“我要让他变成瞎子，
让他什么也看不见！”
她念起了封眼的咒语，
心想他的眼睛已瞎，
便慢慢地靠近他。

“你有何事，小孩？”
听到阿斯勒的这些话，
克孜勒克孜暗暗吃惊：
“咒语对他毫无效果，
这可让我如何对付？
喀拉阔孜前去请我，
我答应了给他帮忙。
今天究竟是怎么了？
为什么我的魔法一点也不灵？
我非要彻底解开这个谜团。”

她从地上抓起一把沙土，
扭动着鼻子和嘴唇念咒，
再把沙土顺手向空中抛洒。
顷刻狂飙卷起尘土呼啸而来，
却一点也刮不到阿斯勒身边，
而是成团地凝固在了半空中。
她想：这又是什么怪事？
克孜勒克孜思绪万千如一团乱麻：
“我对阿斯勒施展了魔法，
却没能损其一丝毫发，
而我却全身疼痛撕心裂肺。”

克孜勒克孜怎么也想不通，
怒火在她心中熊熊燃烧。
她自言自语道：

“自我克孜勒克孜学成法术以来，
何曾遇见这样窝火的事情。”

她愤怒地展翅飞向天空，
她要向苍天和大地，
发泄满腔的怨恨和不满。
她疯狂地扇动着翅膀，
顷刻之间乌云密布雷鸣电闪，
从天空泼洒下倾盆大雨。

突然又刮起狂风将乌云驱散，
火红的太阳霎时间普照大地。
天气又突然暴热起来，
人们张着大嘴，喘着粗气。
阳光灼烧如同炭火，
壶中的茶水都被煮开。
汗流浃背灼热难熬，
老弱病残更是难耐酷热，
忧心忡忡心烦意乱。

瞬间又刮起刺骨寒风，
雷电交加，暴雨倾盆，
雨中又下起拳头大的冰雹。
人们冻得瑟瑟发抖，
双手不敢从怀中伸出。

忽而又变成漫天飞雪，
大雪覆盖了崇山峻岭，
茫茫大地冰封雪冻。
一切生物都在冰冷中挣扎，
似乎严酷的寒冬就要夺取可怜的生命。

呼罗珊、节迪盖尔和伊斯番人，
芒格特、卡勒玛克和塔吉克人，
他们千里出征衣服单薄，

人畜紧缩成一团，
也难抵御这凛冽的寒风。

他们以为是残酷的柯尔克孜人，
施展着魔法要夺取他们的性命。
他们在心中将柯尔克孜人诅咒，
谁也想不到这是克孜勒克孜降下的灾难。

卡勒德克、阔克波热和喀拉阔孜，
铁铁、萨拉和萨然加，
他们对生存感到了绝望，
他们为死亡感到了悲伤。
他们龟缩在一起七嘴八舌，
为自己的前途命运感到恐慌：
“柯尔克孜不让我们接近塔拉斯，
他们要将咱们冻死在路上。”

“当年玛纳斯征战阿富汗，
很多巫师都聚在阿富汗，
双方在一起施展魔法。
柯尔克孜人的妖术胜过对方，
听说就这样征服了阿富汗。”

“据说在阔阔托依的祭典上，
在大庭广众之下，
在为参赛的骏马呐喊助威的时候，
索然迪克汗之子阿勒曼别特的法术，
比空吾尔巴依不知胜过多少倍。
各部民众对此都很清楚，
各种说法在民间盛传。”

当六位汗王快要冻僵之时，
突然大地崩裂发出剧烈声响。
火红的太阳当空普照，
坚硬的冰面开始解冻，

银白的积雪开始融化。
舌头被冻僵的鸟雀，
开始叽叽喳喳地鸣唱。

用月亮磨砺牙齿[1]，
喝着毒液替代清泉的克孜勒克孜，
打扮成姑娘的模样。
她手执红色的鲜花，
杨柳般扭动着腰身，
来到六位汗王面前。
她颈下飘拂着长长的乌发，
身姿像天仙般婀娜多姿。
除了喀拉阔孜外，
其他人根本不认识她。

当得知她就是克孜勒克孜时，
阔克波热与汗王卡勒德克，
顿时神魂颠倒不知所措。

喀拉阔孜即刻上前行礼：
“在这塔勒都河沿岸，
我热情地将你迎候。
当得到你的允许后，
我才派人通知了其他人。

“为了表示对你和其他汗王的尊敬，
我提前十天来到这里等候。
不知是谁走漏了风声，
在同一时间阿斯勒也赶了过来。

“我想厉言相驳却笨嘴拙舌，
我欲尽力对抗却笨手笨脚。
我的一只胳膊被他击得粉碎——
他就这样羞辱了我。

[1] 形容心狠手辣，穷凶极恶。

“呼罗珊的汗王急忙赶来相助，
他的十个大力士一齐上阵。
像天神一样的少年阿斯勒，
大刀轻轻一挥，
就将他们同时撂倒。

“伊斯番人放出了训练有素的大象，
又被他用一条矛枪结果了性命。
用矛枪猎杀大象，
谁见过这样的英雄？

“芒格特勇士卡勒达浪催马上阵，
遭遇了同样悲惨的下场。
这样残酷的场景，
我怎能开口描述？

“少年阿斯勒英雄，
生来就强悍健壮。
他手中的一杆矛枪，
夺去了多少英雄的性命。

“少年英雄阿斯勒巴恰，
我曾多次与他会面。
没有几天时间，
他怎么如此了得不可一世。
他拜何人为师，
我怎么一点也不知道。

“卡勒玛克的萨然加，
他连续派出几千勇士和大将，
同他搏杀了许久也无法取胜。
不论哪个大力士上场，
就像削细柳枝一样，
都被他轻而易举地夺去了性命。

“大家忍无可忍便一哄而上，
将他围在当中轮番进攻。
众人还是无法将他战胜，
他们一个个都丢盔弃甲，
成了他的刀下之鬼。

“当我们处于十分危急的时刻，
幸好阔克波热赶到，
将大伙搭救了下来。

“刚刚避过这场灾难，
苍天千变万化又来捣乱。
我们已无处藏身
为此感到悲哀沮丧。

“酷暑突然变成了严寒，
大雪纷飞，滴水成冰，
寒冷将夺去士兵们的生命。
正当我们一筹莫展手足无措时，
幸亏你克孜勒克孜及时赶来。
突然间天气放晴冰雪融化，
你想从我这知道的就是这些。
原来是你拯救了我们，
驱散了严寒，带来了阳光。”

萨然加、卡勒德克和阔克波热，
铁铁和萨拉都走上前来，
拜克孜勒克孜为师，
几人同声高叫：“请下达指令！”
他们对女妖抱有很大的希望。
面对六位汗王的殷切期待，
克孜勒克孜自有主见：
“喂，六位汗王呀，
你们的想法十分正确！
面对强大的对手柯尔克孜，

你们六位汗王同仇敌忾，
会兵在此与他们交战。

“我是初来此地的异乡人，
我不了解这里的情况。
还是由你们当中推举首领，
来统一管理指挥战斗。

“喀拉阔孜向我诉苦，
我才答应赶到这里。
我只知晓一点魔法，
根本不懂得领兵打仗。
仗还要你们自己去打，
我尽力来帮助你们。

“我也不知道他们都有什么能耐，
你们发动这场战争究竟要达到什么目的？”

听到克孜勒克孜这样发问，
汗王卡勒德克这才开口说话：
“与我们敌对的柯尔克孜，
他们所犯下的滔天罪行，
说不尽也道不完。
他们是杀人不眨眼的魔鬼，
马能到达之处他们不留一个生灵，
当地所有人都被他们屠杀。

“在此的六位汗王，
全都与柯尔克孜人结下深仇大恨，
我们与柯尔克孜有不共戴天之仇。

“呼罗珊、节迪盖尔和伊斯番，
芒格特、卡勒玛克和塔吉克的好多人，
遭到他们几代人的欺凌，
我们的鲜血已将他们的马蹄染红。

“我们的苦水永远也吐不完，
不知多少好汉在他们刀下丧生，
一言难尽，说来话长。
现在最关键的是，
你要助我们一臂之力，
帮助我们打败柯尔克孜人。

“我们尊敬的克孜勒克孜，
你的到来将改变我们的命运，
你的参战将改变战场的局势。
让我们率领所有人马，
依靠你的力量和气势，
将阿斯勒生擒活捉，
然后一鼓作气进军塔拉斯。

“只要我们攻下塔拉斯，
只要我们活捉凯耐尼木，
就能打通通往各地的道路，
我们就能畅行无阻为所欲为。

“六座城市和安集延，
都会成为我们的领地。
撒马尔罕、塔什干和纳曼干，
我们在烧茶的工夫就能占领。

“随后就是喀什噶尔与和阗，
我们将飞马前往，
罗布泊、阿斯克和阿热勒，
我们要将他们征服后再返回。
阿特巴什的巴克特拜，
是凯耐尼木最忠诚的帮凶，
我们绝不能将他轻饶。
我们要把他的毡房支杆变成烧火棍，
我们要这样来报仇雪恨。

“呼图壁和玛纳斯城，
土尔番、库木勒和巴里坤，
阿尔泰、确依确克和伊犁，
还有伊塞克湖和特克斯城，
我们将跨马而去将他们征服。

“哈萨克与柯尔克孜是同胞兄弟，
玛纳斯远征别依京之时，
哈萨克同柯尔克孜并肩作战。

“当占领别依京时，
玛纳斯特别器重哈萨克人，
曾封玉尔毕为汗王。
哈萨克汗王穆孜布尔恰克，
时时刻刻不离玛纳斯的左右。

“常年驻守在阿尔泰的阔克确，
是哈萨克汗王阿依达尔汗的儿子，
他又是卡妮凯的姐夫，玛纳斯的连襟。

“这些人都是玛纳斯的鹰犬，
他们手上都沾过我们先辈的鲜血，
对于他们的后代，
我们一个也不能放过。
那个克普恰克部的汗王托什吐克，
玛纳斯将他作为栋梁。

“六十个部落的阿拉什，
是柯尔克孜牢不可破的联盟。
还有月即别的九十个部落，
这些都是柯尔克孜的部属。

“阿拉什拥有六十个部落，
柯尔克孜就有四十个部落，

再加上月即别的九十个部落，
从今以后都将成为我们六部从属。

“柯尔克孜是当今最强的部落，
凯耐尼木统治着最大的部落联盟。

“他们人口多，部落也多，
他们纵马驰骋天下，
所占据的地盘更多，
至今势力不减，英雄辈出，
金银财宝堆积如山，
牲畜遍布了各大草原。

“要摧毁的柯尔克孜，
他们谋士和智士多，
无敌的英雄更是多。
六岁时凯耐尼木还是痴呆，
九岁时便成了黄脸死神。
如今他已经年迈，
仍然驰骋疆场似青年。

“阿斯勒虽然还是一名少年，
已成为天下无敌的英雄，
他给我们带来沉重灾难。
我们的大军来到塔勒德，
本以为马上就可以攻入塔拉斯，
谁知竟遭遇这位少年的阻击。
他的勇敢和智慧世上少有，
让我们全面受阻寸步难行。

“举世无双的魔法师克孜勒克孜，
谁若与你交锋将不会生还，
你将是我们胜利的保证和靠山。

“但是，智慧的魔法师，

眼前的形势也不容乐观。
年迈的凯耐尼木，
他依然英勇健壮不减当年。
多少不可一世的魔法师，
都在他手下丧生，
居仁朵也命丧他手。

“凯耐尼木可不是凡夫俗子，
况且他还有两个如狼似虎的孙子。
我们不能将柯尔克孜人想得太简单，
他们可不是好征服的对手。

“我们将如何战胜他们？
我们将如何同他们决战？
我们要将已失落纷飞的智慧，
我们要将众人的力量和胆略，
如何集中起来施展？

“我们六位汗王率领的几万联军，
来自遥远的异地他乡，
情况不熟，水土不服，困难重重，
还未进入塔拉斯已受到了重创。
士气低落，军心不振，
前途不定，忧心忡忡。

“我们专门将克孜勒克孜请来，
心里只想着战胜柯尔克孜。
我们不应该害怕死亡，
也请各位好好想一想。

“柯尔克孜祖祖辈辈征战不息，
表面看来他们似乎还很强大，
其实他们早已经衰弱不堪。
只要我们攻进塔拉斯，
摧毁了玛纳斯的坟墓，

捣毁了柯尔克孜的色尔王城，
柯尔克孜就会听从我们的号令。

“让我们快速向塔拉斯进发，
切莫在此驻足不前。
我们从四面八方发起攻击，
不让他们击中我们的要害，
不让他们有安宁之日，
给他们制造真正的危机。

“不让他们农人耕田种地，
不让他们牧人转场游牧，
不让他们百姓取水打柴。
将他们堵截包围起来，
让他们的安宁日子到此终结。

“让柯尔克孜山穷水尽，
让他们没有安身之处，
让他们的时代一去不返。
让他们的老人悲泣，
让他们的妇女哀号，
让他们的孩儿哭泣，
让他们的小命难保。
如果不这样对付他们，
柯尔克孜的腰杆怎能折断？
我们只有这样折磨他们，
柯尔克孜才能在这个世界上消失。”

卡勒德克沾沾自喜，
自以为这是克敌制胜的良策。
对于卡勒德克的妙计，
其他人一致表示赞同。

克孜勒克孜却道出了自己的疑虑：
“六位汗王，你们已统一了看法，

你们刚才的协商，
认为有了破敌的良策妙计。
为攻打塔拉斯四处送出消息，
然而未等你们会集到这里，
阿斯勒却早已来到此地。

“一位年少的孩子站在路口，
你们几十万联军竟然不敢过去。
你们多少勇士在少年刀下丧命，
你们已经失去了战斗的能力，
如今竟然在这里枉费心机。

“自从凯耐尼木统治众部，
他一直保护着自己的人民。
所有的民众都拥戴他，
自豪地称他为“黄脸死神”。
他为民操劳，保家卫民，
报答人民的养育之恩。
这样的英雄，
世上有谁能将他战胜。
我也是一时糊涂，
以为凯耐尼木年迈无用，
受到喀拉阔孜的蛊惑，
才恍恍惚惚地来到这里。

“你们如果兵分几路，
可别像石鸡和沙鸡那样，
一个个被人叼去。
可别让柯尔克孜人将你们活捉，
用绳索牵着你们的鼻子。
可别让你们的热血，
溅洒在那沟沟谷谷里。

“在那样的环境里，
我也无法对柯尔克孜施展魔法，

看样子我也将被世人耻笑。
我心中充满疑问和怀疑：
在世间活了几千年，
天下魔法师的始祖居仁朵，
他不知夺去多少人的性命。
这样天下无敌的魔头，
竟然被凯耐尼木一人杀死，
还被他吃下了舌头。

“由夏达特留下的青色坟墓，
多少年来无一人靠近，
竟然被赛依特摧毁劫掠一空。
墓中的所有宝物，
他一样也没留下，
全部分给了周围的民众。
他将墓中的金银财宝，
全部分给了老弱病残和孤寡老人。

“我还在想，
如果没有一个神人相助，
他如何能打开那坟墓？
前辈们还有一种说法，
居仁朵所穿的神秘内衫，
也落在柯尔克孜人手里。
你若打听这件内衫的奥秘，
请听，我给你细说。

“索然迪克汗之子阿勒曼别特，
心想终有一日会派上用场。
当他离开师傅居仁朵时，
带走了这件神衫。
还有一种说法是，
凯耐尼木杀死了居仁朵，
夺走了这件神衫。
如果神衫在柯尔克孜人手中，

那别人就休想与他们抗争。

“凯耐尼木如今还健在，
健健康康生活在百姓当中。
阿斯勒正挺立在前方，
如果他挥枪杀入阵中，
你们谁敢上前与他拼命。

“先不要在此沾沾自喜，
也不要在这里高谈阔论，
假如饿狼闯入羊群中，
你们想一想会出现怎样的情形？
阿斯勒就像一条狼，
从不把众军士放在眼里。
这条饿狼正窥视着你们，
我可怜的绵羊啊，
你们该怎么办？”

克孜勒克孜这样一讲，
所有人的心火都熄灭了。
一个个耷拉着脑袋，
像抱着冬天的冰块一样。
看着六位汗王垂头丧气的样子，
克孜勒克孜又给了一点安慰：
“如果你们要摆脱这位死神，
我可以用魔法将他纠缠，
是撤兵还是进攻，
由你们自己决定！”

听了克孜勒克孜的一席话，
众位汗王七嘴八舌窃窃私语：
“我们既然已经走到了这一步，
怎么也不能就此收兵。
我们就这样逃回，
还算什么英雄好汉。”

“不管前途如何凶险，
我们也要去和柯尔克孜人交战。
我们也要去会一会凯耐尼木，
看一看他究竟是怎样的英雄。
也要让柯尔克孜人见识一下，
六位汗王的联军是何等的威风。”

汗王卡勒德克下达命令，
“快给我把战鼓敲响！”
六部人马又像湖水般翻涌。
对寿数将尽的人来说，
这鼓声便是催命的号令。

当听到惊天动地的战鼓声，
当传来撕心裂肺的号角声，
阿斯勒巴恰精神抖擞，
作为浴血奋战的标志，
他身上披着红色的斗篷。
阿勒曼别特留下的神秘内衣，
紧紧地贴在他身上。
英雄阿斯勒不是贪生怕死之辈，
头上黄毛奓起，
满脸杀气腾腾。

克孜勒克孜的所作所为，
还在他的脑海中久未散去。
他双眼喷着烈焰般的怒火，
要和这帮恶棍再作生死交锋。

面前的六位汗王，
都领教过阿斯勒的矛枪。
他们在马背上与阿斯勒周旋，
他们身上的纽扣都被扯掉，
他们的战袍甲衣被撕成碎片，

他们被神枪戳得皮开肉绽。

面对眼前的几万敌兵，
猛虎阿斯勒少年，
怒不可遏势不可挡。
他挺枪勒马立在阵前，
双目炯炯傲视前方，
挡住了敌军的去路。

汗王卡勒德克下达命令：
“大力士们不得单独上阵，
不能与阿斯勒巴恰单打独斗，
更不要在这里与阿斯勒纠缠不休。
全军将士闪电般的齐上战马，
不顾一切朝着塔拉斯进发！”

在阵前怒目相对的阿斯勒，
怎能轻易给敌军放行？
他用鞭抽打着玛依托茹骏马，
高呼着“玛纳斯”的口号，
闪光的矛尖对着千军万马，
无一人能从他眼前通过。

面对此情此景，
克孜勒克孜自然也不会袖手旁观。
她尽管对取胜毫无信心，
对盟友还是要出手相助。

克孜勒克孜施展着魔法，
与雄狮阿斯勒巴恰周旋。
她在阿斯勒的周围，
幻化出了一座高峰，
高耸入云能接天际，
岩羊也无法攀登，
大鹏鸟也难以飞越。

转眼又将白雪皑皑的大山，
幻化成一片火海。
烈火燃烧火焰冲天，
似乎要把一切都烧成灰烬。

突然又哗啦啦下起了倾盆暴雨，
烈火反而像浇了油似的烧得更旺。
火柱冲天，火花四溅，
冰山在火焰中融化，
波涛滚滚，洪峰漫卷，
滔滔洪水挡住了阿斯勒的去路。

阿斯勒不顾洪流和烈火，
他跃马闯入烈焰，
奋不顾身勇往直前，
烈火突然从中分成两半。
阿斯勒冲入洪流，
洪流即刻消失，
只留下干涸的河床。

阿斯勒催马向大山闯去，
那巍巍的雪峰高山，
当中开裂出一条通道。
妖女所施的众多魔法，
都未能阻挡雄狮前进的道路。

当阿斯勒要上前拦截六位汗王的大军时，
张牙舞爪的狗熊，
却挡在了英雄的面前。
一群嘶吼咆哮的狮子，
扭动着身子的猎豹，
张牙舞爪的猛虎，
还有摇头晃尾的大象，
一齐向阿斯勒英雄扑来。

伴随着猛兽的进攻，
呼啦啦的狂风卷起。
满天飞石互相撞击着，
发出噼里啪啦的响声。
只听得铁蹄声从天上传来，
如同万马奔腾，山摇地动。

妖女克孜勒克孜，
把云朵作为战马，
将长蛇当作马鞭，
好像要吞下整个世界，
腾云驾雾来到了阵前。

英雄好汉阿斯勒巴恰，
哪里把这些放在心上。
他高呼着玛纳斯的威名，
挥鞭抽着玛依托茹骏马，
在敌群中横冲直撞，
将敌人的战旗踩在马蹄下。
敌方的千军万马，
像钐镰下的野草，
一片片倒在地上。

呼罗珊和伊斯番的人马，
被驱散到了平原，
塔吉克人马被困在山脚。
卡勒玛克、芒格特与节迪盖尔人，
惊慌失措涌向了矮小的山丘，
找到一块藏身的地方。

呼罗珊的汗王萨拉，
伊斯番的汗王铁铁，
被英雄阿斯勒叫到身边。
阿斯勒指着他俩的鼻子厉声怒斥：

“如果我和你们一样愚蠢，
我就会把你们斩尽杀绝。
秉承先祖玛纳斯的宽宏大量，
我留下你俩糊涂而愚蠢的小命。

“你们之前的几任汗王，
被塔吉克和卡勒玛克欺骗，
执迷不悟与我们作对，
妄送了他们的性命。
你们至今仍然不明真相，
继续被他们蒙骗，
以卵击石为他们送死。

“你们立刻离开这里，
我绝不会前去与你们为敌。
别以为我是惧怕你们，
如果你们非要在此和我们作对，
我会像宰羊一样砍下你们的头。
如果你们还想继续为他们卖命，
我会像切甜瓜一样剖开你们的胸膛。

“铁铁和萨拉两位汗王，
你们乘兴而来败兴而归，
这是你们自己种下的苦果。
如果你们不立刻率军返回，
你们的人马会遭受更大的损失。

“你们若不举起屠刀，
我绝不会砍断你们的双手；
你们若不把柯尔克孜侵扰，
我绝不会算你们的旧账。
这是我对你们的好言劝告，
是死是活你们自己选择。”

铁铁和萨拉两位汗王听了英雄的规劝，

如同大梦初醒。
他俩双双跪在英雄马前，
向少年阿斯勒叩头拜谢，
感谢英雄的宽恕之恩：
“尊敬的柯尔克孜汗王，
感谢您的宽宏大量，
饶恕了我们该死的罪恶。
您给我们指出了一条活路，
您的善心必有善报，英雄！”

铁铁和萨拉起身上马，
带领着各自的人马——
呼罗珊和伊斯番的残兵，
争先恐后地蜂拥逃窜，
不分昼夜地跋涉在回家的路上。

塔吉克的汗王阔克波热，
节迪盖尔汗王喀拉阔孜，
卡勒玛克的汗王萨然加，
芒格特汗王卡勒德克，
看到呼罗珊和伊斯番大军，
已经投诚逃离了战场，
他们惊慌失措没有了主张。
他们聚在一起商量着对策，
是撤军逃命还是继续顽抗。
他们谁也拿不定主意，
似乎只有死路一条。

恰在此时，
天空中突然间乌云密布雷鸣电闪，
暴风骤雨夹着冰雹倾泻而下。

克孜勒克孜又在空中盘旋，
她展翅来到阿斯勒的头顶。
暴风骤雨瞬间变成了鹅毛大雪，

随着呼啸的寒风铺天盖地压向荒原。

足迹在哪里？道路在何方？
大地白茫茫一片。
塔拉斯在哪儿？故土在哪里？
白毡帽的柯尔克孜同胞在哪里？
阿斯勒顿时感到头晕目眩，
提着马缰不知要驰向何方。

浓雾笼罩没有一丝亮光，
阿斯勒的遭遇从未像这样糟糕，
英雄少年阿斯勒，
放开马缰任骏马在黑暗中奔跑。

萨然加、卡勒德克、阔克波热和喀拉阔孜，
对克孜勒克孜的作为感激不尽。
他们个个得意忘形，
驱赶着卡勒玛克和节迪盖尔人，
还有芒格特和塔吉克人，
像甲虫一般密密麻麻，
朝着塔拉斯蜂拥而去。

在塔拉斯的柯尔克孜，
不知他们将作何回应，
让你也听听那里的消息。

我们将这段暂且放下，
看一看逞强的克孜勒克孜，
最终会有怎样的下场。

宫中主管奥润拜，
径直来到凯耐尼木面前，
直言不讳地开口道：
“阿斯勒出门至今未归，
已经过去了许多天。
我日夜心神不定，
非常担心他的安危，
希望汗王恩准我去寻找。”

英雄汗王凯耐尼木正坐在林园里的毡房中，
在房前的树枝上，
一群喜鹊在叽叽喳喳。
能懂百鸟之言的凯耐尼木，
用心倾听它们的议论。

喜鹊们焦虑的话语，
让老汗王凯耐尼木大吃一惊。
他听到四位汗王驱动着无数敌军，
在克孜勒克孜的带领下，
正在向塔拉斯逼近；
他听到了孙儿阿斯勒，
在黑暗中迷路的困境。

他起身向奥润拜喊道：
“奥润拜，快快鞴马，
跟着我即刻出发！

拴马桩上的坎库拉骏马，
似乎已经听懂了主人的话，

用前蹄刨着地面，
恨不能挣脱缰绳腾开四蹄出发。

凯耐尼木飞身上马，
坎库拉四蹄生风，
像离弦的箭一样飞驰。
将小毡房般的草皮，
抛洒在那道路两旁。
坎库拉神骏踏过的地方，
被踩出木盆般的坑凹。
它飞奔起来蹄下生风，
响亮的蹄声好似千军万马。

此时四位汗王从对面飞奔而来，
喀拉阔孜一眼看到了凯耐尼木，
他扭头向卡勒德克和萨然加惊叫：
“你们快看，
凯耐尼木已来到我们面前，
他的体魄健壮如黑色的山峰。
他骑的是坎库拉骏马，
穿的是苏甫吐布拉战袍。
如果我们与他正面交锋，
必然死在他的刀下！”

听到喀拉阔孜这样讲，
萨然加已吓傻了眼。
汗王卡勒德克不慌不忙，
拉过萨然加轻蔑地说：
“凯耐尼木突然来到这里，
他必然知道了这里的实情。
他虽然高大雄健，
但胡须花白已步入暮年，
让我们轮番与他交战，
看看他到底有多大能耐。
你们不用着急，

让我先与他过招。”

卡勒德克说罢便抽打着喀拉苏尔战马上阵，
血红的眼睛充满杀气。
他高呼着“芒格特”的口号，
高举着手中的长矛，
向着英雄凯耐尼木，
发起了猛烈的进攻。

汗王卡勒德克的狂嚎声，
吵醒了正在马上打盹的凯耐尼木，
他猛地睁开双眼，
对冲向他的敌人怒目而视。
他是英雄玛纳斯的后代，
是名扬天下的战神，
一般人岂是他的对手？

当凯耐尼木向对手出手之时，
伴着呼啸的狂风，
“玛纳斯”的口号声震天动地。
骑着玛依托茹的阿斯勒，
像一团滚动的火球一样，
飞身来到爷爷凯耐尼木的面前。

人们不禁要问，
阿斯勒为何在此时来到这里？
世间原来有如此奇妙的事情。
少年阿斯勒被浓雾包围，
他眼前一片昏黑，伸手不见五指。

情急中的机智少年，
解开了神衫的袖口，
将长袖左右一扇，
呼啸的狂风卷地而起。
浓雾顷刻被彻底驱散，

六部大军已不见踪影。
少年英雄大吃一惊：
“看来敌军已经扑向塔拉斯，
我爷爷却毫无消息，
阿拉什不知会遭何运？”

他心急如焚快马加鞭，
向着塔拉斯方向疾驰而去，
恰在此时意外地与爷爷凯耐尼木相遇：
“年迈的爷爷，请您稍事休息，
您的孙子我已赶回来，
这个顽敌就让我来收拾！”
他只说了这句话便上阵应战。

看到从天而降站在面前的孙子，
听到孙子那贴心的话语，
凯耐尼木激动得说不出话来。
他当初只是随意说了一句：
“看来你已经成长为男子汉。”
如今一个顶天立地的少年英雄，
已经傲然站在他面前。
凯耐尼木心中暗暗高兴：
看来祖孙共御强敌的时机已经到来。

凯耐尼木笑着向阿斯勒点了点头，
催马扬鞭向前冲去。
克孜勒克孜挡住了他的去路，
用妖法筑起了一道不可逾越的屏障。

克孜勒克孜的小小妖术，
岂能将英雄凯耐尼木挡住。
他用手轻轻一指，
眼前的障碍立刻消失。

克孜勒克孜气得死去活来，

灰溜溜地向远方飞去。

芒格特的卡勒德克，
面对前来应战的英雄少年，
既感慨又觉得受到羞辱。
他自认是统领百万雄兵的英雄汗王，
竟然被一个小孩子小看。

他气急败坏眼中冒火，
恨不能将少年阿斯勒生吞活剥。
他挺起长枪弓着背，
像饿虎一样向阿斯勒扑去。
英雄阿斯勒和汗王卡勒德克，
咆哮着怒视着对方，
不顾生死地拼起了矛枪。

挥舞着的矛枪发出呼啸声，
两人口中喷吐着烈焰，
似乎要将对方烧焦。
矛枪已断成数截，
大刀已裂成碎片，
月牙斧把断裂飞向远处，
大铁锤落地在荒地上滚动。

两位英雄身上均没有任何兵器，
大声怒吼着紧紧抱在一起扭打。
两人尽显男子汉的气魄，
喊声将山头震裂，
乱石在空中飞舞。
忽而相互撞击，
忽而又互相撕扯。
喀拉苏尔与玛依托茹两匹骏马，
也像盘羊般撒腿飞驰着。

暴跳如雷的青鬃狼，

他的力量过人勇气非凡。
他抓住卡勒德克的上衣猛拽，
一排排纽扣带子皆被扯断。
战甲皆被撕烂，
护心镜被打得粉碎，
头盔被抛向空中飞旋。
阿斯勒越战越神勇，
牙齿咬得咯咯作响。

卡勒德克实在无法抵挡，
生死关头想出了逃生计划：
“我们的战袍已经破烂不堪，
我们的武器也要更换。
激战中允许提出休整，
这是自古以来的交战习惯。

“让我们各自回到军营里，
饮水进餐，更换战袍。
请宽限我六天时间，
等到第七天的早晨，
我会按时赶来，
在你约定的地点见面。”

男子汉阿斯勒答应了卡勒德克的请求，
此事他考虑不够周全。
在以前的交战中，
卡勒德克有过同样的表演，
这次，阿斯勒不该让他故伎重演。
对这种事情，
祖辈们有过这样的箴言：
“错过一天就会拖延一个月，
错过一个月就会拖延耽误一年。”

这个芒格特心怀鬼胎，
延长了被死神要命的时间。

他拍马闪电般离去，
重新点燃心中扑灭的火焰。

卡勒德克逃回大营，
向萨然加挤眉弄眼：
“我的战甲已被撕破，
纽扣带子皆被扯断。
我实在难以招架，
提出了休战六天，
获得了允许回到营盘。

“这是我略施小计，
要让这小子上钩。
我要用轮回战法，
将他稚嫩的身体拖垮。

“萨然加你先去继续与他较量，
莫让他有喘气的机会。
让他的乌发变白，
让我俩轮番拖垮他。”

听从汗王卡勒德克的安排，
萨然加兴冲冲地跨马上阵，
准备执枪与阿斯勒猛狮厮杀。

萨然加拍马上前与阿斯勒会话：
“汗王卡勒德克的纽扣带子，
被你一排排扯断；
汗王卡勒德克的铠甲，
被你一片片撕碎。
今日我要为芒格特汗王洗去耻辱，
看你还有什么能耐。

“我是卡勒玛克汗王萨然加，
今日你撞在我的手里，

定让你有来无回。
我要将你粉身碎骨，
让你这毛孩在人间消失。”

非凡超群的阿斯勒当即回答：
“芒格特的幽灵满口是谎言，
他无耻地求我饶命，
却将无知的你推向死神面前。
别说一个，你们全都上吧，
我此刻丝毫不觉疲乏困倦！
如果我实在没有办法，
我会召唤阿依阔勒玛纳斯先祖的英灵来相助。
只要我活着定要保卫人民，
不让鹰翅扇伤他们，
不让鸟嘴啄伤他们，
不让父老乡亲挨饿受冻。
你们这些浪迹天涯的群寇，
我会寻得收拾你们的妙计！”

当男子汉阿斯勒道出这些话，
卡勒玛克的萨然加，
顿时恼羞成怒暴跳如雷。
他粗野地破口大骂，
疯狂地向少年英雄挑战。

他手执沾满鲜血的长矛，
呼喊着“康阿依”的口号，
愤怒地发起冲锋，
恨不能一枪将少年刺翻。
枪法娴熟的男子汉阿斯勒，
将刺来的长矛用长枪一挡，
顺手就向萨然加回刺了一枪。

两条银枪在空中舞动，
像两条银龙紧紧交织在一起。

你来我往，你进我退，
不知厮杀了多少个回合。
枪尖已从矛杆上脱落，
矛杆也已折断，
矛枪再也无法使用。

他俩又同时举起长刀，
刀刃很快就崩裂出一个个豁口。
他们又扔下大刀，
抡起大锤向对方猛砸。

掌上的皮早已脱落，
高举的铁锤在空中碰撞。
“咣当”一声火星四溅，
两只大锤被摔落在地上，
砸出毡房般大的深坑。

失去铁锤的英雄，
又抡起战斧劈杀。
经过几天几夜的轮番拼杀，
少年英雄已感到疲惫不堪。

烈豹阿斯勒恼怒气愤，
紧锁的眉头足有一拃高。
愤怒就像暴风雨前的乌云，
忽涌忽散地在心中翻滚。
他咬紧牙关高举着大斧，
誓将萨然加劈下马背。

他口中念起阿依阔勒的名字，
催动着玛依托茹战马，
鼓足劲头猛扑过去。
他的气势像高山一样威严雄伟，
他身后扬起滚滚尘埃。
少年英雄瞅准时机，

以迅雷不及掩耳之势，
将萨然加击落马下。

看到萨然加翻身落地，
节迪盖尔的喀拉阔孜奔驰而来，
他想从死神面前搭救同伙的性命。

烈豹阿斯勒巴恰，
未等萨然加起身，
已挥斧劈下了他的头颅，
根本就没将喀拉阔孜放在眼里。

喀拉阔孜虽赶上阵来，
也未能救得萨然加的性命，
只好硬着头皮与阿斯勒交手。

喀拉阔孜虚张声势，
催动着坐下马前后奔驰。
他两脚不停地踢蹬着马肚，
一次次地从少年英雄的身旁冲过，
一趟又一趟地摆出冲杀的架势，
但始终未敢与英雄正面交锋。

少年英雄稳坐在马背上，
看着喀拉阔孜拙劣的表演。
当喀拉阔孜举枪逼近时，
力量超凡的烈豹阿斯勒，
将矛枪轻轻向上一挥，
喀拉阔孜的长矛，
像茅草一样飞上了天空。
阿斯勒又回身挥动矛枪，
将喀拉阔孜刺翻在地。

看到喀拉阔孜被击落马下，
卡勒德克并未上前施救，

而是向节迪盖尔大军发出冲锋的命令。
节迪盖尔大军蜂拥而上，
潮水般地向英雄阿斯勒涌去。
烈豹阿斯勒面对疯狂扑来的大军，
只好丢下喀拉阔孜，
从正面冲入猛扑而上的节迪盖尔敌群。

具有正义善良之心的英雄少年，
怎忍将这些无辜的百姓伤害。
他未用矛尖戳杀，
他高呼着“玛纳斯”的口号，
挥动着长长的矛杆向人群轻轻扫去。

节迪盖尔潮水般的军士，
在横扫的矛杆下纷纷倒地。
英雄阿斯勒并未大开杀戒，
而是将这些无辜的士兵，
像羊群一样驱赶出草原。

节迪盖尔的兵马，
实在无力抵抗，
像受惊的畜群一样，
乱作一团四处逃窜。
作为靠山的汗王卡勒德克，
像没有看见一样，
根本就没来增援。

对于战场上的局面，
卡勒德克实在难以控制，
他慌忙跑到克孜勒克孜身边：
“美丽的克孜勒克孜，
我已到了生死存亡的时刻。
你就发发慈悲吧！
请使出你那神奇的魔法，
让阿斯勒在你的魔法中丧生，

给我一次死里逃生的希望。

“请用你的魔法和力量，
阻止阿斯勒前进的步伐，
让他束手无策晕头转向。

“快采取多变的幻术，
快施展你高超的魔法，
让飞扬的尘土笼罩大地，
让浓雾滚滚遮天蔽日，
让黑夜蒙蔽阿斯勒的双眼，
让阿斯勒在黑暗中痛苦挣扎。

“让我趁着夜幕驱赶着大军，
一路顺风去进攻塔拉斯吧！
让我夺取他们的王城，
让我前去掠取那漫山遍野的牲畜吧！
让我去折磨他们的老人，
让我去叫他们的民众痛哭流涕吧！

“请你用大网将凯耐尼木与阿斯勒，
紧紧地网住，千万不可放松。
请你用魔法变出一座大山，
阻截道路，不让他们前进，
同时让我也采取其他办法。”
卡勒德克苦苦哀求着，
妖女克孜勒克孜答应了他的请求，
卡勒德克趁机驱赶着大军向塔拉斯进发。

尘土飞扬，浓雾笼罩，
大地灰蒙蒙阴沉沉。
阿斯勒眼前忽然一片昏黑，
什么也看不见了。

他焦急地用手揉着双眼，
他的眼前站着一排排骷髅，
挡住了他的去路。
他回头向后面看去，
还有无数身材高大的莽汉。
少年英雄提枪向莽汉刺去，
原来是一个个草人。
阿斯勒敏锐地发现，
这都是克孜勒克孜施展的妖术。

少年阿斯勒心中明白，
自己还无力破解女妖的法术，
他只好向祖宗的英灵求救：
“先祖阿依阔勒玛纳斯请您快来，
智慧的圣人巴卡依，
德高望重的老者阔绍依，
阿勒曼别特请你们立刻到来。
还有雄狮楚瓦克英雄，
无畏的英雄色尔哈克，
穆孜布尔恰克汗王，
阿依达尔汗的阔克确，
各位先辈快来将我搭救。

“妖女的魔法我无力破解，

塔拉斯民众将被入侵者蹂躏。
亲爱的天祖母卡妮凯，
英勇的高祖赛麦台依汗王，
还有古里巧绕英雄先辈，
你们的后代在危难之中，
请快来相助解围吧！

“幻作白天鹅在空中飞翔，
满面闪烁着明媚的红光，
沦为战俘不做奴婢，
在苦难中充满智慧坚贞不渝，
在克亚孜手中受尽折磨四十年，
为捍卫自己的尊严，
别说是人类就连那神仙，
也无法超越您的智慧，
阿依曲莱克高祖母快来解围吧！”

听到英雄少年急切祈唤，
圣人巴卡依对阿依曲莱克做出安排：
“阿依曲莱克，我的孩子，
你切莫等待即刻出发。
快去把那妖女的魔法破解，
要让她卧病三年。
切莫让任何人发现，
然后悄悄地返回来。”

阿依曲莱克展翅腾空，
她轻轻地来到妖女身边。
她一边面带微笑轻言“喂，闺女”，
一边轻轻抚摸着克孜勒克孜的乌发。

克孜勒克孜顿时心慌神乱，
心儿咚咚地跳个不停，
手脚发麻浑身打战，
睁大圆眼也看不见是哪路神仙。

阿依曲莱克未显现身影，
只是细声传出了警告：
“你若对生抱有期望，
你就立刻返回家乡。
你要在家中静卧三年，
不要再行凶作恶自找灭亡。
你现在已追不上卡勒德克，
快去告诉喀拉阔孜，
让他们早一点撤军返回，
否则只有全军覆没死路一条！”

克孜勒克孜并未看见阿依曲莱克的身影，
却感到身上像压着一座火山。
好像有人揪着她的心脏，
又好像有一团烈火炙烤着她，
顷刻之间她就会化为灰烬。

心惊肉跳的克孜勒克孜，
不敢继续待在原地，
只好朝着喀拉阔孜飞去。

看见克孜勒克孜飞来，
喀拉阔孜欣喜若狂。
他狂笑起来，
笑得浑身颤抖站立不稳。
当克孜勒克孜站到他面前，
看到妖女憔悴灰白的脸面，
喀拉阔孜预感到前途十分渺茫。

克孜勒克孜对喀拉阔孜说：
“我今日与你相遇就好像一场噩梦，
厄运已降临到我面前。
我的主子今日显灵，
给了我特别的警告。

她说我要想保全性命，
必须赶快回家，
三年内不得出门。

“我对你们也是尽力相助，
现在是爱莫能助啊！
我真诚地劝告你们，
如果你们有能力战胜对方，
就继续坚持作战，
如果没有必胜的把握，
也就趁早撤军回家。
三年后我们再会合，
何去何从你们自己选择吧！”

克孜勒克孜话还没说完，
面色突然大变，
蹲下身子憋着气，
立起身来仰着头，
忽然又卷曲着身子捂着肚子，
一声声哎哟着直不起身。

她腹中的肠子搅着疼，
就像得了疝气。
卷曲身子捂着小肚，
女妖朝着家乡的方向吃力地飞去。

当妖女笨拙地飞走，
顿时乌云皆散晴空万里。

黑雾散尽之后，
英雄阿斯勒从迷茫中醒来，
他睁大双眼向四周望去，
没看见一个人影。

“浓雾散去，

克孜勒克孜的魔法消失，
不知我爷爷和柯尔克孜民众现在怎么样了，
我要赶快找到他们。”

他不顾马匹的疲惫，
快马加鞭向塔拉斯飞奔而去。
来时路途上的马蹄印已被歹毒的妖女抹去，
他只能凭着记忆朝塔拉斯的方向奔驰。

让我们再陈述一段，
这边还有不少的故事。

卡勒德克带领着大军，
在满天尘土和滚滚浓烟中前进。
在芒格特人中，
有一个叫别特尔克的人，
他自称是天下无敌的英雄，
卡勒德克任命他为卡勒玛克人的头目。
他得意扬扬地坐上了萨然加留下的汗位。

别特尔克已成为头目，
他指挥卡勒玛克人向塔拉斯进发。
当他们快到塔拉斯时，
别特尔克向卡勒德克请战：
“请把这次机会让给我，
我身强力壮武艺高强，
请让我上阵去独战。
我定能够旗开得胜马到成功，
将柯尔克孜众顽敌战胜。”

汗王卡勒德克对他讲：
“年轻的别特尔克，
你莫要一时冲动盲目上阵。
当初萨然加在世时，
你没有任何发言权，

他战死后我才立你为汗王。

“你如果能战胜柯尔克孜，
就可万分荣耀地回到家乡。
你若能为故乡带回战利品，
送给家乡的伯克和父老乡亲，
你将得到人们的敬重。

“你若不能取胜回到家乡，
你将不会得到乡亲们的赞扬。
你万一死在了异乡，
你将如何履行汗王的职权，
你又如何施展你作为汗王的抱负？”

在芒格特人当中，
有一个叫拜铁克的家伙，
在他眼中卡勒德克只是发号施令的汗王，
自己才是真正的英雄好汉。
他自告奋勇，主动向两位汗王请战：
“凯耐尼木立在前面不远的地方，
我要上阵同他独战沙场。
我要向懦弱的柯尔克孜人宣战，
我要为死去的英雄们讨还血债！
对那灭绝人性的嗜血狂，
我怎能宽恕他的滔天罪行？！
我要追究过去的一切，
让我来跟他算账！”
拜铁克猖狂地咆哮，
是死神扯住了他的衣领。

拜铁克冲动又鲁莽，
将头盔随意扣在头上，
矛枪、战刀和月牙斧，
身上的装备披挂齐全。
疯狂的拜铁克怒吼着，

冲到凯耐尼木面前，
狠狠地猛戳一枪。

青鬃狼凯耐尼木毫不躲闪，
将呼啸而来的长枪，
顺着枪头一把抓在手上。
当枪尖握到手中的刹那，
他一把夺下了那长枪，
又抡起那夺下的长枪，
朝着拜铁克后脑勺猛击过去，
拜铁克随即瘫倒在地上。

一个名叫阿德尔的芒格特莽汉，
怒吼着冲向凯耐尼木。
凯耐尼木同样一把抓住刺来的矛枪，
同样反手猛击对方，
只用了一个回合，
就将阿德尔击落马下。

芒格特人自大狂妄，
已有三十位壮汉走向死亡，
没有人再敢出马交战。

太阳匆匆返回自己的巢窝，
暮色急急忙忙降临大地。
正在此时，
少年猛虎阿斯勒男子汉，
也赶到了这里。
他看到眼前的景象，
兴冲冲地驰来勒住了马缰，
同爷爷联手杀敌。

战场上的凯耐尼木老英雄，
越战越勇没有丝毫倦意。
他从沿沟生长的梧桐中，

伸手抓起其中最高大的一棵，
带着那枝杈和树冠，
连着羊圈般大的草皮，
一同拔起握在了手上。

他驱策着胯下的坎库拉骏马，
以迅雷不及掩耳之势，
像猛虎下山一般冲入敌群中间。
他挥舞着手中的梧桐树，
把一千零八十名敌方勇将，
全部送上了死亡之路。

梧桐树扇起呼啸的狂风，
将许多战马吹翻在地。
骑在马背上的壮汉，
一个个头朝下扎进了泥土里。

众敌躲闪溃逃，
在下坡时互相踩踏而死。
芒格特大军竞相逃命，
战场上乱作一团。

挥鞭驱赶着玛依托茹神骏，
阿斯勒也杀入阵中。
凯耐尼木一把抓住了孙子，
示意他离开战场。
爷孙俩一前一后而行，
凯耐尼木未给孙子说一句话，
也未回头来张望，
朝着塔拉斯方向，
径直奔驰而去。

阿斯勒跟在爷爷马后，
他想让爷爷准许自己去追击敌军，
却不敢向爷爷开口说话。

凯耐尼木到家轻轻下鞍，
大地却承受不了他的体重，
被他踩出了齐膝的深坑。

他让人找来黄山羊羔，
施舍给穷苦民众，
为孙子阿斯勒举行辟邪仪式。

他让人抓来犍牛屠宰，
让穷人们哄抢牛肉。
他让阿斯勒脱去衣服战袍，
护城的将士们一拥而上，
相互抢夺衣服战袍。
得到衣服和战袍的人，
陶醉在胜利的喜悦中，
好似拥有了天下的财富。

得到大衣的好惊喜，
好似得到了千只羊；
得到上衣的好惊喜，
好似已经拥有了一切；
得到腰带的也十分高兴，
好像万贯财产缠在腰中；
抢得帽子的人更加高兴，
像个伯克一样神气十足，
将双手背在身后，
傲慢地踱着方步在人群中穿梭。
抢得皮靴的人身价倍增，
象征财富越积越多；
得到内衣的人情绪亢奋，
预示他身体康健平安一生。
抢到袜子的人也心满意足，
滔滔不绝地说自己得到了无价之宝。
得到克灭尔[1]的欣喜若狂，

[1] 克灭尔：表面用金银宝石装饰的宽腰带。

认为自家会红红火火兴旺发达。

为了祈祷先祖的护佑，
人们赶着牲畜涌向祖先陵墓，
宰杀了九十头牲畜，
向先祖的英灵祭祀。
跟随而去的人越来越多，
每人牵着一匹空胎骒马。
能够祭祀的牲畜越来越多，
据说绵羊是来自天堂的牲畜。
先宰杀了绵羊，
后宰杀了黄牛，
认为它也是偶蹄动物，
又屠宰了幼驼，
接下来宰杀了雪青色的牝马，
供奉给众先辈的英灵。

祭典结束之后，
凯耐尼木汗王对民众宣布：
“伟大的苍天无所不能，
英明的先辈无比神灵。
柯尔克孜人运气不错，
全赖苍天和祖宗的护佑。

“当克孜勒克孜施展魔法时，
我看见我的雄鹰阿斯勒巴恰，
不顾生死与妖女斗法。
在喀拉山梁的上坡，
在阿斯勒下面的平台上，
我站在那里把阿斯勒远望。

“我看见阿依曲莱克祖母飞翔而去，
幻化成美丽的白天鹅，
呼啦啦扇动着翅膀，
施展自己神奇的本领。

她用翅膀扇出飓风，
驱散了笼罩的乌云浓雾。

“我看见克孜勒克孜，
全身发抖泣不成声。
在祖母义正词严的训斥之后，
妖女惊慌失措地飞去喀拉阔孜身边。

“我听见妖女向喀拉阔孜诉苦：
‘当我正在施尽神通作法时，
我的主子要我立刻停止作恶，
回到家中去反省三年。
三年内不能出门胡作非为，
如我再祸害无辜，
她就要索取我的性命。’
克孜勒克孜还说，
她没有看到仙女的身姿，
她如果看到仙女显灵的身影，
她就会晕倒在地甚至死亡。

“那些没有廉耻的汗王们，
也不敢违抗阿依曲莱克祖母的指令。
大概要各自返回家乡，
克孜勒克孜也会回到家中蛰居。

“当他们熬满三年之后，
难道不会卷土重来吗?
我的孩儿阿斯勒巴恰，
我们是仁慈的玛纳斯的后代，
对于兵败逃走的敌人，
特别是那些被驱赶而来的士兵，
我们不能将他们追赶，
以我们的宽宏给他们生的希望!

“我的柯尔克孜民众，

请听我的奉劝，
千万莫再将他们追赶。
如果三年后他们再来侵犯，
那时我们再让入侵者片甲不还。”

凯耐尼木道出这番话，
柯尔克孜又开始了平静的生活。
让我们先放下这一段，
从阔克波热恶棍，
给柯尔克孜带来的灾难唱起吧。

巴克特拜
与阔克波热
殊死搏杀

阔克波热偷袭阿特巴什

在座的父老乡亲，
暂时放下阿斯勒英雄的事迹不表，
我们来看一看阔克波热他们一伙，
现在究竟在干什么。

卡勒德克和喀拉阔孜，
他们几位汗王相聚在一起，
正在密谋策划着罪恶的事情。
无名之辈别特尔克竟然坐在他们中间，
喀拉阔孜不解地冷眼观看。

别特尔克已成汗王，
喀拉阔孜还不知情。
汗王卡勒德克对喀拉阔孜解释：
“萨然加的位置，
已由我们的别特尔克男子汉补上，
他现在是卡勒玛克的新汗王。
从今往后若有什么事，
我们都将与他来商量。”

喀拉阔孜知情后讲：
“如果是这样，就是件好事。
别特尔克和卡勒德克两位汗王，
请听我把话来讲，
克孜勒克孜已回到了家乡。

“她让我转达她的建议，
他让我们都回家待上三年，
今后的事情我们自己商量。

她说她的主子给了她三年期限，
这三年让她在家闭关反省，
不许出门做任何事情。
她说的事情就是这样，
我们该怎么办咱们再商量。”

卡勒德克、别特尔克与喀拉阔孜汗王，
一起商议了整整两个晚上，
最后勉强达成共识，
同意回到各自的领地，
三年之后再谋划复仇的事情。

就在他们正要散去之时，
阔克波热来到了他们面前。
他将自己的所作所为和经历，
得意地向大家炫耀：
“自从来到这个世上，
我经历了许多事情，
已同柯尔克孜人发生过多次较量。
当我们激战的时候，
卡勒玛克、芒格特和节迪盖尔三部，
蜂拥着奔向山梁，
我们塔吉克被丢在山脚下。

“呼罗珊和伊斯番，
兵马尚未出动，
就被阿斯勒截断了去路。
在阿斯勒猛虎般的威严下，
铁铁和萨拉的人马，
胆战心惊乱作一团，
一个个惊慌失措畏缩不前，
大队人马争先恐后向后逃窜。

“萨然加、卡勒德克和我，
紧紧跟在队伍的后方。

铁铁与萨拉两位汗王，
跌跌撞撞慌慌张张到处乱闯，
不知道跑到了什么地方！

“我派出了一名精干勇士去寻找，
不久他返回到我身旁，
战战兢兢地给我回禀。
说是呼罗珊和伊斯番人，
他们万不得已，
与柯尔克孜进行了协商，
他们将返回自己的家乡，
永不踏入柯尔克孜人的领地。

“听到这些话后，
我心中十分紧张，
急忙去到他们面前，
向他们诉说了我的肺腑之言。

“我怎么规劝都不管用，
他们对我的话十分反感，
他们不仅不听我的劝告，
还对我恶言相向。

“我对他们的叛逆言行十分生气，
我当机立断毫不留情，
把背叛我们的无耻之徒的头颅砍下，
让他们的鲜血流淌。

“发生了如此重大的事变，
卡勒德克与喀拉阔孜汗王，
你们却在此无动于衷冷眼旁观。”

说着阔克波热抬头环视四周，
焦急不安地询问：
“萨然加在哪？他怎么不在场？”

听了阔克波热的一番话，
卡勒德克拍手叫好说：
“我们依山为屏障，
你却留在了山脚下。
我们不清楚发生了什么，
萨然加与我们，
朝着柯尔克孜的老巢进发。

“当接近塔拉斯时，
正巧与凯耐尼木和奥润拜，
在那旷野中迎面相撞。
拜铁克匆匆上阵应战，
被凯耐尼木当场打翻在地，
阿斯勒巴恰也赶到了现场。

“看到孙子阿斯勒巴恰赶到，
凯耐尼木没有回头来张望，
便大模大样扬长而去。

“看到阿斯勒独自在旷野上，
就像老鹰抓狐狸一样，
将同伴一个个杀死，
我忍无可忍，
也冲上了战场，
豁出老命同他较量。
可惜我力不从心，
实在无力将他抵挡。

“战袍早已被扯烂，
已没有可护身的衣裳。
我趁机向阿斯勒提出，
要回营更甲换枪。
我请求休战六日，
在六日后一定重返沙场。

“我愤怒不已回了营帐，
换作萨然加出阵，
以消耗阿斯勒的体力。
萨然加怒火万丈，
大喊大叫着冲上沙场。
他根本不是阿斯勒的对手，
未战几个回合，
不幸死在了阿斯勒的手下。

“喀拉阔孜冲上去继续交战，
很快被阿斯勒打下马背。
他差一点也把命丧。
在这生死关头，
我向节迪盖尔的兵马，
发出了上阵冲杀的命令，
让他们赶快救下自己的汗王。

“节迪盖尔的人马齐上战场，
喀拉阔孜才逃回营帐。
克孜勒克孜也竭尽力量，
对柯尔克孜施展魔法。

“阿斯勒的道路被阻挡，
我们趁机离开了死神的追踪，
继续向塔拉斯方向进攻，
不幸又与四处巡游的凯耐尼木遇上。
他顺手拔起一棵梧桐树，
横着向我们扫来，
可怜我们一千多名士兵，
又在他手下丧命。

“我们簇拥着落荒而逃，
在黄脸死神面前，
哪有不逃生的道理？

谁若敢和黄脸死神对抗，
哪有不白白丧命的下场？
若是再硬拼硬打，
哪有不全军覆没的结果？！

“我们幸运未死的人马，
无可奈何地拥挤在这里。
我们虽然元气大伤，
我们仍然抱有一线希望。
我们还准备继续向塔拉斯进发，
呼罗珊、塔吉克和伊斯番，
你们都消失得无影无踪不知去向。

“英雄阔克波热，
天下无人胜过你的智商，
我们就照你说的行事，
想必能够将柯尔克孜人战胜。”

听了卡勒德克的话，
众人依然鼓不起勇气，
不知道如何是好。
他们耷拉着脑袋许久也不敢开口，
最后他们慢慢地抬起头来。
阔克波热表明态度：
“在大战来临的关键时刻，
我们选你为统领，
无论是什么决定和策略，
我们都听从你的指挥。”

听完几位汗王的表态，
汗王卡勒德克开口说话：
“你们把大权交给了我，
那我将照克孜勒克孜的话，
先想办法保全自己的人马。

“我们切莫在此久留驻扎，
让我们勒转马头，
再别为小事大伤脑筋。
汗王喀拉阔孜，
我想问问你，
前去与克孜勒克孜联络，
你以为谁去合适？
如果无人自告奋勇前去，
看来只有你自己再去一趟。”

这时喀拉阔孜开口回答：
“我曾去过一趟，
我与她十分熟悉。
克孜勒克孜那里，
还是由我去联络。”

对喀拉阔孜痛快的回答，
大家都感到满意。
商量完这些事情之后，
汗王们回到各自的军中。

在去杜尚别的行程途中，
阔克波热心中想着诡计。

“在阿特巴什的巴克特拜，
目前正在得意忘形自由自在，
根本想不到有人会向他们进攻。
现在是对付他们的最佳时机，
我要出其不意将他们侵袭，
将他的部落劫掠。
我要掠走他的财富和牲畜，
这样就会要了他的命，
也等于将凯耐尼木的翅膀折损。

“那巴克特拜，

我曾经见识过他，
虽然也有一定的实力，
但他性格鲁莽头脑愚蠢，
比凯耐尼木好对付得多。”
想到这里，
阔克波热驱赶着人马向阿特巴什奔去。

阔克波热哪里知道，
巴克特拜已今非昔比。
在节尔盖的金色原野上，
巴克特拜接受过凯耐尼木的全面训练。

阔克波热催动着兵马，
不惜马力朝着阿特巴什飞速进发。
他一路疾行，马不停蹄，
终于来到了阿特巴什。

疯狂的入侵者阔克波热，
将会给善良的柯尔克孜民众，
带来什么样的灾难?
我们静待事情的发展。

下面我们来看一看，
阿特巴什的英雄汗王，
圣人阔绍依的后代，
巴克特拜正在做什么?

加勒格再克的儿子巴克特拜，
从来不会游手好闲贪图享乐。
对于边境的安全，
他还是有所防范和警觉。
在阿特巴什、纳仁，
在阔其阔尔阿塔和阔霍什多别，
在喀拉库云等处的山梁上;
在铁提尔苏和托云，

在所有的达坂和路口。
他早已安排了巡丁和前哨。

在巍峨的高山坡梁上，
巴克特拜的瞭望前哨，
突然发现蜂拥而来的众多人马：
“这是从何而来的人马？
他们为何要拥向这里？
大军正处在岔路口，
看他们会往哪儿走！”

哨兵注意着人马的行踪，
乌云顿时笼罩大地，
大军果然径直驶向了阿特巴什，
哨兵将这一切看在眼里。
“且奇朵别阿塔，你在哪里？
我要速去禀报巴克特拜。”

忽左忽右抡着马鞭，
哨兵两脚踢蹬着马肚，
拼命催打着胯下的快马，
奔驰在崎岖不平的群山间。

正当他心急如焚地赶路时，
忽然从前方闪出两个黑影，
乘骑穿戴特别，看似陌生。
他驰出大路拐到了小路，
心想也许这样可避过他们，
径直驰向阔克乌宗的方向。

“心若慌影成双。”
前面驰来的两个黑影，
原来就是巴克特拜汗王。
在那紧张的哨兵眼里，
人影虚晃成了双影。

巴克特拜将哨兵看得一清二楚：
“那位本是我的前哨，
他也是条英雄好汉。
他是否有些胆怯，
怎么见了我就惶惶逃避？”

巴克特拜拍马上前截住了哨兵的去路，
大吼一声：“停下，你到哪里去？”
当听到巴克特拜的喊声，
前哨松了一口气，
但还是瞪着双目愣着神。

巴克特拜问道：
“怎么了，我的英雄，
你为何如此惊慌？”

前哨惊魂不定地回答：
“我的英雄巴克特拜，
我对您有说不尽的话。
我心急火燎将您寻找，
我有紧急军情向您禀报，
我的心儿惶惶不可安宁。

“在喀拉套的脊梁，
在我瞭哨的地方，
在那图别勒山梁，
我望见众多人马拥来。
他们到底来自何方？
他们要去什么方向？
我紧张地侦察眺望。

“我看到他们奔向阿特巴什方向，
我见到了威严逼人的强汉。
我又侦察了他们的人马，

大约有一万两千兵丁。

“他们气势汹汹，
毫无一点亲善和睦的样子。
我断定他们绝非友善之辈，
必定是前来将我们掠夺和欺凌。
我恨不能一步奔到您的面前，
向您报告这危机的实情。

“我心情紧张眼花缭乱，
突然看到两个黑影在眼前闪现。
我以为是他们探路的前哨，
我便慌忙避开大道奔向小路。
听到您的喊声，
我才睁眼发现原来是您，
我把您和您的影子，
看成两个人影，
这会儿我羞愧得无地自容。”

“你这大惊小怪的鬼东西，
你所见的也许是假的吧，
你所见的如果是真的话，
可能是卡勒玛克的萨然加，
或许是塔吉克的阔克波热。
也许是他们两人联合带兵前来，
快走！我们快去那里看个究竟。”

巴克特拜单骑迎敌

为了阻止进犯的敌人，
巴克特拜即刻动身前去。
他催动着胯下的克尔骏马，
如离弦的箭一样，
奔向入侵者的面前。

滚滚尘土席卷着大地，
像乌云笼罩着天空。
大队人马向前涌动，
踏得大地在轰隆作响。

远远看到巴克特拜，
阔克波热在一边乐开怀，
他想，终于找到自己的猎物和对手。
他在马背上调整好姿态，
昂首挺胸将猎物等待。

当巴克特拜一赶到，
还未等他开口说话，
阔克波热却抢先开口：
“喂，巴克特拜呀，巴克特拜，
你是否前来将我迎接？
你怎么来得这么快？
是听到消息后无法按捺？

“你别以为你来将我迎接，
我就会对你们有恻隐之心。
在我将你们扫平之前，
我已杀入了塔拉斯，

将所有的柯尔克孜一举歼灭。

“我已将凯耐尼木与阿斯勒一起杀死，
还有别克巴恰，
我也抽了他的筋扒了他的皮，
将他们的比官和伯克，
一个不留地统统杀死。

“在杀死了他们之后，
我向节迪盖尔发出通知，
将喀拉阔孜邀请来，
推举他为塔拉斯的新汗王。

“把塔拉斯掠光后，
我下令摧毁了玛纳斯的陵墓，
把他们的色尔王城踏为平地。
我已将他们的财产全部收缴，
我已把他们的儿女当作奴隶。

“巴克特拜，你已知道了我要到来，
你已预感到你的末日将到，
你特来向我讨好求饶。
看在你来迎我的份儿上，
我可以给你一条生路，
我要把你作为礼物，
献给喀拉阔孜，
让你做他的奴仆。”

巴克特拜听罢反唇相讥：
“你这个无耻的塔吉克，
你从何时成了英雄？！
你刚才所说的是梦话还是疯话？
你是在做梦还是在发疯？

“你想轻而易举地将我打败，

你想用武力将柯尔克孜征服，
你真是不知天高地厚，
你真是不知好歹自取灭亡。

“死神已拽着你的衣领，
是你自己上门来送死，
不要怪我要你的性命！

“你说你战胜了凯耐尼木，
这说明你疯疯癫癫闯入塔拉斯，
失败后从塔拉斯溃逃而来。

“你口口声声说杀了阿斯勒，
这证明你惊慌失措满口胡言。
你称砸毁了玛纳斯的圣墓，
这只能证明你是白日做梦，
这一切完全是你编造的谎言。

“切莫心慈，切莫手软，
如果有能耐就来对付我吧！
切莫四处浪迹，鬼鬼祟祟，
快去见你父亲铁米尔别克吧！
你的眼见不得世间的光明，
看不见如何求生，
也不知如何去送死。

“看来你是活得不耐烦了，
那就让我来成全你吧！
别仗着你有一万两千多兵马，
你自掘坟墓，
他们也救不了你的命。
我让你得到应有的下场，
我让你有来无回全军覆没。

“你来到阿特巴什，

这是死神赶着你到这里！
这是汗王阔绍依生活过的土地，
他的后代安居乐业生活在这里。
这是充满欢乐祥和的地方，
这是圣人阔绍依亲手开辟的领地，
他的英灵时刻将这里护佑。”

当巴克特拜讲到这里，
狂妄自大的阔克波热已忍无可忍。
他自认为是无敌的勇士，
要和巴克特拜一决雌雄。

他脚踢着胯下的阔克阿拉马，
高举着长枪直冲而上。
带着风声的矛枪向巴克特拜刺来，
呼啸声震耳欲聋。

巴克特拜不慌不忙举矛相迎，
阔克波热与巴克特拜，
互相击挡着手中的矛枪，
一次又一次地交手拼杀。

两位巨人在马上拼杀，
克尔战马与阔克阿拉骏马，
实在承受不了重负腰被压弯。
两人大战了三天三夜，
不眨眼，不睡觉，
一个死缠着一个不放。

战斧击得头盔叮当作响，
那胸前的护心镜，
被长枪击得噼噼啪啪。
抡起大锤互相对砸，
撞击声震荡得山鸣谷响。

巴克特拜与阔克波热，
这两位不怕死的英雄，
早已将生死置之度外。
他们将宝贵的生命，
系在了细细的毛发上，
展开了无休止的激烈搏杀。

阔克波热心中暗想：
“我可不能留下话柄，
总成为柯尔克孜的手下败将。”
他硬着头皮决不言败，
勉强与巴克特拜对抗。

“我们的托热是凯耐尼木，
他教了我们诸多的战术，
难道我的武艺会比阔克波热差？
我一定要战胜对手，
绝不能让他的阴谋得逞。”
巴克特拜不断鼓励着自己，
继续竭尽全力来厮杀。

蓝色的战旗迎风飘动，
带穗的长矛在空中舞动。
鼓足了力量憋足了劲，
想着各种办法和招数，
定要将对手拿下。

两人互相找不到破绽，
用矛枪刺不上对方，
又抡起战斧来劈砍。
用战斧也发挥不出各自的优势，
又挥起大锤来猛砸。
双方虽然进攻得都很勇猛，
然而防守得更加严密，
谁也无法杀伤对手。

不能溅洒对手的血，
又不能使自己尽兴和过瘾，
双方都抛弃了手中的武器。
他们赤手空拳在马背上扭打在一起，
真正展开了男子汉之间的较量。

手臂搭在彼此的脖子上，
相互猛拽强扯着，
胯下的战马腾跃着，
想法要把对手掀下马。

双方抓住对方的衣摆，
盘缠在各自的鞍鞯上。
心想就要得手了，
催动着胯下的骏马，
向着相反的方向奔跑，
企图将对方拖下马背，
结果只是撕碎了对方的衣裳。

两人又勒住马头，
互相伸着胳膊和手，
犟着性子互扭住双手，
像马上角力一样扭成一团。
经过一番拉扯之后，
谁也未能将对手征服，
谁也没有战胜对手。

他们又互相用脚踢蹬着，
呼哧呼哧鼻孔翕动。
手已僵硬握不住缰绳，
但谁也不肯示弱。
马儿已疲惫无力奔跑，
仍然上坡下坡地来回折腾。

互相扯拉着腋下，
战袍已被撕破，
袖子领口早已扯裂，
纽扣也全部扯断，
一颗颗掉落满地。

胳膊早已被抓破，
手上没有完好的皮。
头上到处是伤，
鼻孔流淌着鲜血。
脸上布满条条青紫和血痕。

被枪尖划开的一道道血口，
看着瘆得慌。
浑身上下血肉模糊，
就连屁股也无完整处。
皮开肉绽伤痕累累，
大腿也没有完好处。

头盔已裂成碎片，
护心镜也已被打碎。
衣甲荡然无存难以蔽体，
连长筒马靴也已被踢掉了靴底。

没有不破不损的盾牌，
没有不锩不豁的兵刃，
没有不钝不弯的矛尖，
战斧、铁锤和战刀全已报废。
所有武器，
没有一件再能使用。
像钢铁般的生命，
也在搏斗中慢慢耗尽。

阔克波热面对此情此景，
不要说取得胜利，

就连对活命也失去了信心。
他在想着各种逃生的对策：
“我必须要想办法逃命，
我若直接打马逃跑，
巴克特拜肯定会穷追不舍。
我若向他提出休战，
巴克特拜是否能接受？”

阔克波热束手无策毫无办法，
他偷眼看巴克特拜的脸色。
只见巴克特拜脸色铁青，
就像阴云骤变的天气，
又酷似夺命的死神。

筋疲力尽的阔克波热，
强打精神勉强挣扎，
再也无法鼓起抵抗的勇气，
打过去摇摇晃晃，
退回来踉踉跄跄。

夕阳西下，临近黄昏，
在那阴云密布的夜幕下，
在被乌云笼罩的大地上，
这正是失败者逃亡的好时机。

天空开始下起细雨，
眼前显得更加昏黑。
阔克波热瞅准了逃跑的机会，
便制造假象迷惑对手。

他催动着骏马举着矛枪，
驰过去咆哮着，
奔过来怒吼着。
他呼喊着铁米尔别克的名字，
好似要发起一场疯狂的进攻，

好像要和巴克特拜血战到底。
等到夜幕降临时，
他突然消失得无影无踪。

骗过了莽汉巴克特拜，
阔克波热趁机逃之夭夭。

阔克波热有呼风唤雨的本领，
他念起咒语顿时风雪交加，
厚厚的鹅毛大雪，
顷刻盖住了他的马蹄印迹。

当他呼喊着乱窜时，
巴克特拜未听懂他的话。
原来他是在呼风唤雨，
提示部下自己要趁机逃跑：
“我将趁着夜色离去，
你们也要连夜迅速撤离！”

塔吉克的阔克波热，
是呼风唤雨的高手。
当风雪交加时，
塔吉克人趁机撤离，
身后风卷雪落一片漆黑，
前方风平浪静晴空万里。

阔克波热率领大军匆忙逃命，
他怕巴克特拜会寻踪追击，
他用魔法让身后的大雪越下越大，
让那白驼般的雪堆像山梁横卧，
让追踪者无法找到潜逃者的足迹。
这个被神灵诅咒的魔鬼，
为了逃命真是费尽了心机。

巴克特拜的那位前哨，

早已吓得魂不附体不知所以，
浑浑噩噩地冲来驰去。
可怜的家伙早已神魂颠倒，
他慌忙呼唤着巴克特拜。

黑暗中的巴克特拜应了一声，
顺着声音慢慢摸了过去。
好汉巴克特拜与前哨，
被困在了大雪和漆黑的夜色里，
无法寻找前进的道路，
只好顶风冒雪无目的地前行。

两人用烧茶的工夫走出了黑暗，
前方出现了晴朗的夜空，
满天闪烁着明亮的群星。
已经找不到逃亡者的足迹，
他俩只好在野外就地宿营。
晨星升起已是天明时分，
他俩即刻起身寻路而行。

来到叫阿合莫依诺克的山梁上，
巴克特拜举起千里眼四下眺望：
东面是白雪皑皑的崇山峻岭，
西面是黑黝黝的无边旷野。

巴克特拜心想：
实在无法找到阔克波热的行踪，
只能暂时返回自己家中。
浑身上下伤痕累累，
巴克特拜急匆匆上了路。
他已没有从前的力量，
只是急促地催动着骏马，
紧锁着眉头瞪着双目，
忧心忡忡地赶路。

回到了阿特巴什的家，
他想起阔克波热的行径，
仍然辗转反侧无法合眼。
他躺在床上心神不宁地想着：
“六座城市和安集延，
纳曼干、塔什干和撒马尔罕，
是汗王凯耐尼木托我代管，
万一那里的百姓遭了劫难，
我如何担当，怎能心安？
我要立即去将他们探看。”

巴克特拜不顾伤痛跨马启程，
按照他父亲的习惯和传统，
他率领六名精干的勇士，
举着猎鹰牵着猎犬，
到所有可疑的地方察探。

巴克特拜在心中盘算：
“在喀什噶尔的交达尔，
他的儿子艾比西还年少。
阔勇大力士是百姓的依靠，
我要先与他取得联系。”
他想经伊尔克什坦木去喀什噶尔，
然后再经托云返回。

巴克特拜忍着伤痛催马疾行，
翻过达坂，穿过戈壁，
经过三天三夜的艰苦跋涉，
终于来到喀什噶尔。

此时他的伤口腐烂化脓，
浑身疼痛实难支持。
他本想去杜尚别，
只好放弃巡视返回家园。

由于伤势日益加重，
他卧床不起整整三年。

让巴克特拜安心养伤吧，
我们再看看阿斯勒巴恰的情况。

阿斯勒巴恰
离开人世

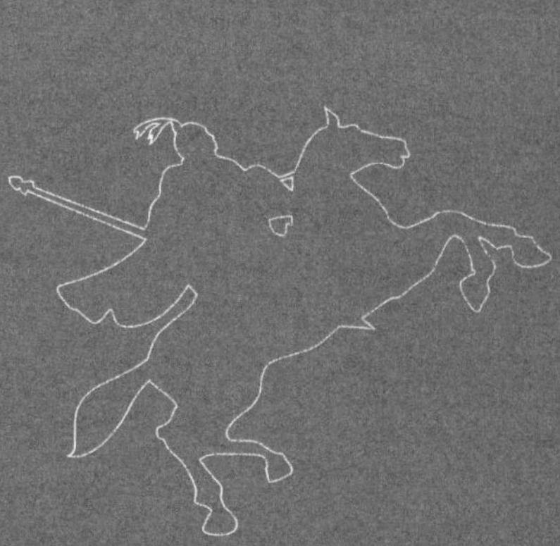

阿斯勒巴恰枪挑阔克波热

当约定的期限已满三年，
别特尔克、卡勒德克和喀拉阔孜，
与克孜勒克孜一起商量，
想再次联兵讨伐塔拉斯。

他们首先潜入喀什噶尔的克普恰克，
在托云的冬季草场，
掠夺了在那里的马群。
赶着艾比西的马群，
他们到了阔克波热的面前。

他们带着掠夺的六群良马，
率领六万多兵马，
来到了杜尚别。

阔勇阿勒普大力士与艾比西少年，
发现他们的罪恶行径后，
一道纵马前去追击拦截。
双方展开激烈的交战，
对方的一颗子弹穿过艾比西的胸膛，
二十岁的艾比西献出了年轻的生命。
他的儿子巴特尔别克还在摇篮，
不幸成为可怜的孤儿。
克普恰克的信使赶到了塔拉斯，
向君王凯耐尼木禀报实情。

一听到这样的消息，
男子汉阿斯勒雄狮，
满腔怒火义愤填膺，

他二话没说即刻跨马出征。

他快马加鞭昼夜不停，
终于来到了杜尚别的领地。
此时众敌军已经聚集在一起，
正准备向塔拉斯进发。

阿斯勒巴恰正是二十岁火红的年华，
他开枪射击，张弓射箭，
舞起长枪横挑，
抡起战刀劈杀，
百般武艺样样娴熟，
力大无穷气吞山河。
虽然他是单枪匹马，
对付千军万马不在话下。
他将柯尔克孜的战旗，
高高地竖在敌人的眼皮下。

入侵者整装待发的人马，
见到高高飘扬的战旗，
知道柯尔克孜英雄在前面阻截。
他们每千人举着一杆大旗，
排着长队擂鼓出发。

英雄阿斯勒放眼望去，
前来迎战的大队人马，
足有六万有余。
作恶多端的汗王们催马督阵，
可恶的克孜勒克孜妖女，
正在念着一串串咒语作法。
她的魔法虽然不能将阿斯勒伤害，
但她那无形的魔网，
却羁绊着玛依托茹骏马无法冲过。

在这紧急关头，

年轻的英雄伸出神衫的长袖一挥，
立即破除了魔网的羁绊。
玛依托茹骏马腾空飞起，
闯到联军的阵前。

从别特尔克的大军中，
闪出一位高大的勇士。
他手执枪杆染漆的花斑枪，
向英雄阿斯勒巴恰刺来。

阿斯勒横马观望，
根本就没将他放在眼中，
当枪尖刺来之时，
他挥手将长枪挡了回去。
他顺手抡起巨锤，
狠狠地向对手砸去。

阿斯勒英雄砸出的大锤谁能承受?
对手被砸得头破血流。
一群自称英雄的对手，
一拥而上将阿斯勒围困，
各种武器一齐对准阿斯勒雄狮。

久经沙场的阿斯勒雄狮，
不慌不忙轻轻将大锤一挥，
五十五位劲敌当场倒地毙命。
英雄阿斯勒一人一骑，
在万马军中纵横驰骋。
四位汗王和众勇士，
无一人敢上前应战，
一个个躲在乱军之中，
抱头鼠窜争相逃命。

顶天立地的英雄，
面对毫无战斗力的穷寇，

如果继续挥动兵器剿杀，
将有损自己的英名。
英雄汗王阿斯勒巴恰，
勒马收枪退出了战场。

别特尔克和卡勒德克，
阔克波热和喀拉阔孜，
四位汗王混在乱军中逃回大营，
一个个忧心忡忡惊魂未定。

他们失魂落魄地蜷缩在床上，
整夜无法合眼担心天明。
“天呐，今天总算熬过去了，
如果战争延续到明天，
我们的命运不知会如何。
明天，等待我们的，
还不知是死是活。”

天色蒙蒙亮，
枯黄的芦苇在风中摇晃，
黄萎的树叶沙沙作响。
山谷中寒风呼啸，
成群结队的小嘴乌鸦在空中呱呱乱叫，
云雀们挤在一起叽叽喳喳。
飞禽走兽开始出没，
所有的生命开始活动。

寒风怒吼横扫着杜尚别，
碱滩上飞沙走石，
茅草在风沙中挣扎。

朝阳升起普照大地，
男子汉阿斯勒跨马上阵。
他将盾牌和弓弩背在身上，
阿其阿勒巴热斯宝刀挂在腰间。

银色的长矛闪闪发光，
红色金边的战旗在身后飘扬。

见到死神阿斯勒又来挑战，
一夜未眠的联军士卒，
一个个心惊肉跳，
似乎钢刀已经架在了膀子上。

在这生死关头，
众军士窃窃私语怨声载道。
他们虽然被赶上战场，
但谁也不想在异乡送命，
一个个急切地窥视着汗王们的行动。

尽管联军阵中战鼓咚咚，
尽管卡勒玛克人发出狂热的叫嚣，
他们虽然开枪射击开弓放箭，
他们虽然高举着大刀挥舞着矛枪，
然而这根本不可能让阿斯勒胆怯动摇。

看到阿斯勒越来越近，
卡勒玛克汗王别特尔克率先冲了上来。
他心想："我拥有几万大军，
我是天下无敌的英雄，
阿斯勒怎能阻挡我前进的步伐？"

看到阿斯勒站在面前一动不动，
以为阿斯勒害怕他这样的英雄。
别特尔克心中得意扬扬，
举枪向阿斯勒猛扑过来。

阿斯勒巴恰顺手挡住了刺来的矛枪，
挥手向别特尔克发起进攻。
他没用长枪来刺对手，
而是顺手抓住了别特尔克的肩膀，

就像弯腰叼起羔羊，
一把将他从马背上提起来。
阿斯勒将大声呼叫的别特尔克，
在空中旋转了几圈，
然后朝毡房般躺着的巨石上用力扔去。
还没有坐稳汗位的别特尔克，
顿时失去了年轻的生命。

看到汗王遭到如此下场，
卡勒玛克人心中愤愤不平。
他们疯狂地一哄而起，
潮水般向阿斯勒涌来。

面对疯狂涌来的卡勒玛克，
男子汉阿斯勒不慌不忙。
他向右边一看，
有一棵十庹高的梧桐，
他顺手拔起那棵梧桐，
抓住树干向卡勒玛克人群扫去。

碰到树梢的敌人，
像被狂风卷起，
呼呼地向远方飞去。
有的摔破了头颅，
有的摔断了腰身。

碰到树根的士兵，
更是一排排倒地。
不仅是成群的普通士兵，
就是骑着高头大马的首领，
一个个也被从马背上打飞。

卡勒玛克人乱作一团，
互相拥挤争相逃命，
如同天塌地陷一般，

好似发生了惊人的地震。
人们相互踩踏，
不知有多少人死在马蹄下。

阔克波热再也无法忍受，
催动着他的阔克阿拉骏马，
让它的长尾拖在大地上。
他呼唤死去的父亲铁米尔别克的名字，
请他给自己胆量和力气，
大着胆子向阿斯勒冲去。

看到阔克波热上前应战，
雄狮阿斯勒巴恰心想：
“他好歹也是一位汗王，
与他交战我也得讲究汗王的礼仪。
我如用梧桐树将他砸死，
人们会把我取笑，
说我缺少汗王的教养，
我怎么能承受这样的屈辱？”

他抛下梧桐执起了枪，
他要与阔克波热汗王，
进行一场枪对枪的厮杀。
他要用精湛的武艺和智慧，
将这位多次来犯的塔吉克汗王，
高高地挑在枪尖上。

愤怒万分的阿斯勒，
髭须挂满了冰霜，
眉头也凝结着冰花。
他双眼冒着火星，
等待着阔克波热的进攻。

阔克波热奔过来拼命，
他银色的矛尖闪烁着红色火焰。

他的吼声穿破岩石，
震得山摇地动。
他就像发情的公驼，
猛冲而上刺出长枪。
两位英雄怀着仇恨的怒火，
展开了生死较量。

两人身手矫健动作敏捷，
暴跳如雷似狂飙飓风。
他们驱动战马飞驰着，
他们挥动长矛厮杀着。
两条银枪在空中舞动，
如同银蛇飞舞，
矛尖下的红缨绞在一起，
双方费了很大的力气才拉开。

他们将矛枪挂在一边，
抡起铁锤猛砸，
铁锤相击溅出一片火花。
锤把同时折断，
铁锤落入人群，
砸死了一片士兵。

他俩又举起战斧劈砍，
斧刃上裂出的一个个豁口，
如同锯齿一般。
两人丢掉了战斧，
同时扯住对方的战袍。

战袍撕成碎片，
两人又相互拉对方的双手，
像马上角力一样，
采用各种姿势拉扯着。

他俩瞪着双眼咬着嘴唇，

拉扯得热气腾腾汗流浃背，
双臂疼痛体力耗尽。
他们眼中流出了血泪，
他们口中吐出了鲜血，
谁也没有将对方拉下马。

他俩紧紧抱在一起，
从马背上滚到地上。
两人在地上翻滚着，
谁也不愿意松手。

他们紧紧地抱着对方的腰，
用腿和脚相互攻击着。
脚下的沙石草地好像被犁过一样，
出现无数纵横交错的深沟。
地下水被挤压出来，
顷刻成为一片沼泽。

他们爬起来又摔倒，
摔倒了又爬起来，
怒吼着用力拉扯着，
忽然又互相蹬踢着。
他们头靠着头胸顶着胸，
双臂紧紧搂着对方。
他们双脚蹬着大地，
四条粗壮的大腿支撑在一起，
像一座铁塔挺立。

草皮都被踩翻了，
踏碎的泥土被扬起，
石块被踏成了粉末。
他们身上滴滴答答淌着热汗，
像坑洼之处冒出的泉水，
汇成了一片片的水潭。
双方恶斗了两天两夜，

谁也没能将对方战胜。

铁米尔别克的阔克波热，
全身无力实难坚持，
他不知害臊，
提出了一决胜负的办法：
“让我们结束这种无休止的纠缠吧，
还是提枪上马，用矛枪比试高低！
你骑马站在那里，
我先用矛枪刺你，
如果你被我刺死，
那就是上天的旨意。

“如果我没有刺死你，
你再用枪来刺我。
我将静静地坐在马背上，
等待着到来的死期。
我是顶天立地的汗王，
决不食言后悔！”

玛纳斯的后代性似烈豹，
从不知畏惧退缩，当即回答：
“你提出的要求我答应！”
他横马挺立在阵前。

他已看清了对手的险恶用心，
他是真正的男子汉，
早已把生死置之度外。
他是智勇双全的英雄，
早已想好了对付这个恶棍的办法。

“我已找到了置你于死地的办法，
你的寿期已尽休想活命，
哪怕你是一座大山，
我也要将你掀翻夺取你的性命！”

野兽阔克波热吼叫着刺出矛枪，
那呼啸声震耳欲聋。
他对准阿斯勒巴恰的肋部猛刺一枪。

久经沙场的阿斯勒巴恰，
在鞍上轻轻地扭动了一下身子，
仍然稳稳地坐在马背上，
好像什么事情也没有发生过。

轮到阿斯勒出击的时候，
无耻的阔克波热却食言反悔。
他心中暗想：
“面对刺来的明晃晃的长矛，
谁能够静静地等死？
我可不能做这样的傻瓜，
我要趁早逃跑免遭灾祸！”
青鬃狼早已看清他的嘴脸，
心想，任你跑到天涯海角，
我也要将你挑在枪尖上。

怕死鬼阔克波热，
还没等阿斯勒举起矛枪，
失魂落魄地催马逃窜。
青鬃狼阿斯勒巴恰，
挥鞭催动胯下的玛依托茹骏马，
闪电般奔驰前去追击。

像雄鹰般飞翔，
像利箭般迅疾，
雄狮英雄阿斯勒巴恰，
怎能让阔克波热轻易逃脱？

阔克波热刚刚逃入军中，
迎风飞舞的穗带，
寒光闪闪的矛尖，

以雷鸣电闪之势，
从阔克阿拉的背上，
直刺阔克波热的后腰。

阿斯勒巴恰将阔克波热，
挑在枪尖上转了几圈，
然后重重地扔在地上。
不可一世的阔克波热，
粉身碎骨已成了烂泥。

他唆使呼罗珊、伊斯番和节迪盖尔，
卡勒玛克和芒格特人，
野心勃勃来进犯，
已经有许多汗王死在这里。
被驱赶来的六部民众，
死伤也已不计其数。

遭到侵扰的柯尔克孜民众，
更不知死伤多少蒙受多大凌辱。
恶贯满盈的阔克波热，
妄图独霸世界的美梦以失败告终。
他阳寿已尽死有余辜，
只留下万世骂名。

塔吉克的大军像炸了锅一样，
群情激昂愤愤不平：
“铁米尔别克的儿子阔克波热，
头脑发热灭绝人性。
他勾结五个部落的首领，
终年驱赶我们四处抢掠。
如今这个家伙已经丧命，
他没有继位的儿子，
我们成了没有主子的贱民。”

“六部联合的几十万大军，

也无力将阿斯勒战胜。
联军已经有几位汗王丧命，
我们被驱而来的各部民众，
死伤更加惨重。”

“我们给柯尔克孜民众带来灾难，
我们犯下了不可饶恕的罪行。
如今，六个部落的汗王，
已经剩下了两个，
六个部落的民众，
有两个部落的已经逃回。”

“柯尔克孜人是否要与我们清算血债，
是否要把我们斩尽杀绝？”

“会不会把我们的女人当奴婢，
会不会把我们的男人当奴隶，
会不会把我们的姑娘当作战利品。
会不会把我们所有的骆驼都牵走，
会不会把我们所有的马匹都赶走，
不知我们的命运将如何？”
塔吉克人忧心忡忡。

卡勒德克和喀拉阔孜，
还有克孜勒克孜三人凑在一起，
重新寻找他们的出路。
还是卡勒德克首先开口说话：
“还未等我们出去行动，
就被阿斯勒卡住了脖子，
不让我们大家喘口气。
看那些失去汗王的塔吉克，
他们会不会呼唤着铁米尔别克，
从四处给我们制造麻烦。

“他们有从偏僻的地方偷盗马匹的恶习，

看他们仇视我们的眼神，
是要赶走我们的马群逃回，
还是想去投靠阿斯勒巴恰？

“看来我们已无力进兵塔拉斯，
我们不能到凯耐尼木那里去送死。
我们还是赶快到节提苏去，
到那里有了立身之地后，
再重新寻找我们要去的地方。

“我们要摆脱塔吉克人的纠缠，
避免他们给我们带来麻烦。
我们的行动要严格保密，
莫让塔吉克发现我们的秘密，
让我们悄悄向节提苏挺进。”

大家都接受了这个建议，
连夜启程前往节提苏。
他们还出谋划策，
将在途中凭借人多势强，
把阿特巴什的柯尔克孜尽情洗劫。

一部分塔吉克士兵和明智之士脱离联军，
向英雄阿斯勒巴恰磕着头表示愿意臣服：
“卡勒德克和克孜勒克孜，
还有节迪盖尔的喀拉阔孜，
已经离开我们远去。
我们跟随阔克波热，
糊里糊涂地与柯尔克孜人为敌，
给柯尔克孜民众带来了灾难。
我们罪恶滔天无地自容，
如今我们来到了您的面前，
诚心谢罪并臣服于您。”

听了来者的所言所语，

得知那三人已经离去，
阿斯勒巴恰心想：
“敌人肯定不会甘心，
早晚要将阿特巴什袭击。
如果不去阿特巴什，
那些卡勒玛克人将要返回康阿依。

“虽然他们失去了汗王，
但还有好几位首领和将军。
他们仍然有众多的人马，
如果他们到了喀什噶尔，
定要将那里的民众祸害掠夺。

“如果他们闯到克普恰克部落，
或者到了托云和叶尔羌，
还有阿热勒地方，
那里的民众必定被抢劫和蹂躏。
我一定要日夜不停将他们追赶，
解救那里的民众，
避免他们遭遇苦难。”

阿斯勒想到这里，
十分严厉地向塔吉克人问话：
“你们怎么来到我面前，
这个主意是谁出的？”

有一位叫塔提凯的人慌忙走向前，
惊恐的脸色忽青忽白，
战战兢兢地回答：
“点子是我出的，
是我跟大家商量决定的。

“自从阔克波热跨马出征以来，
闹得整个世界动荡不安。
他把我们驱赶到塔拉斯，

他虽然纠集了六部人马，
也未能将您战胜，
无可奈何返回各自家乡。

“他们在家中休整了三年，
不断地招兵买马养精蓄锐，
第四年又纠合在一起，
举兵向塔拉斯进攻，
妄想将你们一举踏平。

“如今罪大恶极的阔克波热，
已经在您的枪下丧命，
这是他罪有应得的下场。
然而跟随他身后的二位汗王，
竟无一人将他搭救。

“卡勒德克和喀拉阔孜，
与阔克波热一样，
都是心狠手辣的无情小人，
他们视我们为无主子的贱民，
根本不顾我们的死活。

“我们这些丧家之犬，
看清了您是英明善良的汗王，
故而前来拜见您，
请您放我们一条生路，
允许我们回自己的家乡。”

“那样的话，塔提凯，
每个人都想要太平，
切莫再去招惹任何人。

“保全你的性命，塔提凯，
在你们活着的人当中，
我推举你为塔吉克的首领。

你要恪守自己的诺言，塔提凯，
保证绝不侵犯别人。

“要保护自己的人民，塔提凯，
切莫乱抡你手中的皮鞭，
千万不要伤害你身边的伙伴。
切莫欺压你的民众，塔提凯，
民众是你的衣食父母，
你要为民众带来快乐与安宁。

“我忠告你，塔提凯，
别自认为当上了首领，
就可以高高在上胡作非为，
那样不会有好下场。

“你要记住，塔提凯，
如果你对百姓吹胡子瞪眼睛，
民众会将你送入坟墓。
你若想安心地度日，
就去种田，就去放牧，
辛勤地劳动，诚实地收获，
这样才能得到百姓的拥护。”

雄狮阿斯勒道出这番话，
对着成排成列的兵丁，
向他们高声宣布，
塔提凯为塔吉克的新首领。

塔吉克人得到阿斯勒巴恰的原谅，
在新汗王的率领下一路秋毫无犯，
高高兴兴返回了故乡。
让我们放下塔吉克人回家的故事，
看一看阿斯勒巴恰，
在追击敌人的途中，
如何遭误射身亡的悲惨遭遇吧！

遭误射阿斯勒巴恰身亡

阔克波热的所有外套，
被阿斯勒男子汉全部收缴，
这将要危害他的性命，
阿斯勒根本没有意识到。
没有牵阔克阿拉骏马，
他急速地行进着，
英雄踏上了一条小道。
在沙毕尔汗的河滩，
他终于赶上了逃窜的劲敌。

卡勒德克和喀拉阔孜，
自称为无敌的英雄好汉。
其中最厉害的是克孜勒克孜，
自以为魔法超群无人能比。

柯尔克孜的英雄汗王，
他挥舞着长枪，
催动着玛依托茹骏马，
冲入敌群之中。

他挥舞着手中的矛枪，
就像牧民挥动钐镰打草一样，
万恶的卡勒玛克敌兵，
像茅草一样一片片倒下。
敢于与他正面交锋的勇士，
九个九个地连片被砍杀。
当阿斯勒出手顺利时，
一回合就掀翻三十个。

那些顽固抵抗的勇士，
被挑在枪尖上抛向天空。

英雄阿斯勒单人独骑，
再次闯入千军万马的敌群之中，
以秋风扫落叶之势，
将作恶的卡勒玛克顽敌横扫。

玛依托茹骏马在人群中奋蹄驰骋，
如同奔驰在无人的草原和荒漠。
惊慌失措的人马像潮水般涌动，
卡勒玛克残兵败将，
像狂风漫卷的飞沙分散，
似退潮时的波浪集聚，
罪恶的生命在死亡中挣扎。

卡勒玛克的军中，
历来有组织严明的编队，
六十位勇士组成的分队，
形影不离抱成一团，
步调一致生死不离。

每六十位勇士都由一位将军统领。
他们唯将军之命是从，
进则同进，退则同退，
生则同生，死则同死。

有一位不怕死的将军，
率领着他的六十位勇士，
冲上前来将阿斯勒包围。
这是一个保护汗王的卫队，
个个是不怕死的勇士。

这位将军武艺高强勇猛无敌，
只是人们不知他的名字，

人人都称他“巴图尔”[1]。
面对眼前的情景，
巴图尔十分恼怒，情绪激动。

他想，这次出征两位汗王已经丧命，
将军、勇士和士兵更是九死一生，
作为卫队长的他如果就这样返回，
如何面对家乡的民众！
他左思右想心里难以平静。

看到卡勒玛克人像一片片野草倒地，
他心里滴血般地疼痛。
作为英雄不能救民于水火，
就这样无声死去或独自偷生，
怎对得起“巴图尔”的称号？

想到此他义愤填膺，
拔刀而起向阿斯勒冲去。
他的六十位勇士一拥而上，
将阿斯勒巴恰团团围住。

他想：“只要将阿斯勒围住，
使他无法突出重围，
将他死死地困在这里，
看他还有什么办法。
等他精疲力竭之时，
我再联合喀拉阔孜和卡勒德克，
三人合力与他大战，
定能够转败为胜将他活捉。”

面对蜂拥而来的卡勒玛克勇士，
英雄阿斯勒毫不畏惧。
曾经有多少次围攻，
都被他英勇突破。
他唰地从套中拔出，

[1] 巴图尔：蒙古语，英雄、力士之意。

黑钢铸造的卓依库麻战刀。

无人能面对他冷若冰霜的面孔，
无人能从他刀下逃生。
一见到阿斯勒的气势，
六十个勇士对自己的生命失去信心。
仅仅一个扫荡，
自命不凡的勇士们没有一个活命。

眼看着六十个勇士被杀死，
巴图尔恼羞成怒，越发愤恨，
胸中燃烧着仇恨的火焰，
气势汹汹地冲向阿斯勒英雄。

阿斯勒面对巴图尔的进攻，
敏捷地挡回了他戳来的矛枪，
迅疾挥舞起卓依库麻战刀，
狠狠向巴图尔砍去。
自命不凡的巴图尔，
终在阿斯勒刀下丧命。

面对此情此景，
喀拉阔孜和卡勒德克，
还有克孜勒克孜，
三个人忧心忡忡胆战心惊。
“我们将如何对付他?
如果在这待着就会死去，
如果到他面前求饶，
也不会有什么好下场。”

“多少伙伴已死在他刀下，
如今只剩我们三人在逃亡。
如果我们慌慌张张地逃窜，
他会更加疯狂无阻地追击。

“如果我们与他交手硬拼，
那就是把头送到他的刀下，
那也是死路一条。
在黄脸死神孙子的手中，
有谁能保全自己的性命？”

生的希望顿时破灭，
三个人在生死路上徘徊。
他们冥思苦想，心灰意冷，
他们走投无路，焦躁不安。

这时克孜勒克孜开口言道：
“汗王卡勒德克请听我讲，
我将呼风唤雨把雨降。
虽然魔法对阿斯勒无效，
但可以让他迷路寻不着道，
让我来挡住他追击的道路。
你去驱散卡勒玛克的士兵，
这样可保全自己的性命。
然后你可悄悄地远走他乡，
到印迪斯坦去躲藏。

“节迪盖尔的喀拉阔孜，
我也给你出个主意，
我看你还是不要回家乡去，
你的部落的民众，
不会再视你为汗王，
更不会把你当人来瞧。
他们只会指着你说：
‘你怎么了？你这蠢货！’
谁也不会欢迎你。

“芒格特那里地广人多，
如果你向他们诉苦求情，
他们也许会把你收留。

即使你留在了那里，
那里也不是你的久留之地。

“既然你已失去了汗王之位，
还不如到克什米尔隐居躲避，
穿行在群山之中养活自己。
如果你不从这两条路中选择一条，
没有人能够搭救你！”

喀拉阔孜听着低下了头，
在心里犯着嘀咕：
“我已经是走投无路之人，
权力名望全已失去。”
他不知去何处安身，
忧心忡忡心灰意冷。

“我还是回节迪盖尔，
那里毕竟是我们祖宗七代生息繁衍之地。
不管承受什么样的压力和屈辱，
我也不愿离开故土去流浪。”

喀拉阔孜心中在想：
“节提苏的土地在哪里？
节迪盖尔的人民在哪里？
把我从小养育成人的亲人在哪里？
你们是我的摇篮和庇护所。”

想到这里他便下令启程，
带着大队人马朝着节提苏奔去。

芒格特人的汗王卡勒德克，
来到卡勒玛克人面前，
敦促他们赶快逃回康阿依。
他特意安排了一个叫别尔旦的人，
作为康阿依人的首领。

临别之时他还郑重地叮咛了一句：
“你作为康阿依人的汗王，
回到康阿依要统治一方。
他日我若需要你的话，
我会派使者传达我的命令，
你不得有丝毫的推辞，
要及时赶到我的身边！”

最后他又奉劝了一句：
“沿途百姓很多，
你要谨慎行事，
不要让人骂你是逃兵，
也不要让人察觉你的秘密。
如果有人发现了你的秘密，
你们将生无路可走，死无葬身之地。
切莫久留，快离开这里！
快出发吧，快逃离这个要命的地方！”

汗王卡勒德克送走了手下人，
此刻却产生这样的念头：
“阿富汗离这里较近，
我要去看看那里的情况。
阿富汗人对柯尔克孜早有不满，
我要去离间他们的关系。

“听说拉木[1]的达坂称作克依麻[2]，
听说在那里支起毡房的是克依巴[3]人。
又听说居尔居特[4]与居达[5]，
也是柯尔克孜的仇敌冤家。

“我要同阿富汗联手，
不惜财富与他们交朋友。
我要从阿富汗借来强兵，
再联合更多的部落；

[1][2] 拉木、克依麻：均为地名。

[3][4][5] 克依巴、居尔居特、居达：均为部族名。

我还要派人到伊朗求援，
从那里搬来大批军队，
向柯尔克孜人发起新一轮进攻。

“让我的肌肉坚如木桩，
让我的头脑坚定而又充满智慧。
为了消灭玛纳斯的子孙后代，
我要精心地备战。

“我要再试试我的运气，
只要不死定要再闯一闯！”
他以幻想满足着自己的奢望。

想到阿富汗他还想起了很多很多：
“我要将喀勒恰部落，
还有其他各个小部落征服，
让他们的百姓做奴隶。”
于是他兴冲冲地朝阿富汗奔去，
想在那里实现他的梦想。

再说阿斯勒巴恰雄狮，
被乌云浓雾笼罩。
突然闪出一群怪物，
两个头，四个胳膊，
在乌云浓雾之间，
口中吐着熊熊烈火。

阿斯勒定神来观察，
根本找不到前进的道路。
双头四臂的妖怪，
密密匝匝地拥来。

人类从未见过的这些怪物，
手执五花八门的武器，
怒目而视簇拥而来，

阿斯勒的道路已被截断。

一个身躯，两个脑袋，
鬼头鬼脑，摇摇晃晃；
一个身体，四条膀子，
笨手笨脚从四周围过来；
两条长腿，两只大脚，
呆头呆脑地奔跑着。
这些怪物伸着四条几毛绳长的臂膀，
从侧面跑来挡住去路，
就像受惊的骆驼又笨又拙。

挺着滚圆的大肚皮，
摇着晃晃悠悠的脑袋，
像吃饱青草的牛犊，
蹦蹦跳跳来回奔跑着，
又像疯狗似的汪汪乱叫，
叫声十分阴森恐怖，
喧嚣声从阿斯勒的身后接踵而来。

噼噼啪啪枪声不断，
乌云密布雷鸣电闪，
轰轰隆隆雷雨交加。
公驼们跌跌撞撞，
甩耷着下唇，口中喷吐着白沫，
嘎吱嘎吱地磨着牙。
上齿不停地磕打着下齿，
好像要咬碎山头，
又好似要吞下河谷。

忽而有猛虎张着血盆大口，
张牙舞爪不可一世，
突然又幻化出黑耳雄狮，
伸展着躯体向前猛扑。
咆哮声惊天动地，

似乎把大山掀翻。

突然又飞来一群大鹏，
密密麻麻铺天盖地，
挥舞着翅膀扇起阵阵狂风。
忽然公马群狂奔着驰来，
又有母马群嘶鸣着奔来，
喧喧闹闹的羊儿也咩咩乱叫。

狂风呼啸草木狂摇，
大地顿时被浓雾笼罩。
湖水掀起层层波涛，
旷野变成碱滩茫茫一片，
沙漠变得滚烫难熬。

树木枯萎东倒西歪，
横七竖八躺满一地。
巨大的石柱露出地面，
一块块高耸着堵成了一道墙。

野猪们哼哼着横冲直撞，
毒蛇们吐着芯子爬行。
豺狼发出可怕的奸笑，
猫儿们咿咿呀呀也在凑热闹。

猴群也来喧闹，
东蹿又西跳。
红嘴乌鸦满天乱飞，
呱呱的叫声令人烦躁。

突然驰来一个山一般的巨妖，
眼中喷着烈火，
口中溅着白沫，
踏得大地崩裂群山摇晃。

忽而热浪滚滚，
忽而寒风凛冽；
忽而浑身打寒战冷得受不了，
忽而汗流浃背热得难熬。
目睹这些怪象的人，
对生命感到绝望无处可逃。

世间难寻的英雄阿斯勒，
身处这样的困境，
他要显示猛虎般的威猛，
他要施展非凡的本领。
他将祖先留下的神奇矛枪，
紧紧地握在手中。

眼前是从未听说过的生灵，
到处是未曾见过的怪物。
面对群魔乱舞妖怪横行，
青鬃狼挺枪拍马闯入其中。

刺倒甩动着长鼻子的大象，
刺翻高大如山的巨妖，
刺倒龇牙咧嘴的豺狼，
刺倒张着血盆大口的公狮。
双头四臂的巨怪们失去头颅，
一切幻化的妖魔鬼怪，
都在他的神枪前化为乌有。

呼啸穿梭的利箭，
狂吼着的暴风寒流，
全部已销声匿迹。
那克孜勒克孜所施的魔法，
均被阿斯勒巴恰破解。

顷刻晴空万里艳阳高照，
清风吹来，凉凉爽爽，

大地同往日一样恢复了常态，
世间万物生机勃勃。

玛纳斯的后代青鬃狼阿斯勒巴恰，
寻找着逃遁的残敌。
他发现卡勒德克去了阿富汗，
喀拉阔孜回到了节迪盖尔，
卡勒玛克人回了康阿依，
众军马都已经四散而去，
一场恶战就这样结束。
助纣为虐的魔女克孜勒克孜，
也不知逃向了何方。

阿斯勒巴恰心中不安，
他想："绝不能留下这条祸根，
不管找到哪里，我也要将她找到！"

阿斯勒转念又想：
"我要直奔那开阔的喀什噶尔，
溃逃的塔吉克人不会安分守己。
如果逃经柯尔克孜的土地，
他们会不会再将柯尔克孜掠夺？
如果他们胆敢抢掠柯尔克孜民众，
我对他们绝不留情。

"为了接近他们麻痹敌人，
我何不骑上阔克波热的骏马，
穿上他的衣服戴上他的头盔。
他们会以为我是他们的汗王，
会主动停下来和我靠近，
那时我就更好收拾他们！"

阿斯勒换上了阔克波热的行头，
骑上阔克波热的阔克阿拉马，
牵上自己的玛依托茹马，

欣欣然向前行去，
以为这是对付敌人的妙计。

阿斯勒巴恰像换了人一样，
谁也认不出他就是英雄阿斯勒。
死神降临时人就会失去理智，
他身上战袍的所有纽扣，
一个不剩地全部解开着。

死期已临，寿数已尽，
他马不停蹄不敢怠慢，
轻松地飞快向前奔去。

克普恰克的阔勇阿勒普，
他是一位远近闻名的大力士。
他忠于职守，时刻巡察，
四处察看是否有外敌贼寇的足迹。
这天他正沿着小路行来，
他爬上一道山梁，
发现一个摇摇晃晃的人影，
正急急忙忙地赶来。

他举起千里眼来眺望，
只见那人牵着玛依托茹骏马，
好像是个令人生疑的陌生人。
他即刻拴好坐骑，
端起阔依恰格尔火枪，
瞄准对面的山冈。

此刻凯耐尼木老人，
带着孙子别克巴恰，
也来到鼻梁般的黑色山梁。
凯耐尼木突然发现，
隐隐约约有一个人影正在举枪瞄准，
似乎是埋伏在那里将对手等待。

当见到有人牵着玛依托茹马时，
阔勇阿勒普突然心头一颤，
侧身紧攥着长枪，
等待时机准备交战。

阿斯勒头戴着阔克波热的圆帽，
毫无戒备地登上山冈。
阔勇阿勒普认出圆帽，
顿时全身发冷大吃一惊：
“我们出类拔萃的英雄阿斯勒，
原来已被阔克波热杀害！”
他内心充满了仇恨和痛苦，
他要用手中的阔依恰格尔火枪，
为英雄汗王阿斯勒巴恰报仇。

他毫不顾惜自己的生命，
对准这个杀害英雄汗王的凶手，
满腔悲愤地扣动了复仇的扳机。
火焰喷出子弹嗖地飞去，
准确地穿过了那人的胸膛。
骑在阔克阿拉马背上的男儿，
应声从马背上滚到地下。

阿斯勒侧翻着撑起身体，
十分艰难地坐在血泊之中。
他无力地自言自语地喃喃着：
“我今年只有二十五岁，
我就这样离开人间销声匿迹。
我没能再亲眼看见塔拉斯，
还有那圣祖玛纳斯的陵墓。
我未能再见一眼我的爷爷他老人家，
这成为我命中注定的悲剧。

“把矛作为礼物送给别人，
把铠甲作为赠品赐予别人，

留下遗言后死去该有多好！
别克巴恰在我身后已长大成人，
我未能给他留下一句贴心的话，
这样走了令我终生遗憾！

“在这荒凉偏僻的旷野，
就这样不明不白地死去，
尸首将无人来掩埋，
成为秃鹰、渡鸦和狐狸，
这些飞禽走兽的食物。

“我还没有娶妻成亲，
身后也没有儿女，
我死后无人来哭丧，
就连报信的乌鸦都没有，
谁向我可爱的柯尔克孜人民，
传送我不幸的死讯！

“我爷爷将哀伤又悲愤，
我祖母将哭泣又哀号，
我的双胞胎兄弟别克巴恰，
他将在痛苦的烈火中焚烧。

“如果得知我阿斯勒已死去，
白毡帽柯尔克孜将无比惊愕。
善良的人们将会为我号啕大哭，
柯尔克孜人可能因我离世而绝望。
节迪盖尔、芒格特和卡勒玛克，
皆会为此而欢喜一场。

“我的可贵难道父老乡亲不知吗？
爷爷凯耐尼木，奶奶绮妮凯，
弟弟别克巴恰难道不悲伤吗？

“这令人厌恶的世界，

无人能永远地占有它。
在我仅二十五岁的青春年华，
我不该骑上敌人的骏马，
更不该穿上敌人的大衣，
这是自己招来的横祸，
我真不甘心就这样死去！”

阔勇阿勒普收回火枪，心想：
“我已经宰了阔克波热，
我已为阿斯勒汗王报了仇。
我搭救下我们汗王的玛依托茹骏马，
我今日运气还算不差。

“我要趁早动身赶过去，
沿着骏马的足迹，
追寻我的汗王阿斯勒的尸身。
不让乌鸦掏了他的膛，
不让渡鸦啄了他的眼，
不让喜鹊捣了他的脸，
不让狐狸鬼鬼祟祟袭扰他，
不让秃鹫骚扰他，
我要去将它们轰走。

“我要在它们之前找到他。
我若能在此之前找到阿斯勒，
我要将他驮上玛依托茹骏马，
再牵上阔克波热的阔克阿拉马，
我要快马加鞭直奔塔拉斯，
定要将阿斯勒送到老汗王凯耐尼木身边。

“为了英雄阿斯勒不朽的灵魂，
为了汗王阿斯勒高贵的遗体，
我要不顾一切地去寻找，
即使死了我也无怨无悔！”
阔勇阿勒普心中这样想着，

他松开马缰奔驰而去。

此刻，阿斯勒临终前的喃喃自语，
已被风吹到凯耐尼木的耳旁。
阿斯勒临终时的悲叹，
被凯耐尼木听得一清二楚。

他想："阔克波热已死亡，
骑上他的马，换上他的衣裳，
原来是想迷惑敌人，
我的宝贝孙子呀！

"敌人识破他的计谋，
便残忍地射杀了他。
敌人正准备去砍下他的首级，
我不能让敌人割下孙子的头颅，
我要去抢下他的尸首呀！"

他挥鞭猛抽坎库拉骏马，
鞭儿越抽越猛。
骏马越跑越快，
蹄下的乱石皆被踏碎，
碎石四溅飞迸。

此时阔勇阿勒普已赶到阿斯勒身边，
他还未来得及下马，
凯耐尼木已驰到跟前。

这被称作"黄脸死神"的老人，
历来以出手快捷果敢著称。
还没认出到底是谁，
他便抡起铁锤猛砸下去，
阔勇阿勒普顿时粉身碎骨血肉横飞。

刹那间别克巴恰也已赶到，

雄狮阿斯勒巴恰，
此刻微微睁开双眼，
将爷爷和弟弟恋恋不舍地反复打量。

子弹正好穿过他的胸膛，
他想说话舌头已经僵硬。
阿斯勒慢慢把身体舒展，
他就要告别亲人闭上双眼。

别克巴恰飞速冲上前，
想把兄长紧抱在胸前，
却被凯耐尼木一把拉住。

凯耐尼木眼中没有一滴泪，
老汗王呆呆地站着，
用颤抖的声音向别克巴恰说：
“别克巴恰，孩子快转过脸来，
你静静地看着我，
我有两句肺腑之言要对你讲，
你要用心地倾听。

“人自从降生至尘世，
早晚都会被那死神吞食。
人类为长生不死，
与无法抗拒的死神，
不知进行过多少次较量，
死神从来都没有让过步。

“大地吞食着所有的人，
人类不顾一切为生存而斗争。
无论是用恶语诅咒，
还是用好言相求，
人类的力量还是未能将死神征服。

“人类的苦苦哀求，

也未让死神有丝毫的同情。
人类毫无办法，
只有憎恨着面对这可恶的死亡。

“别克巴恰，我的小孙子，
你俩本是一个巢中的双生，
是爷爷我养育你们成长，
把你们当作快乐的天使。
这是我的教诲，也是遗言，
孩子，这话我只能对你讲。

“我要抱着阿斯勒的尸体，
离开这虚伪的人间。
我的赛依特独生儿子，
你们的父亲已故去，
在他二十二岁的年华，
就已经离开了人间。
你们的母亲去世时，
还是个年轻小媳妇。
他们至今使我无法遗忘，
永远铭记在我的心上。

“当年你母亲克勒吉凯怀你们的时候，
她首先要吃的是那老虎的心脏，
她其次要吃的是大鹏鸟的蛋。

“我当时就已经明白，
这虚伪的世界是多么残酷。
老虎的寿命短，
它不会延年益寿。

“自从你兄长跨马出征，
我整天把年月来推算。
今年正好是你兄弟俩，
二十五岁的本命年[1]。

[1] 二十五岁的本命年：古代柯尔克孜族按虚岁计算本命年。

本命年正是在外征战者的大限，
你兄长在外征战尚未回来。

“你可知道，别克巴恰呀，
我在家中焦虑不安如坐针毡，
我才带你来到这里，
我们看到的就是这样悲惨的局面。

“切莫愤怒，切莫悲哀，
不要认为自己孤单就消沉，
要挺起胸膛来努力奋斗，
为阿拉什人民和自己的故土。

“你要祈求列祖列宗的英灵，
祈求玛纳斯先祖的护佑，
莫让敌人的马蹄踏入我们的领地，
要担起保卫塔拉斯的使命。

“切莫鲁莽行事，别克巴恰，
切莫无中生有说谎话。
切莫为了复仇讨还血债，
轻易引军出征异地他乡。
面对侵犯领地的劲敌，
不要回避做缩头乌龟。

“面对来犯的恶敌，
哪怕是大力士，或者巨妖，
无论是骑着马，还是徒步而来，
只要是与你交锋的敌人，
切莫在他们面前求饶。

“切莫被他人的谎言蒙骗，
只要是异祖异乡的入侵者，
切莫让他们混入你的民众，
切莫让他们踏上你的土地。

“不要伤害柯尔克孜人的心，
你要成为民众的依靠，
切莫仁慈地对待，
那些口蜜腹剑、花言巧语的敌人。
只要是和柯尔克孜作对的敌人，
就不要轻易地将他们放过。

“对于胆敢来犯的入侵者，
无论他有多大的力量，
你都要英勇抵抗战斗到底。
你要赴汤蹈火甘洒热血，
切莫向敌人低头屈服。

“快去脱下阿斯勒的战袍，
看他是否脱下了神衫，
否则子弹不会穿过他的胸膛，
我对此有些怀疑。

“看看祖宗传下来的神衫，
是否还在他的行囊里边。”
他们在阿斯勒的行囊中，
果然找到了那件神衫。

“孩子，将那祖宗留下来的色尔长矛，
将那前辈留下来的盔甲，
将那先祖留下来的盾牌和护心镜，
还有几代英雄留下来的兵器，
统统拿过来妥善保管。
这些都是克敌制胜的法宝，
你一样也不能缺少。

“还有阔勇大力士的阔依恰格尔火枪，
以及从敌人手中缴获的各种武器，
孩子，你都拿上吧！

到了生死攸关的时刻，
这些都会发挥重要作用。

“别克巴恰，我的小孙子，
你要继承你兄长的事业，
你哥哥骑过的玛依托茹，
就是你要骑的坐骑。”

别克巴恰把爷爷所讲的话，
一字不落牢牢记在心里。
他收起了兄长留下的遗物，
穿上神衫和战袍。

当他牵过那玛依托茹骏马，
准备驮上兄长随爷爷返回时，
爷爷凯耐尼木又沉痛地说：
“当你奶奶绮妮凯死去，别克巴恰，
洗净遗体，给她裹上白葬衣，
你要为她举行隆重的葬礼。

“她的儿子，我的赛依特早已亡故，
我的长孙阿斯勒巴恰也已离开人世，
我可怜的老太婆呀，
为她料理后事的只有小孙子你。

当我凯耐尼木老糊涂时，
会厌恶这虚伪的世界，
你还年轻，有些话会戳伤你的心，
你千万不要开口对我说话！”

面对凯耐尼木的威仪，
面对他眼中喷射的怒火，
面对他骤变的脸色，
见到他的人都会绝望。

忽然刮起阵阵寒风，
凯耐尼木庄严地站在那里。
他胡须上挂着冰霜，
皱着眉头沉着阴森的脸，
就像是要下雪的阴天。
突然他像蛟龙般呼啸着，
弯腰抱起了阿斯勒，
跨上坎库拉骏马，
头也没有回一下，
驰向了那巍峨的冰山。

还未等别克巴恰张口喊叫：
“爷爷，你要去何方？”
他就从眼前消失得无影无踪。
凯耐尼木和阿斯勒巴恰，
顷刻消失在那冰山之间。

呆若木鸡的别克巴恰，
睁着双眼惊恐地张望着。

让我们暂且搁下这段，
看一看克孜勒克孜与卡勒德克，
如何在九死一生中奔逃吧！